U0469701

传奇编年史
THE LEGENDARY CHRONICLE

传奇编
THE LEGENDARY

传奇编年史
THE LEGENDARY CHRONICLE

传奇编年
THE LEGENDARY CH

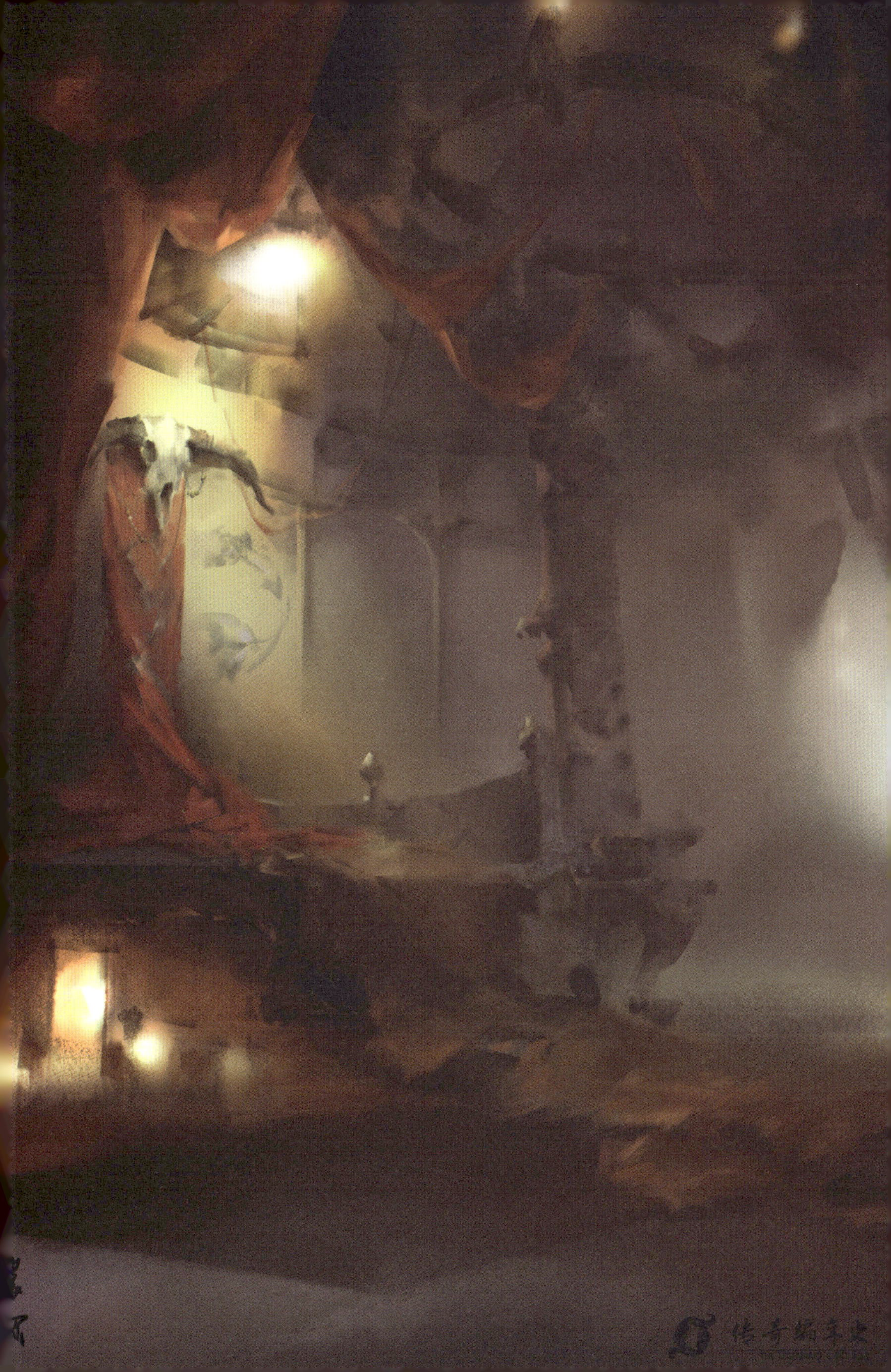

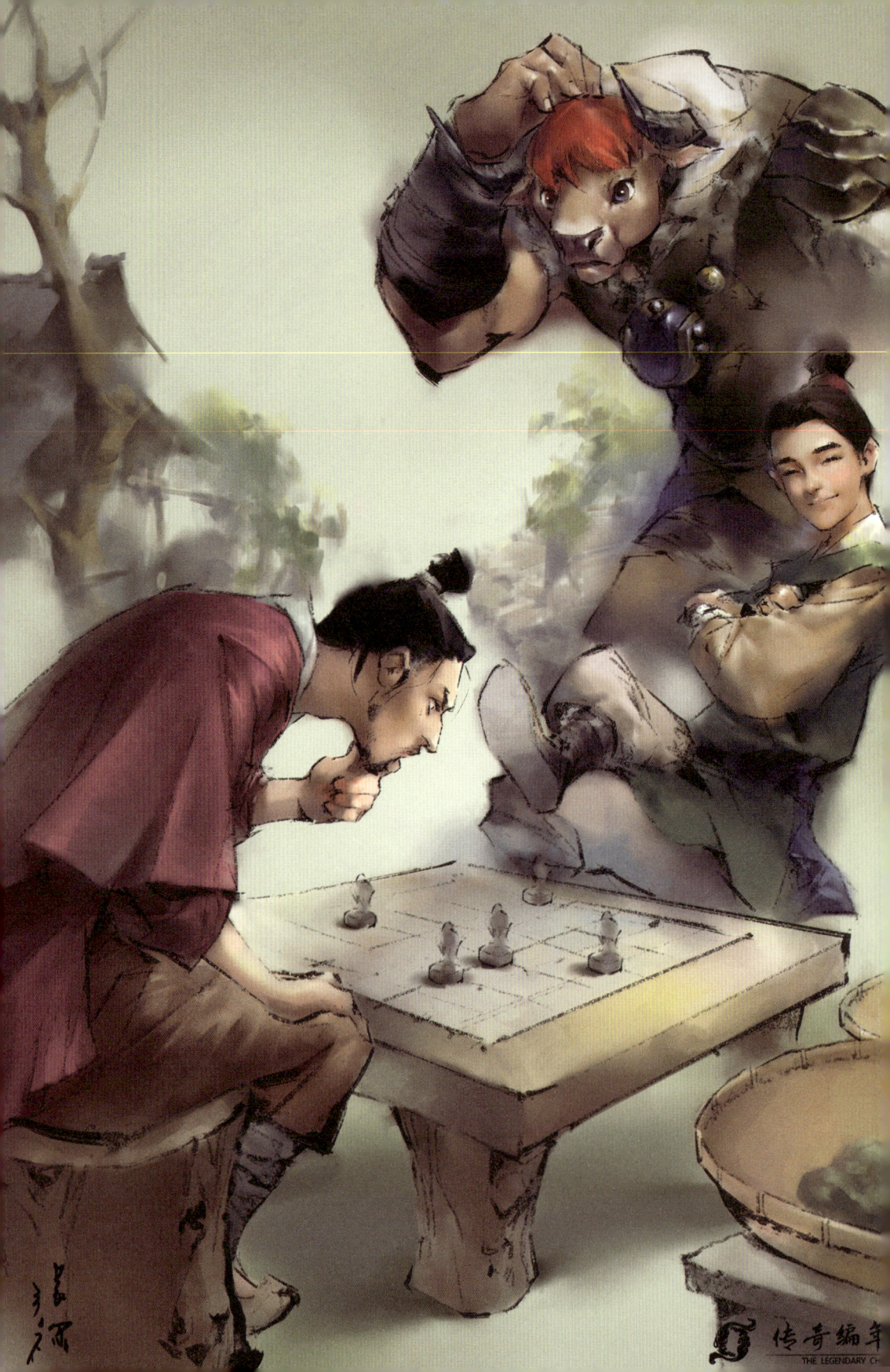

传奇编年
THE LEGENDARY CH

玫沙

传奇编年史 THE LEGENDARY CHRONICLE

壹

泛东流 /著

上海文艺出版社

唯以热血荐轩辕

——《传奇编年史·攻沙》的序

每个时代都有每个时代的经典，有的终被淹没于历史的尘埃之中，有的却穿越时间铸成了永恒的传奇。

司马迁著《史记》，列为"二十四史"之首，两千年后仍被今人奉为经典读之明智。《论语》开语录散文体先河，儒家思想的大义已被传播到世界各地。《诗经》是中国古代诗歌开端，真金美玉的诗三百篇更是流传了三千年。经典是一时的，但传奇是一世的。如果若干年后写一部中国网络游戏的历史，那么这个历史的开端无疑就是《热血传奇》。它是真正开创中国网游历史的一代传奇，也只有《热血传奇》，才真正配得上"传奇之后，再无传奇"。

我们每个人，都希望或者曾经希望自己能够活得像一段传奇，能够跳脱俗世，葡萄美酒、天涯明月、轰轰烈烈、热血江湖。而《热血传奇》的诞生，正点亮在那一年的透明初心之上，如星光似火把，照亮了少年的脸庞和未来的路。

因此，我们无比珍视《热血传奇》这个IP在所有曾为之热泪盈眶的玩家心中的地位，甚至很大程度上，盛大游戏的IP发展战略也始于《热血传奇》这份最核心的文化资源。它推动了每一位盛大游戏人尊重、珍惜自己的立身之本，随着时代的变迁、用户需求的变化与它一同成长,并且立志——以游戏为圆心,画出一个属于我们的泛娱乐生态圈!

在决定创作《传奇编年史·攻沙》这部小说之前,从创作者的挑选到团队的配置,在近乎苛刻的能力评价之上,更多了一份"情怀"标杆。像当年《热血传奇》魔法般地点亮了历史一样,我们建立起了一支从无到有的传奇团队,吸引了许多在游戏公司根本不可能出现的伙伴:作协的作家、文学网站的主编、知名的画家等等。感谢他们所带来的勇气、力量和热血精神造就了《传奇编年史·攻沙》这部小说的诞生。从选题的策划到世界观的塑造,从场景的设计到人物形象的定稿,他们每一个人,用一种类似创世般的坚毅,完成了《热血传奇》的 IP 注入,丰满和延续了他的灵魂及血脉,让他的未来充满了繁星般的想象。

沙巴克是《热血传奇》中的王者之城,攻下沙巴克是每一位传奇玩家心目中至高无上的荣誉。人生之短,短在那攻城开疆后片刻的焰彩华章。人生之长,长在那金戈铁马后无尽的风霜雨路。

游戏是成年人的童话,其中的志趣与情怀,更反衬出现实人生的几番未酬、几多憧憬。

而出版此书,唯愿能在游戏与人生之间,架起一座小小的楼台,让每一位徘徊在生活和梦想之间的人们驻足于此,回望往日的少年,拾起当年的勇气、力量和热血精神继续走得更远。诚如今天的盛大游戏,既有昨日的辉煌,又是一个崭新的开始。

唯以热血荐轩辕。是为序。

谢斐(盛大游戏首席执行官)
2017 年 8 月于上海

目　录

第一章　爷爷死了？ …………………………………… 1
第二章　相亲要眼见为实 ………………………………… 7
第三章　小结巴 …………………………………………… 13
第四章　白日渊 …………………………………………… 17
第五章　说不出名字的符 ………………………………… 21
第六章　不走寻常路 ……………………………………… 24
第七章　召唤护法 ………………………………………… 28
第八章　会害羞的小骷髅 ………………………………… 32
第九章　小人符 …………………………………………… 36
第一〇章　只有死人，没有死符 ………………………… 39
第一一章　你们，会在路上遇到的 ……………………… 43
第一二章　大小姐，背黑锅 ……………………………… 47
第一三章　会装死的小九 ………………………………… 52
第一四章　你钱袋掉了 …………………………………… 56
第一五章　迪迪 …………………………………………… 62
第一六章　数风流人物 …………………………………… 66
第一七章　"你当我傻吗？" ……………………………… 70
第一八章　海贼 …………………………………………… 74
第一九章　迪迪的特长 …………………………………… 78
第二〇章　封谷 …………………………………………… 83
第二一章　悬赏 …………………………………………… 87
第二二章　河边骨，梦里人 ……………………………… 92
第二三章　论如何被小瞧 ………………………………… 97

第二四章	杀！	101
第二五章	海贼的目标	105
第二六章	升华，洁癖	109
第二七章	沈凡的林间小屋杂货铺	113
第二八章	新悬赏	117
第二九章	不能让好人没好下场	123
第三〇章	猪婆龙	127
第三一章	翻滚吧，牛宝宝	131
第三二章	窈窕淑女，道士好逑	135
第三三章	飘飘何所似	138
第三四章	霸海涛	143
第三五章	鏖战，盲区	147
第三六章	"看，歪鼻子"	151
第三七章	哥只能帮你到这里了	155
第三八章	烦，烦死了	160
第三九章	苍月圣血	166
第四〇章	头顶的星空，心中的道德	171
第四一章	沈凡和狗都蒙了	174
第四二章	乾坤一掷	178
第四三章	两个消息	182
第四四章	抬头望城，低头拔草	186
第四五章	新符箓，食人花	190
第四六章	救美女	194
第四七章	虹魔教	198
第四八章	人形蝗虫	202
第四九章	龅牙冲	205
第五〇章	我们不是坏人	209
第五一章	黎胖子	214
第五二章	"仙人居"外听仙人	218
第五三章	不妙啊	222
第五四章	抓海贼	227
第五五章	一点灵光即是符	231

第五六章	三拨人	234
第五七章	隐身符	239
第五八章	隐身记之潜形追踪	242
第五九章	隐身计之海贼营地	246
第六〇章	隐身记之无面木雕	250
第六一章	隐身记之进退维谷	253
第六二章	隐身记之巧计脱身	257
第六三章	遇上正主儿	261
第六四章	屋漏偏逢连夜雨	265
第六五章	双符境界	268
第六六章	敌所不欲，予之	272
第六七章	我想你了	276
第六八章	梦幻，血祭	279
第六九章	虹魔教主：阿金纳	282
第七〇章	"两脚羊"	285

第一章　爷爷死了？

"爷爷死了？"

叶萧站在沙滩上，盯着几十步外海面上起起伏伏、空无一人的扁舟，声音听起来有些抖。

"死了。"

十几个打着哈欠的声音，异口同声地自身边响起。

"……"

海风习习地拂过蔚蓝海面，带来海鸥欢快的鸣叫声，顷刻间混入白日门港晨起的喧嚣声里，了无痕迹。

"你们在逗我呢？"

叶萧一蹦三尺高，属于少年的瘦削身材套在道袍里面显得分外单薄，跳得倒挺高，同样高的少年声音盖不住喷薄怒气。

小道士打扮的他看起来白白净净，清清秀秀，一脸的无害，轻易地就能让人生出亲近的心思来。

嗯，如果不是他脸上一抽一抽的，都给气坏了的话。

"切，老头子你敢应付一点儿吗？"

叶萧挥舞着拳头，可惜白白嫩嫩的拳头都没有海碗大，实在没有什么威慑力。

一个络腮大汉站到他面前，双手环抱，有小道士大腿粗细的胳膊上毛发旺盛。粗豪的声音响起："小道士，那好歹是你爷爷——虽然不是亲生的，他死了你怎么也得号两声吧？"

"就是就是。"旁边一群人围拢上来，七嘴八舌地应和着。

"啊呸！"

叶萧昂着头，半点儿没有被吓住的样子，怒气冲冲地质问道："长毛怪你一边去。老头子是每天都要空手下海给自己整一顿鱼翅漱口的人，你跟我说他在小舢板上钓鱼淹死了？"

"……"

一阵沉默。片刻后，络腮胡子等人跟菜市场的鸭子似的又嚷嚷开来："我们亲眼看见的，风一吹，他就扎到海里去，死活没见再浮起来。"

"老道士约了我们等他钓完鱼，一起到老车道那里喝酒来着，我们刚到就看到他栽下去了。"

叶萧深吸了一口气，大叫出声："停！"

老道士喊他们喝酒——叶萧信了，这伙人本来就是老头子的酒肉朋友，喝完酒说不准还会一起做点儿少儿不宜的事。

那老头子就是这么不着调。

可是……其他的叶萧一个字都不信。

晃了晃被吵晕了的脑袋，他扒开络腮胡子等人，扑腾扑腾地冲入水里，直冲到扁舟边上。

"睁大眼睛看着，这水最多到胸口，你们倒淹死个给我看看！"

站在胸口深的海水里，小道士完全炸毛了，他看都不看面面相觑的络腮胡子等人，气呼呼地上岸，自顾自地蹲在沙滩上生闷气。

"老头子，你假死都能这么没有诚意，是闹哪样？"

叶萧整个人都不好了，今天可是他的十六岁生日。

"说好的满十六岁就告诉我身世的，你竟然——不辞而别了……"

在湿润的沙滩上画圈圈嘀嘀咕咕诅咒了老道士半天后，叶萧霍地站了起来，牙根都痒痒了："别想跑，我会抓住你的。哼！"

他兴冲冲地扭头要跑回家去收拾东西，准备立刻出发去把不着调的老家伙拎回来呢，突然眼前一黑，空旷的白沙滩上赫然多出了一堵墙。

——人墙！

"呃，什么情况？"

叶萧一脸茫然地抬头，以络腮胡子为首的一群彪形大汉将他围了个水泄不通。

"还钱！"

异口同声的两个字，摊得开开的手掌齐刷刷地伸到他面前，加在一起让小道士愈发地一头雾水了："什么钱？"

"别想赖，老道士死了，爷债孙偿，他欠的钱算你头上了。"

"内城那套房子他也抵押给我们了，不还钱我们就收房子。"

"还有还有……"

叶萧咽了口唾沫，眼前的天都被遮住了，除了一张张借据、欠条，什么都看不到。

借据、欠条上七扭八歪的就是老道士的字——别人的没那么丑，外加一个个鲜红的手印，完了，没跑。

"安静——安静——"

这回他扯破了嗓子喊都没用了，发出的声音叶萧自个儿都听不到，脑子都要炸了。

"够了！"

忍无可忍之下，小道士爆发出了前所未有的分贝，别说旁边一群苍蝇，就是水面上的海鸥都给惊散了。

有那么一瞬间，白沙滩上安静下来，落针可闻。

"不就是一百万钱嘛，我来还。"

叶萧深吸了一口气，肚子里都在流泪，牙根又开始痒痒了。

一百万钱，那可是一百万钱，他来来回回地在借据上数了两遍，不多不少就是这个数。

老头子你故意的吧？

"敢情不仅仅是不辞而别，居然是躲债，老不着调的你坑死我了。"

这会儿老道士要是出现在他面前，叶萧妥妥地一口啃下去，不咬下一斤肉都不算完。

"早说嘛。"

一群人喜笑颜开，搓着手指，捏着借条就准备兑现。

"不过……"

叶萧举起胳膊赶忙拦住，他可不想再给围上，刚刚那一会儿他好悬没给臭死。这些家伙有几天没洗澡了？

他空着的另外一只手往怀里掏着，声调拉得长长的，引得络腮胡子等人脖子伸得跟天鹅似的。

下一刻，在叶萧把手掏出来、摊在他们面前的一瞬间，至少有五六个人一个趔趄，险些啃一口沙子。

"你耍我们？"

"就是，打发叫花子呢？"

一群人怒了，又有合围的趋势。

叶萧的掌心上，有三枚铜板在阳光下闪闪发光。

再怎么发光，也就是三枚，居然还是铜板，这够干什么的？

叶萧赶在再次被围前吼道："爱要不要，就这么多。给我一个月时间，我全还上。不然，要钱没有，要命一条。"

他梗着脖子，一个小道士，面对十几条大汉，双方眼睛都瞪成斗鸡般模样。

好半响，还是那个络腮胡子打破了沉寂："行，就给你一个月时间，谁叫老道士跟我们关系好。"

"不过一个月后，你要是再拿不出钱怎么办？"

叶萧毫不犹豫，干脆利落三个字："收房子。"

"说定了。"

双方刚达成了共识，小道士还没来得及松口气，唰唰唰地掌心上的三枚铜板就被捞走了，一群人"哗"地散开。

"呸——"

叶萧泪流满面，大口呼吸着，总算能顺畅两口，再被堵一会儿，他就能给熏晕过去。

沙滩上一下子恢复安静，海浪啪啪地拍打着沙滩，蓝天白云的，一下子显得小道士形单影只，孤零可怜。

"怎么办？一百万钱，我去，谁十六岁时候能欠下一百万钱，还只宽限一个月时间就得还……"

"一百万钱，够我吃一辈子的肉都还有剩啊……"

叶萧无语问苍天，脑子转得比不远处一个正在飞奔过来的熟悉身影还快。

那是一个扎着小辫子、手里面握着一口平底锅的少女，奔跑时小辫子俏皮地一甩一甩的，脸上红嘟嘟的，稚嫩与清秀并存，有一种正在展开来的美丽。

不过她的身材可跟稚嫩一点儿关系也没有。

伴随着少女奔跑过来的身影，白日门内外不知道多少人随之扭着脖子，从这边扭到那边，连连发出嘎嘣的脆响。

他们的目光就跟被磁铁粘住了一样，眼中脑海中全都是少女胸前的小兔子在蹦蹦跳跳。

诱人啊！

等到少女一开口，远远地就有叹息声传来。

"叶……叶萧，听……听……听说老爷子出……出事儿了？"

挺好一姑娘，怎么就结巴了呢？

少女身材高挑，比起叶萧还要高出半个脑袋，听到身后的叹息声示威性地挥了挥平底锅，呼呼作响，别说还有那么点儿威慑力。

叶萧垂头丧气地打了一个招呼，喊了一声"小结巴你来了"，旋即重新陷入苦恼当中。

他没法跟其他人一样惊艳，从小看到大，麻木了，所谓的青梅竹马嘛。

突然，小道士记忆里，一个景象跟鱼儿在水里吐出的泡泡一样，咕嘟咕嘟地冒了出来……

"娃儿，谁说爷爷不给你留家当？咳咳咳，别到处看，那些家具我是拿去换酒喝了，爷爷给你留的是更好的。

"告诉你，在咱家里，爷爷藏了一幅藏宝图。嘿，你小子什么态度，不信哪？那可是传说中统治了狐月岛和苍月岛、横行一时的海贼王留下的藏宝图。"

邋遢得没边的老道士说完这句话，整个人就歪倒在地上睡过去，还从鼻子里不住地往外冒泡泡，那叫一个恶心。

叶萧想不起这到底是第九百次还是第一千次，老道士卖了家里的值钱东西换酒喝，喝成醉猫回来后说的话了。

小道士对所谓的海贼王藏宝图嗤之以鼻，天知道是不是老头子自个儿的？

以他对自家爷爷不着调的性格了解，小道士觉得这完全是有可能的。

"死马当活马医吧。"

叶萧挥了挥拳头，下了决心，都到这个地步了，救命稻草也只能抓了不是？

他刚回过神儿，准备招呼小结巴一起回去，耳朵"唰"地竖了起来，捕捉到不远处飘来的络腮胡子等人的说话声：

"走，咱们上老道士家里去，说不准儿还有什么东西是卖剩下的。"

"对头，就当是利息了，卖了换酒喝。"

"走起走起。"

一群人呼啦啦地就要往白日门方向去，小结巴气喘吁吁地跑过来，平底锅随着胳膊摆动挥舞得那叫一个欢实，左右行人全都忙不迭地避让。

叶萧一开始还没有反应过来，只是气恼，怒这群人当他聋啊，当面说要抄他家。紧接着就回过味儿来，心中一咯噔：

"不好！藏宝图。"

叶萧顿时急了，这是救命稻草就要沉了的节奏。

"不行，我得比他们快。"

他一抬眼，平底锅小结巴正与络腮胡子擦肩而过，络腮胡子还冲着她吹了下口哨，关注力全在小结巴跟平底锅三个字截然相反的傲人身材上。

小道士计上心头，死命眨眼，皱眉毛歪眼睛使眼色对口型，心里面七上八下，就怕小结巴领会不了意思。

好在总算是一起长大的，小结巴愣了一下，立马反应过来，口中"哎哟"一声，手上平底锅就挥了出去，"啪"的一声拍在络腮胡子脸上。

"干得好。"

叶萧看着就觉得痛快，给小结巴竖了一个大拇指。

青梅竹马的，沟通主要靠走心！

紧接着就是一阵人仰马翻，只见小结巴挥舞平底锅成旋风，"我拍我拍我拍……"一群大汉被拍得抱头鼠窜，哀嚎不已。

一边行凶，小结巴一边还不忘大叫："色狼，怪大叔，你们不要过来，我要叫了！啊啊啊。"

这时候她倒不结巴了。

姐姐，你是姐姐还不行吗？你千万不要过来了！

一群人鼻青脸肿，委屈得快哭了。

"这演技略浮夸呀，还需再练。"

叶萧心里面评头论足，脚下一个箭步，"嗖"地就冲了出去，前面就是白日门。

小道士倒不为小结巴担心，自从她十三岁胸前开始吹气后，一把平底锅打遍内城区，还没有遇到过敌手。

跑出数十步，叶萧听到身后传来小结巴"你们别跑啊"的叫声，还有络腮胡子等人令人闻之落泪的惨叫。

小道士——跑得就更快了……

第二章　相亲要眼见为实

　　叶萧在海风和阳光的追赶下奔跑，前面是白日门。
　　这座气象恢宏的城门，犹如一头雄踞草原的狮王，又似昂然挺立的白象，以磅礴之势闯入视野。
　　分不清楚是几十丈还是百丈高，总之站在白日门脚下，小道士莫名地就有一种渺小的感觉，仿佛一个巨人在饶有兴致地俯瞰着他。
　　早晨正是繁忙时候，白日门下人头攒动，不知道多少人在进进出出，肩挑手抬，一派红火兴旺景象。
　　叶萧放慢了脚步，把呼吸整匀和了，散步一般地混入人流，与人接踵摩肩，通过了白日门。
　　他怕跑快了让捕快当贼给逮了，那就完蛋了。回到家别说藏宝图，估摸着连椅子都不剩一把。
　　那群货就是这么干的！
　　小结巴能揍他们一顿，但不可能把他们沉海里面去，拖不了多长时间的。
　　过了白日门，叶萧越走越快，最后撒丫子就跑。
　　白日门离他住的内城区日潭边上的房子还有一大段距离呢，不跑快点儿，分分钟就有可能给撵上。
　　生平第一次，小道士觉得住在富人区那边实在是有点儿不方便，忒远。
　　叶萧一边狂奔着穿行在喧闹大街上，一边在心里面嘀咕起来："话说以老道士那个卖家当换酒钱的德行，他怎么会有钱在日潭边上买房子呢？该不是贪了道观里的香火钱吧？"
　　小道士深表怀疑。
　　长街之上，喧闹声充斥着每一个角落，每一个人都在忙忙碌碌地为生计而奔波。
　　"采珠女新摸上来的珍珠，有十斗。"
　　"西风洋里的红珊瑚来看喽。"
　　"香料群岛上的香料，才下的船。"

"盟重来的大米……比奇城新款的缎子……小石城那流过来的兽牙饰品……"

珍珠成斗，珊瑚论树，香料以船计，大米满仓……

往日里让叶萧目不暇接的景象，今天他都没敢多看，生怕晚了几步没赶上，回头还不上钱，房子被收走了，说不准儿还得沦落到码头上扛包去。

想到可能出现的悲惨下场，小道士激灵打了一个寒战，不自觉地又加快了脚步。

串街过巷，越往内城去，人流该越是减少，越走越快才是。

叶萧纳闷的是，今天怎么是反着来的，他慢慢地被堵得挪不开步了。

"这是什么情况？"

叶萧踮起脚，从黑压压一窝蜂的脑袋上望过去。

前面一座石桥横跨河两岸，上面密密麻麻地站满了披红挂彩的人，扛着大箱小箱簇拥着一顶花轿，加上周围看热闹的人，把桥面堵得严严实实的。

远远地，唢呐、金锣和密密鼓声欢快地传来，同时涌入耳中的还有周围七嘴八舌的议论声。

"糟糕，迎亲，斗……斗富。"

小道士可是土生土长的白日门城人，看了一眼就知道发生什么了。往日里类似的热闹他也没少看，问题是出现在这个节骨眼儿上还把桥给堵了，气得他也跟着结巴了。

桥上，娶亲的跟嫁女的相持不下，吵吵嚷嚷攀比着聘礼跟嫁妆哪个更多更体面。

桥下，小道士挽起袖子，有打人的冲动。

他在桥下被堵了几口气的工夫，耳朵就被灌满了八卦。

"这是魏家嫁女儿，喏，就是上阵子嫌贫爱富、闹退婚的那个。"

"是呀是呀，我也听说了，这魏家姑娘一哭二闹三上吊，硬生生地退了婚，然后还把人从家里打了出去。"

"这下称了她心意，据说现在嫁的这户人家不比她们魏家穷。"

叶萧想不听都不行，听到后来得出结论，花轿里的那位就不是什么好鸟。

"绕路太远了。"

小道士眼珠子滴溜溜转着，四下打量，然后眼中一亮，瞥了一眼桥面上醒目无比的大花轿，心道："死道友不死贫道，算你倒霉。"

他在怀里面掏摸了半天，总算摸出了私藏起来的最后几枚铜钱。

找准了目标，叶萧从人群中挤过去，抓住一个脏兮兮的小孩子，开口第一句话就是："想不想吃糖？"

小孩子才五六岁，本来想跑，听到有糖吃就挪不动步子了，小鸡啄米似的点头。

"那就按我说的做，先去找几个小伙伴，然后如此这般……"

很快四五个一样穿着脏兮兮衣服的小孩子就围了过来，聚精会神地听叶萧吩咐完，接过铜钱便一哄而散。

片刻后，等叶萧挤到一个靠近桥头的好位置，就听到"哗"的一声，拥堵的人群好像沸腾了一般。

桥上，几个脏兮兮的小孩子，最大的六七岁，最小的三四岁，从人群中挤了过去，扑到了花轿边，扯着嗓子就开始号：

"娘啊，不要嫁，不要嫁嘛。"

"娘啊，我们会乖乖听话的，别不要我们……"

"……"

桥上原本人声鼎沸，更有大小唢呐锣鼓喧天，在这一瞬间全都安静了下来。

整个世界都清静了。

靠得近的，不管是抬轿子的，还是新郎，都张大了嘴巴合不上，齐刷刷地扭头望向轿子。

这情况太出人意料了，抬轿子的手一软，轿子歪倒在了地上，上面很快挂满了孩子。

"哎哟，哪里来的倒霉孩子？"

一个娇滴滴的声音，听在耳中让人连骨头都酥了，从轿子里传了出来。

"你们认清楚了，谁是你们的娘！"

即便是怒极了，那轿子里的声音也显得娇媚入骨，一时间不知道多少人喉结上下咽着唾沫，恨不得眼珠子里长出手，赶紧把新娘拽出来。

轿子都歪倒了，帘子也就遮不住了，露出了新娘的一条腿。

"就是现在。"

叶萧趁乱挤上桥去，刚要借机通过呢，瞥到轿子里露出来的那条腿，一个趔趄险些摔成了滚地葫芦。

那是人腿吗？我去，大象的吧？

叶萧眼睛都直了，看着轿子里伸出来的腿整个人都震惊了，比画了下自己

9

的腰，自惭形秽，还没人家腿粗。

新娘艰难地从歪倒的轿子里爬了出来，天知道她是怎么塞进去的。

她往桥上一站，占去半边桥面，庞大的阴影盖住另外半边，脏兮兮的孩子们吓得四散而逃，一起逃的还有……

"新郎呢？"

怎么看都不低于五百斤的魏家娘子茫然四顾，别说新郎了，迎亲的人一个都不见了，抬着聘礼跑得比风还快。

"我的妈呀！"

跑出几百丈都有了，叶萧还能听到新娘的惨叫声。

"我去，闹大了。"

叶萧一脸震惊，但丝毫不耽搁他飞奔过桥，心里面在大叫："这魏姑娘算是嫁不掉了。我得赶紧走，不然被逮了凑数就完了。"

这简直就是惊吓！

小道士吓得脚下分外有劲儿，一溜烟儿就跑远了。

远远抛在身后的桥上，响起阵阵叫骂的声音，听起来还是娇滴滴的，怎么都无法跟那个庞大的体形联系在一起。

听在耳中，叶萧算是明白逃命新郎是怎么被骗的。

"教训啊教训，声音是靠不住的，以后娶媳妇儿我可得眼见为实。"

足足小半个时辰的时间过去，叶萧凭着兵来将挡水来土掩机灵百变的本事，总算是看到了自家门。

独门独院，绿树成荫，十步开外紧邻着日潭水，在渐近正午的阳光下泛着粼粼波光。

叶萧一步不停，旋风般地推门而入，脑子里的念头转得比脚步还快：

"老头子的屋里、厨房、客厅、院子……这些地方全都不可能有藏宝图。

"打八岁起，买菜、做饭、叠被子、扫卫生……全是我干的，老头子连一根毛都别想藏住。

"会在哪里呢？"

小道士一阵风地刮过家里所有地方，犯难了。

他站在院子里，脑子转得太快都要卡壳了，心想："总不能是藏到茅坑里了吧？老头子应该没那么恶心。"

"那会是什么地方，他吃准了我不会去碰呢？"

叶萧踱着脚步，目光一寸寸扫过这个生活了十六年的地方，一时半会儿没有头绪。

远远地，嘈杂的脚步声传了过来，同时传过来的还有粗声粗气的吵闹声。

"我先挑，老道士欠我的钱最多。"

"凭什么，我的钱是最先欠的，我要先挑。"

"我刚刚被揍得最惨，你们都跑了就我一个人挨揍，我先挑。"

"我先，我先……"

人还没到，东西没见着，就先争起来了。

换作平时看到这群货的表现，叶萧能乐出声来，会听得有滋有味，这会儿却哭的心都有了。

"怎么办，没时间了……"

叶萧心里着急，使劲儿想，外面越来越近的吵闹声好像被抽离了一样，突然灵光一闪，一个念头冒了出来。

是了。

"书，道书！"

叶萧猛地蹦起来，同时"嘎吱嘎吱"院门被推开的声音响起。

他屁股着火一般冲入了自家房间，在床头桌子上，抄起一本古银色封面、死沉死沉跟铁铸一样的道书。

道书上蒙着一层厚厚的灰，天知道小道士有多久没有碰过它了。

"这道书是捡到我的时候，老头子一起捡到的。"

"他知道我不想当道士，平日里压根不会碰。"

"藏宝图一定在这里面，没错。"

叶萧连验证的时间都没有，刚把道书揣在怀里，乱打鼓一样的脚步声就响遍了房子里每一个角落。

这分明就是抄家的节奏，每一个房门都被推开，十余条大汉跟下饺子似的拥了进来。

小道士揣着道书，扭头没跑两步，自己的房门就被一推而开……

"嗖"的一声，叶萧眼珠子一转，身如游鱼般地闪到门后，好悬没给打开的房门拍扁在墙上，趁着所有人四处翻找的空当，再猫着腰溜了出来，踮着脚步，闪出了院子。

"呼……"

叶萧远远跑开，长出了一口气，"好悬，要是给堵里面事儿就大了。"他刚想打开道书，一张肿成包子样的脸出现在眼前。

"鬼啊！"

叶萧抄起道书当板砖使……

第三章 小结巴

"砰!"

包子脸被小道士一"板砖"闷在脑门上,仰天便倒,一个大包飞速地肿了起来。

"那个啥,对不住了哈。"

叶萧全无诚意地道歉,一脚就从包子脸身上迈了过去。

他实在没忍心多看,包子脸除了额头上那个大包外,其他地方怎么看都像是遭了平底锅的毒手。

刚想到平底锅,小道士就看到了平底锅。

小结巴垂着脑袋,一手拎着平底锅,一手捂着肚子,惨兮兮的样子。

"不是吧?"叶萧震惊,还有点儿小担心,"难道太阳从西边出来,小结巴打架竟然吃亏了?"

他连忙迎上去,问道:"小结巴,你受伤了?"

叶萧的目光下移,只看到峰峦起伏,别说肚子了,连她的脚尖都看不到,忙后退一步,望向小结巴紧紧用手捂住的肚子。

"叶、叶萧……"

小结巴嘴巴一撇,扑上来一把抱住小道士,"我……我好受伤,心……心好痛。"

感受到胸前惊人的柔软与弹性,那种沉甸甸的感觉让叶萧脸一红,有一种胸中空气都给挤出来的断气感,挣扎着号道:

"放……放开。"

叶萧艰难地挣脱出来,大口喘气:"小结巴我知道了,你不是受伤,你是饿了吧,怎么不回家吃饭?"

……就说那捂肚子的动作瞅着眼熟。

提到这茬,小结巴眼泪哗啦就下来了,哽咽道:"我……我回了,只是我妈知道我又打架,不……不给饭吃。"

"扑哧,"叶萧一听乐出声来,面对小结巴幽怨的眼神,他连忙强忍住笑,解释道:"阿姨多温柔的人,听到你打架不收拾你才怪。不过,她怎么知道的?"

小结巴妈妈跟她女儿完全不同,温柔婉约贤淑,全身上下都散发着母性的光辉,从来没有见过母亲的小道士都是按照她的样子想象妈妈的模样。

"我……我在家门口,看……看到一个丑八怪,脸肿成包子,没忍住,就又打……打了一顿。"

小结巴肩膀都垮下来了,郁闷地道:"被……被妈妈看到了。"

"不好意思,我再笑会儿。"

叶萧捧腹大笑。

他算是弄明白了,小结巴家就在隔壁,包子脸倒霉催的走错门了吧,又挨一顿胖揍,再连累小结巴没饭吃。

"你……你还笑……"

小结巴跺脚不依,两人一阵嬉闹,一起到离家不远的日潭边上没人的地方把鞋子一脱,光脚浸在水中晃荡着。

有了刚才那么一出,小道士放松了下来,反而不想说话了,把道书搁在大腿上,还带着稚气的脸上露出沉思之色。

小结巴个头修长,脚丫子倒是纤细小巧,白白净净地在水里面晃,带出涟漪阵阵。

它还很不安分地时不时就偷偷伸过去,一下一下地碰着小道士的脚,再像一道白色闪电飞快地缩了回去,然后小结巴就像占到多大便宜似的咯咯直笑。

"叶……叶萧……"

小结巴玩够了,摇了摇叶萧喊道。

"嗯。"

"你饿不饿?"

"饿,但没钱……"

小道士脸垮下来,揉着肚子,早上一阵跑,这都过晌午了,能不饿吗?

"我……我也饿了。"小结巴从怀里掏出两个鸡蛋,"一人一个,我煎蛋给你吃。"

叶萧本来落寞得没精打采的,听到"煎蛋给你吃",忽然抬起头来,看了小结巴一眼。

两个人青梅竹马一起长大的,她什么底细叶萧还不清楚吗?

小结巴无论是从外表还是性子或是特长,完全是她妈妈的反面——只有漂亮这点算是得了遗传。她最擅长,也是唯一会的菜,就是煎蛋。

小道士还记得小时候小结巴学会煎蛋后,满白日门城地逮他,非要煎蛋给他吃,不吃不行。

这给两个人都留下了阴影,小结巴出门不拎口平底锅浑身不自在,小道士听到"煎蛋"两个字就作呕。

叶萧看着小结巴要爬起来捡柴火,忽然伸手把两个鸡蛋一起拿了过去。

"呃,你……你要吃生的吗?给……给我留半……半个……"

小结巴眼睛里都要冒出水光来了。

"不抢你的。"

叶萧一阵无语,他像那种人吗?不过没敢问,估摸着以小结巴娇憨性子,会点头的。

他打开道书,从中抽出两张符纸来,用画满了朱红色符文的那面把两个鸡蛋分别裹住,包得严严实实的。

"你……你在干吗?"

小结巴一听不抢鸡蛋,顿时安心了。她看到叶萧奇怪的举动,连煎蛋给小道士吃的嗜好都暂时放到一边,好奇地看着叶萧。

叶萧把包着符纸的鸡蛋往水里面一扔,并指成剑,向着水中一点,叱道:"疾!"

即便是隔着水,还是能清楚地看到符纸上红光一闪,好像什么东西被激活了一般。

做完这些,他一边拍手一边道:"给你弄温泉蛋吃。"

"温泉蛋?"

小结巴不知不觉地凑过来,两个脑袋都要挨到一起了,一头雾水地看向水里面。

"咕噜噜……咕噜噜……"符纸包着鸡蛋一沉到底,旋即一长串气泡就冒了起来,还有水响声声,两人泡在水里面的脚能明显地感觉到一阵阵温热,好像真的浸泡在温泉里一样。

片刻后,符纸无声无息地在水里面消失,重新露出两个鸡蛋模样。

"好了。"

叶萧擦了擦口水,在小结巴望眼欲穿的目光注视下伸手入水,捞出了鸡蛋。在吃这方面,叶萧从不对付。

"呜……好……好吃……"

吭哧吭哧,一句话没说完,小道士和小结巴敲开鸡蛋,三两口狼吞虎咽吃完，然后一起躺在潭水边上，摸着肚子惬意得不行。

知道的是一人分一个鸡蛋，不知道的还以为山珍海味管饱呢。

好半晌，小结巴坐了起来，问道："叶……叶萧，你以……以后怎么……怎么办？"

"凉拌。"

叶萧不想去思考这个问题，转而打趣道："小结巴你刚刚在白沙滩吼他们的时候可不结巴，怎么现在又结巴起来了？"

小结巴本来挨得紧紧的，听到这话一转身，背对小道士，哼道："叶……叶萧你知道的，我……我一紧张才结巴，平……平时才不会。"

话说完，她就绷不住了，扭头又靠过来肩并着肩。

"这么说从小到大你在我面前都很紧张？我就没见你跟我说话不结巴的时候。"

叶萧继续打趣，然后看到小结巴脸都红成晚霞了，这才不逗她，深吸了一口气，打开搁在腿上的道书，哗啦啦就是一阵翻。

"找到了。"

他用两根指头从道书里面拎出了一张昏黄色的纸，摊开在面前足足有三尺见方，上面布满了虫蛀痕迹，有一种随时可能散架破碎的脆响声音。

叶萧仔细打量了一眼，松了口气，露出灿烂笑容："小结巴你看，藏宝图。"

第四章　白日渊

"老头子不着调，又是不辞而别又是躲债的，总算还留下点儿好东西。"

叶萧把眼下的困难、藏宝图的来历一说，小结巴恍然大悟："叶……叶萧，你是要去寻宝？"

"嗯！"

叶萧重重地点了点头，表情带着一种男子汉的庄重，小心翼翼地收起藏宝图，道："不过不是现在，现在出去不叫冒险，叫送死，真会死的。"接着又说："还得学下手段。"

他说话时候，眺望着日潭的中心。

小道士没有注意到，在知道他要外出寻宝后，小结巴突然沉默了下来，低下头玩手指，似乎有些不开心。

"小结巴，你不是总说想去白日渊玩吗？走，我带你去。"

叶萧站起来，冲着还在低头玩手指的小结巴伸出手。

小结巴抬头，眼前明晃晃的是小道士伸着手要拉她，满脸灿烂笑容的样子。无来由地，她的心情就好了起来，笑嘻嘻地把小手交到叶萧的手上，站了起来。

两个人一起看到日潭中心处的湖心岛，小结巴又有些忐忑，小声地问道："白……白日渊里，真……真的有幽灵吗？"

"当然有，我跟它们可熟了，带你认识一下。"

叶萧把藏宝图重新收入道书，再把道书塞入道袍下面，放在胸腹之间。他这完全是多此一举，这道书平常看不出什么来，但入水不湿，火烧不着，还真不是寻常东西。

"真的？"小结巴又是开心又是怀疑，她都求好几次了，小道士都没让，这回怎么这么好说话了都不用她开口？

叶萧灿烂一笑："比珍珠还真。"

然后，他毫无征兆地用力一拽，跟小结巴两个人一起砸入了水中，扑通一声，水花四溅。

"哎呀……"

小结巴惊慌地在水中扑腾着，随即听到叶萧的声音，一下便安静了下来：
"我们，游过去！"

白日渊，天下最大的道渊，在日潭湖心岛上，毗邻白日观。
渊者，回旋之水，深不可测。
名为白日渊的深水池中，有巨大的暗红色漩涡终日旋转，飞鸟飞不过去，人也游不过去。哪怕是一根羽毛，也会在顷刻之间被漩涡卷入，再也浮不起来。
相传，白日渊的最深处，直通九幽之下。
这样通往九幽的宝地，每一处都是道士们的圣地，玛法大陆上的道士们靠着感悟九幽，能召唤出种种九幽生灵帮助战斗，是道士的最强手段之一。
叶萧和小结巴二人一身湿漉漉、凉飕飕地走到了白日渊旁。
"讨……讨厌，下水也不说……说一声。"
小结巴衣服薄薄的，被水一泡难免有些贴身，一边小声抱怨着，一边紧紧地抱着叶萧的胳膊不撒手，不知道是冷呢，还是害怕呢，还是就想这么做。
小道士脸有些红，平时多伶牙俐齿的一个人啊，连抖机灵的话都说不出来，手臂上柔软的触感跟浪花似的一波波地涌过来，在他心中绽放出一朵朵花儿来。
他下意识地抽了两下，没抽动，只能像拖着一个树袋熊一样把小结巴拖着走。
"这里就是白日渊，啊！真……真的有幽灵耶。"
小结巴左顾右盼，又是好奇又是害怕地说着，抱得更紧了。
叶萧没挣脱出来，想想还挺舒服，就索性从了，不挣扎了。
"啊！"
小结巴看到一个诡异的景象，瞳孔骤然放大，惊叫出声来。
在距离二人不远的地方，有三个脑袋飘浮在空中，它们满头乱发纠缠在一起跟水草似的分不开，一起追着一个中年道士到处跑。
"老大，都怪你带错路我们才淹死的。"
"老二，分明是你灌我们喝酒的。"
"老三，是你带头吵架我们才会掉下去淹死的。"
"你……你……怪我，不，怪你，就怪你……"
"评理，找人评理！"
三个脑袋吵吵嚷嚷地追着中年道士要让他评理，明明还隔着十来丈那么远，小结巴就被吵得一个脑袋有两个大，用无比同情的目光看向惨叫着"放过我"

的中年道士。

"叶……叶萧，它们是什么？"

小结巴想堵耳朵来着，又不想放开抱着叶萧胳膊的双手，哆嗦地带着好奇问道。

飞来飞去吵架不休的脑袋，还是半透明，一看就是幽灵，简直吓死宝宝了。

"它们啊，"叶萧抬起头看一眼，"找人评理的飞颅嘛。听说是白日门城刚建成的时候，三个酒鬼喝多了吵架，吵着吵着掉下去了，然后，就变成这个模样了。"

"它们整天没事干就吵架，找道士们评理谁对谁错，道士们都要被烦死了。"

小结巴咽了口唾沫，结结巴巴地道："它们……它们朝这边来了。"

找人评理的飞颅冲着二人的方向飞过来，原地留下一个中年道士躺在地上，口吐白沫一抽一抽的。

"不要怕啦，我跟它们很熟的。"

小道士安慰地拍拍小结巴的胳膊，冲着找人评理的飞颅招手，露出灿烂的笑容。

"啊，是叶萧！"

"烦人的小鬼。"

"快跑。"

找人评理的飞颅一个急刹车，尖叫一声，掉头就乱飞，三个脑袋三个方向纠缠半天，最终统一意见冲着一个方向飞得不见了踪影。

"呃……"

叶萧尴尬地收回招出去的手，挠挠头，扭过头去就看到小结巴一脸震惊，"这……这是怎么啦？"

小道士叹口气，寂寞地道："昨天无聊，追着它们聊了一宿。哎，怎么跑了呢，我还想给它们再评评理。"

小结巴咽了口唾沫，觉得叶萧有好几座山那么高，能把那么吵闹的飞颅吓成这个样子，这得有多烦人！

叶萧觉得有点儿丢脸，四下打量后，眼前一亮，向前一指："小结巴你看那里。"

小结巴顺着看过去，"嘶"地一下倒抽凉气，觉得从尾椎骨开始凉起来，后背上冷飕飕的。

叶萧指的地方有一个没有头的幽灵在白日渊上飘过来飘过去，还好是大白天的，要是在晚上小结巴觉得自己非得吓晕了不可。
"这……这是什么？"
叶萧语气跟介绍自家的收藏差不多，兴冲冲地道："这是'找头的没头鬼'，可好玩了，你听我说……"
找头的没头鬼常年在白日渊上飞来飞去，询问每一个来到这里的人，有谁看到他的头了。
据说这是一个从南边小石城过来的道士，他晚上就在距离白日渊不远的旷野中露宿，醒来的时候就没有了头。
曾有几个道士认为在这个没头鬼的身上一定藏着什么秘密，于是承诺找回他的头来，他们在旷野搜索了很久，真的找回了没头鬼丢掉的头。
满心以为会得到奖赏的他们被暴怒的没头鬼没日没夜地骚扰，内心完全是崩溃的。
"一定是你们偷了我的头，一定是。不然你们怎么找得到呢？"
诡异的是，这群倒霉道士离开后，没头鬼又一次丢了他的头……
"这哪里好玩了？"
小结巴蹦起来，被这个故事吓得都不结巴了。
"不好玩啊……"叶萧有点儿受打击，再一指不远处白日渊的边上，那里有一个小女孩在一板一眼地洗着衣服。
关键是，她也是半透明的，透过她的身躯可以看到对面旋转着的池水。
"这是我的好朋友，洗衣服的小女孩，我跟你说……"
"叶……叶萧，你……你能别说了吗？"
小结巴瘪着嘴，快要哭了。
"好好好，我不说了，你别抖啊，小心摔下去跟他们做伴。"
小结巴瞬间不抖了，一副噤若寒蝉的小模样儿。
她算是明白找人评理的飞颅为什么望风而逃了。
迟疑了一下，主要是压压惊，小结巴看四顾无人，红着脸玩着衣角，嗫嚅着道："叶……叶萧，你……那个……可……可以给……给我吗？"

第五章　说不出名字的符

"什么？"

叶萧一脸茫然状。

小结巴连连跺脚，委屈道："你明……明明答……答应人家了。"

看到平底锅都扬起来了，叶萧不敢再逗她，讪笑道："想起来了。"

他摸出一个小油布包，从里面拿出收藏得好好的三张符箓，道："是这个吗？小结巴的用胸说话符！"

"嘘……"

小结巴脸红得都要滴出血来，恨不得扑上去捂住叶萧的嘴，要不是怕他咬人，小结巴真会这么干的。

"这……这是什么呀……"

小结巴脑袋都要埋进胸里，好在左右除了偶尔飘过去的幽灵真没什么人。

她松了一口气，小声地问道："叶……叶萧，这……这个，真……真……真管……管……"

"当然啦，保证管用。"小道士信誓旦旦地道，"我研究过，我们说话要靠胸腔出气震动喉咙那里，这个符就是直接把胸腔里的震动变成声音。这，就是我发明的——小结巴的用胸说话符。"

"嘘……"

小结巴这回不仅是脸红，还露出一口小虎牙，想咬人。

"喏，给你，就这三张了，也够你用了，反正小结巴你就只有在我面前说话才会结巴，不用太多。

"真弄不明白你要这种符干吗？"

"不管了，等我寻宝回来，我就再给你画几张——小结巴的用胸说话符。"

"叶……叶萧，能不提……那……那名字吗？"

一阵不依的抗议后，小结巴安静地用手摩挲着符箓，想着哪天真的用了这个"说不出来名字"的符，叶萧一定会吓一跳的。

"才不告诉你人家要怎么用它呢。"

小结巴在心里想象着，憧憬着，蓦然间就有了一种娴静美好的感觉。

白日渊，难得地安静了下来。

好半晌，小结巴把符收好了，这会儿没有幽灵，没有大声叫出来的尴尬符名，她有些迟疑地道："叶……叶萧，你不想当道士吗？"

"嗯。"

叶萧歪歪头，阳光洒在他柔顺的头发上，好像露珠般滑了下来。

小结巴拿着平底锅指着白日渊前，那些在"找人评理的飞颅""找头的没头鬼"干扰下摇摇欲坠但还是很用心地感悟着道渊的道士，道："你看，他……他们都在很努力地想……想要成为一个厉害的道士。"

"你呢，你用符来做……做温泉蛋，还用来画那个……"

小结巴觉得那个符名实在是太羞耻了，完全说不出口啊。

叶萧用手托腮，郁闷地道："我是一点儿都不想当道士，我有我的梦想。老头子不知道怎么想的非让我当，还说我是抱着这本道书被他捡到的，天生就应该当一个道士。"

说着说着他就有点儿义愤填膺了起来，老头子能不能靠点儿谱，万一他不是抱着道书而是抱着春宫图被捡到的该怎么办？当采花大盗吗？

小结巴想到叶萧跟他说过的一个个梦想，什么我梦想成为一个征服星辰大海的屠龙战士，名闻玛法大陆的美食家……可她还是觉得道士这个职业要靠谱一些。

"不过……"叶萧深吸一口气，"……现在不想当也得当了。我就委屈一下，暂时当一个道士吧。伸头一刀，缩头也是一刀。你回去吧，我去了。"

他向后摆了摆手，算是告别，然后走向白日渊。

小结巴张了张嘴，不敢靠近都是幽灵在游荡的白日渊畔，更不敢一个人待着，低声道："叶……叶萧，那我走了啊。你出来要……要找我啊，我给……给你煎蛋吃。"

一步三回头，小结巴恋恋不舍地渐渐远去。

叶萧走到白日渊旁，在幽灵"洗衣服的小女孩"旁边，坐了下来。

"呜呜呜……呜呜呜……"

"洗衣服的小女孩"一边做出洗衣服的动作，一边哭泣，是真的哭哦，半透明的眼泪一颗颗地滑落，还没有落地就化作光屑飞散开来，消失得无影无踪。

叶萧一屁股坐到她旁边的时候，呜咽声戛然而止，小女孩扭过头来，睁大眼睛看着他，有一种说不出的感觉，让小道士浮躁了一整天的心思，蓦然沉静了下来。

　　静得他都不想说话，只是默默地坐着，望着眼前漩涡不断的白日渊，以及一刻不得闲的幽灵们、抵抗着干扰不断地感悟九幽的道士们。

　　白日渊不算很大，就是个一眼望得到头的深水池罢了，然而分散在各处的道士们，从跟叶萧一样的小道士，到年纪一大把爷爷辈的老道士，怕是有数十人那么多。

　　他们一个个盘着腿，摆出道家五心朝天的姿势，脸上或疑惑，或恍然，或哭或笑或癫狂……旁若无人，物我两忘。

　　"他们真的很努力地想要成为一个道士啊。

　　"要这样坚持多少年，他们才能感受到九幽的存在，然后建立稳定联系，从中召唤出骷髅之类的护法呢？"

　　叶萧想起刚才小结巴说的话，这看久了早就麻木了，从来没有在意过的一幕，突然就有了一种名为肃穆的力量。

　　"老头子是怎么说的来着？"

　　叶萧脑子里浮现出了一个景象，那是他七岁时候，老道士第一次带他到白日渊……

　　"堕肢体，黜聪明，离形去知，同于大通，此谓坐忘。

　　"坐忘者，因存想而得，因存想而忘也。

　　"臭小子，你明白了吗……呃，你在干吗？那是幽灵马，不能骑。"

　　老道士在跳脚，小道士追逐着幽灵马，笑得无忧无虑。

　　小十年过去了，老道士一直希望小道士能成为一个真正的道士，每年找各种由头把叶萧关到白日渊里来禁闭。

　　结果呢，小道士从来不知道什么叫作感悟九幽，坐忘的说法更是在无数次跟幽灵们玩耍混日子中给忘得一干二净。

　　叶萧一手托腮，一手挠头，幽幽地叹了口气。

　　同一时间，又有一个道士口吐白沫，"找人评理的飞颅"满足地飞开；另一个道士抱头鼠窜，"找头的没头鬼"紧追不舍……

　　类似的景象，在过去小十年间，叶萧都看得麻木了，现在再看来，好像凭空生出了什么其他的味道。

　　他收回目光，跟一直静静看过来的小女孩四目相接……

第六章　不走寻常路

"呃，上次给你取的名字叫什么来着？忘了，今天你就叫小丫吧。"

叶萧放下挠头的手，放弃了思考那么困难的问题。

灿烂的笑容重新浮现出来，他对着小丫清澈见底的眼睛说道："刚才跟我一起来的朋友叫小结巴，我好不容易编了你的新故事要讲给她听，她竟然不听，太不好玩儿了。我说给你听吧？"

小女孩眼睛清澈如故，叶萧也习惯了她没有反应，自顾自手舞足蹈地往下说着……

从前，在白日渊附近荒凉的地方，有一座小木屋，里面住着一对贫困的母女。

小女孩年纪小小，又是一个哑巴，她家里贫穷，以至于几岁的她就要天天到白日渊旁的溪水里以洗衣服谋生。

她有洗不完的衣服，所以从来没有朋友。每天洗衣服的时候，偶尔运气好，有附近前来玩耍的孩子们带着她一起玩耍，那就是最幸福最幸福的事情了。

她的小脸上，从此挂满了期待和满足的笑容，一直到某一天，喜欢欺负人的小孩子在她洗衣服的时候，从背后推了她一把。

小小的女孩儿，沉入水中再也没有爬起来。

从此之后，白日渊上就多了一个洗衣服的小女孩，她时而哭泣，时而欢笑，却从来不说一句话……

用成年人般假装沉重的声音讲完故事，叶萧期待地问道："小丫，这个故事怎么样，你喜欢吗？喜欢的话就当你的新故事啦。"

"找人评理的飞颅""找头的没头鬼"……其他很多很多幽灵，它们都有自己的故事，"洗衣服的小女孩"却没有。

不知道从什么时候开始，穷极无聊又不想按照老道士安排当个道士的叶萧，就一次次地给她取名字，给她编故事。

这些故事会碰巧是真的吗？

天知道，小道士不知道。

除了小道士与小女孩，又有谁会在意这一切呢？

照例，小丫没有任何反应，安安静静地听着，清澈见底的眼睛里，好像有另外一个小女孩，在期待而满足地笑着看其他孩子玩耍。这样就够了，这样就不寂寞了。

叶萧有点儿没趣地耸下肩膀，对小女孩说道："以后我不能来陪你了，说起来每次答应老头子来感应九幽，我都跟你聊天，好像真是有点儿不对哎。

"现在老头子不在家了，我也要赚钱还债，还要找到他问个明白，得走了。

"走之前，还是要学点儿本事，不然出门会挨饿的。"

小女孩不知道有没有听懂，依旧如之前无数次般安静，乖巧地看着叶萧。

"你一定很好奇我为什么要还债对不对？干吗不跑路？"

叶萧自说自话着，半点儿不觉得有什么不对："我要是走了，老头子万一回来怎么办？房子被收走了，他就没地方住了。

"所以我要认真一回，暂时先当一下道士吧。

"小丫以后要乖乖的哦，等我下次回来再给你取个新名字。"

叶萧伸手摸了摸小女孩的脑袋，手不出乎意料地透了过去，情景诡异到附近的其他道士默默地挪屁股，生怕神经病也会传染。

"哪个位置比较好呢？"叶萧不以为意，伸个懒腰站起来，目光投向白日渊，来回寻找。

就在这时候，他眼前一花，一直坐在白日渊旁，十年间从来没有见过她挪位置的小女孩，忽然飘飞了起来，拦住了他的视线。

"咦，小丫怎么了？"

叶萧看到小女孩动了动手，指向不知道多少年，她一直坐着不动的那个地方。

"你是让我坐上去吗？"

叶萧惊讶得嘴巴都要合不上了。

小女孩神情如故，安静如故，只有指向那个位置的小手，依然表现出某种执拗来。

"好吧，听你的。"

叶萧耸耸肩，脸上还留着疑惑，服从似的坐到了小女孩原本的位置上。

他没有注意到，在"洗衣服的小女孩"飘飞起来的一瞬间，白日渊上几乎所有的幽灵扭头看了过来——如果它们有头的话。

"开始。"

小道士想不通小女孩怎么突然慷慨了，竟然把她无数年都不曾挪动过的位置让了出来，不过他有个好处，想不通的事情就不想啦。

"堕肢体，黜聪明，离形去知……因存想而得，因存想而忘……"

叶萧脑子里浮现出老道士当年的话，身体自然而然地摆出五心朝天的姿势，缓缓闭上了眼睛。

他的世界，整个暗了下来。

慢慢地，浮躁渐去，杂念全消，叶萧忘掉了自己肢体的触感，摒弃了刻意的念头，在一片黑暗当中，忽然看到了光明。

"真美。"

小道士在心中喃喃自语，他"看"到了一个散发着微光的漩涡在轰然旋转着，就好像在最好的天气，抬头看到星云在转动。

"道之渊……原来是这么美。"

叶萧沉醉地观赏了片刻，回过神来，心想："接着要怎么做呢？嗯，好像是这样……"

他仿佛从身体里面飞了出来，就要投入散发着微光的巨大漩涡当中。

"就是这样，就是这样。

"好吧，其实，这也挺有趣的不是吗？"

小道士开始有了兴趣，幻想着投入漩涡当中，紧接着被卷入最深的地方直入九幽，这是一种什么样的感觉？

他全部心神都凝聚在那里，以至于压根没有发现整个白日渊的幽灵全在移动，天上地下地乱窜，逮着个倒霉道士就往人身上扑。

短短几个呼吸的时间，白日渊清静了下来，有一个算一个的道士全都被屁滚尿流地赶了出去，有一只算一只的幽灵向着小道士飞了过来。

按平时叶萧三分钟热度以及陀螺屁股来说，早就分心并发现这一异状了，不过这次不同了。

他的心神，已然被新出现在思绪触角里的一幕牢牢地吸引住了。

"这是什么？"

小道士很好奇，一片漆黑的世界里，除了微光漩涡，他又看到了其他的光明。

那是一个非常小非常小的、只要错开一个角度就绝对看不到的漩涡。

它的光是如此微弱，仿佛隔着亿万里之遥，跨越了星空，从世界上最远的地方而来。

"她是想让我看到'它'。"

叶萧脑海里浮现出"洗衣服小女孩"清澈的眼睛,想起她异于往常的举动,全都明白了过来。

"要进去吗?"

小道士迟疑了一下。

冥冥中他有一种感觉,只要他选择那个巨大的微光漩涡,一定可以深入九幽所在,完成其他道士花费几年时间还不得其门而入的成就。

可是……

"就它了。

"小丫不会害我的,还有,与众不同才好玩儿嘛。"

小道士的迟疑,连一个呼吸时间都没有到,"轰"地一下,他感觉自身化作一个光点投入新出现的小漩涡当中,径直被卷到最深的地方……

"哇哦。"

密密麻麻汇聚过来的幽灵靠得太近,层层叠叠都分不出彼此模样,在这一瞬间,它们沸腾了。

"他成功了。"

"小道士还是挺好的嘛。""找人评理的飞颅"三个脑袋撞在一起表示庆祝,"就是有时候烦人了一点儿。"

"从来没有一个人能像他经常跟我们聊天的。""找头的没头鬼"表示赞同,"除了不爱帮我找头。"

同样沸腾的还有白日渊。

有那么一刹那工夫,巨大的漩涡停止了旋转,一个全新的小漩涡以百倍的速度,轰然回旋……

第七章　召唤护法

"啊!"

叶萧大叫一声,睁开了眼睛。

"呃,什么情况?"

他发现自己呈大字形躺在地上,耳边依稀能听到白日渊漩涡转动的声音。

"吓!"

小道士的视野刚刚从模糊转为清晰,他就看到以"找人评理的飞颅"为首,整个白日渊的幽灵全都围在自己的身边。

"它们在围观什么?等等,好像是我。"

叶萧怪叫一声蹦了起来,惊得幽灵们哗地一下散开,露出"洗衣服的小女孩"。

她倒没有强势围观的意思,如过往无数年一样,静静地坐在老位置上,做着洗衣服的动作,好像之前的一切都不曾发生过一般。

小道士眨了眨眼睛,他可不会认为刚才那都是幻觉,现在只要闭上眼睛,他就能感受到一种无法形容的联系,好像他随时能通过那种联系,去到另外一个地方。

"我成功了,只是联系到的地方比较奇怪。"

他还没有感受清楚呢,"找头的没头鬼"飘了过来,好奇地问道:"小道士,你睡一整天了,在里面看到了什么?看到我的头了没有?"

听到上半句时候,叶萧先是吃惊——一整天过去了?

接着很认真地回想他看到了什么,等听到后半句,他脑袋摇得跟拨浪鼓一样,坚决地道:"没有!里面肯定没有你的头。"

"真的,那太可惜了。"

没头鬼遗憾地飘走了。

其实,叶萧也不确定他看到了什么,好像有一个跟山一样高大的巨人在仰天咆哮,又似乎是一条条巨龙在拉着战车横渡虚空;有高古残破的道观,有通天彻地的古树,有倾倒一角的天穹……

他想了片刻，又摇了摇头，分不清楚到底是梦到的，还是真的看到了，于是耸耸肩膀说道："我不知道看到了什么，只知道，我要走了。"

围上来准备七嘴八舌发问的幽灵们，一时沉默了下来。

叶萧摊开手，道："现在我是真正的道士啦，我会画符，与九幽建立了联系后也能召唤护法，我要离开这里，去赚钱还债，去把那老不着调的捉回来。"

他穿过幽灵们，走到小女孩旁边，继续伸手摸摸头，依然只是捞到了空气，"小丫，哥哥走了哦，回来再给你取新名字。"

小女孩停下洗衣服的动作，清澈的眼睛看着小道士，头略微地低了低，好像是在点头。

其余幽灵尽数沉默地看着这一幕。

"那个……我走了。"

小道士有点儿受不了这个离别的压抑气氛，冲着大家招呼了一声，一步步地向着白日渊外走去。

很快，他的背影就走出幽灵们的视线，哪怕"找人评理的飞颅"它们比平时飞得要高得多得多。

"小道士走了，以后再没人认真地给我们评理了。"

"他不肯帮我找头，不过他说没头更好，不会被弹脑门，想想也是挺有道理的。"

"呜呜呜，好寂寞……"

幽灵们迟迟不肯散去。

忽然，一个熟悉的声音传了过来：

"嘿，我会回来看你们的。"

所有的幽灵循声望去，看到在远远的地方，有一个小道士又蹦又跳地挥手，好像要挥出灿烂的笑容来……

"有一个小道士，他没心也没肺，整天嘻嘻又哈哈，要去走四方，走四方。"

叶萧一路哼着歌儿，回到了家中。

"走四方……啊呸！"

他看到自家的瞬间，脸都绿了。

裂成八瓣儿那是门，确定不是谁家不要的柴火？还有，床呢？桌子呢？……喂喂喂，是不是连水缸也不放过啊？

叶萧整个人都在抖，家里比狗啃过的骨头还要干净，这是闹哪样？

"别让我找到你们，不然非把你们倒吊在白日门上不可。我生气了，我是认真的!"

小道士龇了会儿牙，紧接着哭丧着脸，好歹找了块完整点儿的木板把门给堵上了，至于那块木板怎么看怎么像是以前的床板那就顾不了了。

"平心静气，平心静气，我可是没心没肺的小道士……可是，没心没肺不代表没有火啊……"

叶萧深呼吸了一百八十次，总算是平静了下来，把自个儿的注意力引向了其他地方。

"对了，召唤，召唤，我现在可以召唤护法啦，就算是最低级的骷髅也可以护法嘛。"

"真是期待啊，我的第一个护法会是什么样的呢？一丈高的巨人？骷髅法师？还是长着翅膀可以飞？"

强烈的期待让叶萧根本等不及了，他就从爷爷房间里找出了一个脏兮兮的蒲团，往上一坐，再翻开古银色道书，翻出了一张早就准备好的符纸。

"就是这个了——护法符！爷爷逼我画了八百遍，都画吐了。他是怎么说的来着？嗯，就是以后召唤不了护法，卖个符也饿不死你小子。哼，小看人。"

"还要什么来着？对了，我的血。"

小道士犹豫了一下，还是一狠心，把食指伸进嘴巴里，小心翼翼地咬了三次终于咬破了皮，在指肚上沁出了一滴血珠来。

"疼疼疼，快!"

叶萧拈起护法符，用带血的食指狠狠地在上面一抹，旋即扔了出去。

多出了一道血痕的符纸在风中旋转，散发出微光来，好像是晚照中飘零的落叶。

"从九幽中复活，归来吧，我的护法!"

小道士念念有词，双手交叉，向着护法符一指，"疾!"

"刺"的一声，符纸自燃，火光转瞬吞噬了整张符纸，洋洋洒洒而下的灰烬好像是粉碎得最彻底的水晶，每一颗粒都在散发着微光。

在这一瞬间，叶萧能感觉到之前建立的联系，那条通道，前所未有地稳固、清晰，他甚至能"听到"在通道的另外一头，好像有什么存在在回应。

"成了吧？"

他搓着手，有点儿小紧张，就好像第一次画了张小火符用来煮早餐时候一模一样。

"唰!"

叶萧看到了，在灰烬微光洋洋洒洒落下的地方，有一条漆黑的裂缝出现，从中伸出了一只手骨。

"来了来了，出来吧宝贝。"

仿佛是听到了小道士的声音，手骨颤抖了一下好像要往回缩，最终还是向前爬了出来……

第八章　会害羞的小骷髅

"爬?"

"好像哪里不对?"

叶萧眼巴巴地看着,他的护法先是手骨,再是骷髅头,接着是纤细的锁骨外加同样纤细的肋骨……一点儿一点儿地出现在面前。

"呃……"

"呃……呃……呃……"

叶萧脸上浓浓的期待之色凝固了。

"你……你就是我的护法?"

小道士嘴角抽搐,手也在哆嗦,声音更是抖得厉害。

"到底是我护法你,还是你护法我?"

小道士的第一个护法,终于完全地爬了出来,彻底登场。

好吧,这的确是一个骷髅。

完整的骷髅头,完整的肋骨和手臂,以及齐全的两条腿——不过其中一条腿是提在手上的,这就是它为什么爬着出场的原因。

在叶萧震惊的目光中,小骷髅半点儿也不客气,径直冲着他爬过来,一直爬到他的脚边。

紧接着,它用空着的那只手抓着小道士的身体借力,一点儿一点儿,艰难地金鸡独立式地站了起来。

整个过程,小骷髅就好像是挂在他身上一样。

"这……这……这……"

叶萧觉得心中有什么东西在崩塌,有一个声音在呐喊:"骗人的吧?骗人的吧?

"这家伙是护法?瘸腿的骷髅?我去,来条狗就是一顿加餐够啃一宿,还能有其他作用吗?

"呃……"

小道士眼睛突然瞪圆,挂在他身上的小骷髅做出了一件差点儿让他把眼珠子都给瞪出来的行为。

"咔嚓!"

骷髅把一直提在手上的腿骨往自己身上一接,猛地一推一抟,手法比隔壁跌打铺子的老大夫都熟练。

接上了?这就接上了?

"它还会给自己正骨?"

叶萧咽了口唾沫,目瞪口呆地看着小骷髅终于不再挂在他身上了,还试着走了两步,点着头表示满意。

天地良心,从小骷髅出场到现在,小道士都快给镇傻了,以至于这咽唾沫的动作竟然是他到现在唯一做出来的反应。

"我一定是没睡醒,要不就是眼睛瞎了,我的护法不可能这么矬。"

叶萧一手盖在额头上,掉头就往房里走,身后是侧着脑袋,好像很是疑惑的新任护法小骷髅。

没走两步,小道士又停了下来,叹口气,转过身:"好吧,不能逃避现实,我的护法就是这么矬。"

"好歹……"叶萧目光古怪地在小骷髅身上巡睃了一番,自我安慰道,"……现在是囫囵个儿,不用挂我身上了不是?"

他走过去,往小骷髅旁边一站,再拿手比画了一下双方身高,旋即不忍卒睹地把手掌收回来盖在眼睛上,万念俱灰地说:"竟然还没有我耳朵高,天啊,地啊!"

叶萧想起之前期待的一丈高巨人什么的,顿时觉得自己果然还是太年轻,想得太简单了。

他甚至开始怀疑人生,觉得自己召唤的这个护法是不是史上最矬护法最弱骷髅,其他道士召唤的护法骷髅最差都是强壮战士的骨头架子好不?

"咦?"

他刚要收回目光认命,去一边静一静,突然目光一凝,落到了小骷髅的胸口处。

比画高低时近在咫尺,又因为最萌身高差,叶萧是俯瞰下去的,顿时发现了一个奇怪的地方。

小骷髅纤细的肋骨完全遮掩不住胸腔,里面可不是空空荡荡的,而是有——

"一本书!"

叶萧好奇地半蹲下来，凑近了细看，果然是一本书。

"从小丫指引的特殊九幽之地里，召唤出一只特殊的骷髅，它的胸腔里面竟然藏着一本书，有意思了。"

小道士伸出两根手指捏住小骷髅的一根肋骨，小骷髅纹丝不动，极其配合，只是低下头看着这一幕，好像很是好奇的样子。

叶萧轻轻摇了摇，咔嚓一声，肋骨给卸下来了。

"呃……好脆，果然好矬的样子。"

他叹口气，又摇了摇附近两根肋骨，毫无意外，轻易地全给卸下来了。这让小道士很怀疑是不是走路不长眼睛撞个门什么的，小骷髅就得玩儿个散架重新装起。

几根肋骨一卸，垫在桌脚至少十年的一本破旧书就露了出来，叶萧想伸手进去拿来着，结果小骷髅抖得太厉害，始终没能伸进去。

"抖什么？卡……卡住了。"

"乖，别动，等下就把骨头还给你，你再自个儿装回……"

"嗯？"

叶萧停了下来，诧异地揉了揉眼睛，再看向面前骷髅。

"变……变色了……"

就在他面前，随着小道士拨开肋骨取书的过程，小骷髅竟然变色了。

一个呼吸的工夫，它就从原本灰白灰白的惨淡颜色，一下变成了粉红粉红的胭脂一般。

叶萧那一呵斥明显起作用了，粉红骷髅不抖了，他把书取出来捏在手里倒不急着看，好奇无比地上下打量起自家护法来。

"好家伙，从脑壳到脚指头全都变色了哎，还是粉红的。"

小道士不怀好意地笑着，打趣道："你该不是女孩子吧？"

他话音刚落，小骷髅僵了一下，粉红的颜色眼见着转深了。

"……不……不会吧。"

叶萧眨了眨眼睛，猛地想起来他刚刚取书的位置好像是胸口，那个拿掉什么，再伸手进去的动作，好像有点那个啥——如果小骷髅真是女孩子的话。

他本能地咽了口唾沫，目光下意识地就往下移动，落到小骷髅的骨盆处。

"老头子是怎么说的来着？想起来了，女孩子的骨盆比男人的宽，为生宝宝准备的。"

叶萧这时候脸色要多古怪就有多古怪，不由自主地就用两只手量了下自家腰胯，再伸过去在小骷髅同样位置上摩挲了下，旋即闪电般收回。
"嘶，她大。"
小道士讪讪然地笑道："那个，对不住啊，我不是有意的。"
然后，肉眼可见地，原本粉红的骷髅彻底地变成了通红色……
"害羞了……"
小道士得出了最不可能也是唯一可能的解释。
"这世道变了，我的小骷髅竟然会害羞……"

第九章 小人符

"小九,这堆符不要了,堆厨房当柴火使。"

"小九,去老头子房里,床底下挖三尺,把那罐五十年陈的朱砂取来。"

"小九……"

过去三天时间里,小道士家里传出来的声音,有一句算一句,全都是以"小九"两个字开头,不知道的还以为这家人是怎么虐待下人的,这连轴转的还让人休息不?

"小九"还真不需要休息……

院子里,小道士将狼毫朱笔一扔,整个人成大字形躺了下去,喊道:"又成了一张,小九,主人是不是很厉害?"

他胸膛起伏得跟峰峦一样,自然是累的,扭着脖子满脸都是期待之色,就差在上面刻着"快来夸我吧"五个字,一边说话一边望向旁边。

一直静静站在一旁的护法骷髅"咔嚓咔嚓"地点着头,好像是生锈的门轴太久没有上过油。

叶萧可是能将白日渊幽灵都烦得掩面而逃的存在,这三天时间里闷在家里不让他说话是不可能的,他也就只能跟自家护法骷髅说话了。

穷极无聊下,这只会害羞变色的小骷髅就有了一个新的名字:小九。

叶萧躺够了,爬起来道:"说起来小九你害羞时候是粉红,生气时候是通红,头上还冒烟儿,其他颜色又是代表什么呢?来,跟主人说说。"

他得有多无聊!

三天时间用了各种方式,生生试出来自家骷髅能变九种颜色,呈九彩,小道士就拿这一特点给自家护法取名了。

小九侧了侧身子,拿背面对叶萧,明显是不想搭理他这个无聊问题。

小道士讪然一笑,把注意力放在面前刚刚画好的符箓上。

五张符箓全都有前臂长,巴掌宽,一字排开,可怜叶萧初学乍练的,整整三天工夫,就这么一点儿成品了。

这五张符箓跟叶萧之前施展过的小火符、护法符都不太一样,除了道家符文之外，整张符箓凌乱得东一笔、西一笔，上面画着一条条红线。

看到这些乍看全无联系也没有意义的红线时，小道士就觉得手指头疼。为了这五张符，他十根指头全都咬了一个遍，才勉强画出了那些红线。

但凡咬过一次的手指头，叶萧全都不忍心下第二次口，幸好十根手指头够使，要是再不够用，就得上脚指头了。

那种滋味，小道士想想就浑身颤抖，庆幸不用上这等手段。

"这都是我的心血啊，你最好真的灵，不然我就把那本破书也让小九拿去当柴火烧喽。"

叶萧拍着搁在旁边的一本破书发着狠。

书是从小九胸膛里面掏出来的，符是从书里面学来的无名符。

小道士正处在好奇心重的年纪，嘴里发着狠，眼里放着光，拈起一张无名符吭哧吭哧就折了起来。

对，不是扔出去也不是点燃，是折——折纸的折。

一个白白净净、眉清目秀的小道士盘腿在地上折纸，要不是旁边呆呆地立着护法骷髅小九，怎么看都是童趣十足的画面。

"成了。"

叶萧一拍大腿，将折出最终模样的符纸往面前一放，满意地点了点头。

折完的符纸形状那叫一个古怪，赫然是一只手掌的模样，五指俱全，掌根处有两处凸起，就好像是两条小短腿。

符纸上用血画出来的红线，在折完之后，清晰地分布在了手掌、手指，还有那两条小短腿的轮廓处，将其勾勒得明明白白。

"看着挺精致。"

叶萧搓热了双手，将符手托在掌心，深吸了一口气，肚子很快鼓胀起来，紧接着将嘴巴凑过去，"呼"地吹了一口气。

符手被吹离掌心，飘到空中，徐徐地往下落。

"唰唰唰"，叶萧目光紧紧地盯着，小九不知道什么时候也凑了过来，俯身在小道士旁边做出跟主人一样的举动。

眼看着符手就要落地了，依然没有半点儿异状，叶萧心中一沉，失望地想到："失败了吗？"

一个念头没有转完呢，奇特的一幕就出现了。

符手的五根手指忽然剧烈地颤动起来，接着是整个手掌都在抖动，清楚无比地传递出了一个意思：惊吓。

小道士眨了眨眼睛，乐了。

符手的反应像极了一个人睡到半夜惊醒过来，发现自个儿连带床从天上掉下来一样。

更好玩的在后头。

符手五根手指颤抖完了，齐刷刷地向下弯，"啪"地落地，手指跟小短腿一起支撑，又立马弹了起来，通体都在抖，手指头拍着掌心，好像在说：吓死本宝宝了。

"哈哈哈……"

叶萧捂着肚子，乐不可支。

在他对面，符手犹如被笑烦了，用小手指和拇指抱在掌心处，其他三根手指高扬，就像是一个人双手抱胸，昂着头一副不屑一顾的模样。

"哈哈，不行了不行了，这是傲娇吗？"

小道士笑得前俯后仰，好悬没能接上气。

等他缓过气来，喜欢取名字的毛病又犯了，拍着手说道："这符太好玩儿了，嗯，就叫小人符吧。"

"你！"

叶萧指着还摆出一副昂首挺胸模样的符手："你是第一个出生的，是老大，就叫拇指吧。"

"唰"地一下，听到自己这就被取名了，还是这么不负责任全无美感的取法，"拇指"震惊了，其他四根手指竖得笔直，只有食指弯下去指着掌心。

它那副小模样，仿佛不敢置信地在说：我？你在说我？

"就这么定了。"

叶萧一摆手，丝毫不理会拇指的抗议，摩擦着手掌，兴致盎然地将其他四张小人符折了起来，重复之前步骤。

片刻之后，吹气太多有点儿喘的小道士面前，茫然地站着五只符手，全都用小短腿支着站立。它们只比婴儿手掌大上那么一点儿，精致小巧，彼此绕着圈子看来看去，充满了新生儿似的好奇。

小道士童心未泯地跟它们玩了好一会儿，过足了瘾儿，这才把古银道书摊开，冲着符手们喊道："行了，进来吧，回头再放你们出来玩——拇指你是老大哥，带头。"

拇指一听到"老大哥"三个字就来精神，做出一副抬头挺胸模样，冲着其他四只符手招了招手，带头就往道书里走。

它们乖乖地鱼贯而入，叶萧"啪"地合上道书，整个世界就又都清静了下来。

第一〇章　只有死人，没有死符

"四天了。"

叶萧掰着手指头算，脸上笑容一下子消散，换作愁眉苦脸模样。

"三十减去四，我只剩下二十六天，愁死了。"

小道士扭着脖子四处看，家里现在自然不成样子，空得跟跑老鼠的粮仓似的。但老话不是说嘛，金窝银窝不如自家的狗窝，想到二十几天后狗窝可能就随旁人姓了，他便忧伤得不行。

"不能再耽搁下去了，我得出发去挖宝藏。

"哼，到时还了钱，满世界都贴满老头子的通缉令，看他往哪里躲猫猫！再把被搬走的东西全买回来，我还要吃盟重大米做的饭，用比奇城最新款的锦缎做道袍，还有还有……"

小道士的愁眉苦脸顿时被融化得干干净净，笑容灿烂得跟春光似的，双手托腮，憧憬道："想想还是有点儿小激动哪。"

叶萧旁边，小九默默地侧移三尺，仿佛是在无声地说：那个流口水的我不认识。

"出发，出发，我要出发。"

叶萧摩拳擦掌地开始合计："先准备准备。

"嗯，无名符书。"

他想起什么似的从道袍里面拿出一本昏黄色古旧符书来，不用说，就是从小九胸口掏出来的那本。

符书无名，封面上只有三行字，用的是最古的道家符箓书写的。

幸亏小时候老道士拿着竹鞭子吓唬人，生生逼着小道士囫囵吞枣学了个七七八八。

"好在好在，不然字认识我，我不认识它。"

叶萧想起当初被竹鞭子吓得直往床底下钻的日子，就有种昏暗无光的感觉，那时候恨不得给老道士扎了小人。

在他小小的心里想着，这都什么年头了谁还用古符箓写字，苦头是妥妥白吃的。

没想到，竟然真有用上的这一天。

叶萧在写着三行道门古符篆字的封面上摩挲着，这三天来不知道第几次念出声来：

"只有死人，没有死符。

"只有没用的道士，没有没用的符。

"只有最强的道士，没有最强的符。"

一读，再读，三读。

嬉皮笑脸消失了，没心没肺不见了，漫不经心无影踪……叶萧神情专注，整个人仿佛都在放着光。

"呼——"

好半天，他长长地吐出一口气，脸上重新绽放出灿烂的笑容来。

"这三行字，比起老头子让我死记硬背的那一屋子道藏符书还要有用，真是好东西啊，多亏小九了。"

叶萧冲着小九点了点头，表示主人很欣赏。

"可惜老头子不在家了，不然给他看看，肯定喜欢得不行。"

老道士会不会喜欢不知道，反正小道士是喜欢得紧。

"谁说火符不能拿来煮蛋，我看煮出来的温泉蛋蛮好的，小结巴就很喜欢吃。

"小结巴的用胸说话符，想法多好啊，就是不知道她拿来干什么。不能知道效果好可惜。

"这，才是符！"

叶萧看着破旧符书，喜爱地摩挲着，仿佛要在三行字里面看出一朵花儿来似的。

这三行字，就好像是三只大手，在他面前推开了一扇光辉灿烂的大门。在刚看到它们的一瞬间，小道士灵感泉涌，恨不得再创出十八个新符篆，更有一百八十种普通符篆的新用法使劲儿往外冒。

当然，无名符书里面记载的一页页符篆也全都是好东西，刚刚被叶萧实践成功的小人符就是其中一种。

"可惜，我也就只能画小人符了，其他符不是看不懂，就是画不出来。"

小道士幽幽地叹口气，有点儿小忧伤。

他抱起古银封面道书，将铁铸一般的厚重封面翻开，再把无名符书拆成一页页的,小心地夹入其中。

这本道书,据说在叶萧还是一个婴儿、从海面上漂过来的时候被老道士捡到的,就在他的襁褓里。

正是因为这一点,老道士说了无数次,叶萧生来就是当道士的料,他不当道士的话,简直就是道士界的一大损失。

这话后半部分叶萧是一个字都不信的,但这并不妨碍他认为古银道书是一件好东西。

道书的古银色封面上浮雕着九条神龙,它们尾部纠缠在一起抱成一颗龙珠模样,身体也缠绕冲天而起,一直到头部才分开朝九个方向仰天咆哮。

每次看到这封面,心情都会沉浸下去,叶萧仿佛都能听到有龙吟之声,响彻九天十地。

"这么多条龙,不知道是什么意思。"

小道士想不通就不想了,把道书先扔到了一边去,这是他从小的优点了。

道书来历说不清楚,可实用性那是没的说,整本无名符书轻而易举地就化整为零,以活页的方式整合进了里面。

"对了,还有我收集的食谱。"

叶萧想起什么似的一拍脑袋,旋风般地冲进自己屋里,再旋风般地冲出来,蹲在古银道书前面就是一阵忙活。

小九这回不仅是移动两步的事儿了,纤细的胳膊往眼睛上一挡,表示它看不见。

没见过这号的,这都出门历险了,竟然还不忘记带食谱。

这是要去野炊吧……野炊吧……炊吧……吧……

等看到小道士将食谱也整合进古银道书,意犹未尽地打包了各种调料后,小九整个骷髅都不好了,摇摇欲坠的模样。

小半个时辰后,终于觉得准备得差不多的小道士满脸笑容,喃喃自语:"这应该够在外面过上几天了。"

"你说是吧,小九?"

叶萧回头一看,脸上笑容顿时一僵。

小九站在原处,又好像身处另外一个世界,时而是实体纤细的骨架子,时而呈现出半透明的样子,仿佛是水中映照出来的影像,风一吹就会破碎一般。

"又到时间了……"

叶萧郁闷得不行,毫不意外地看着小九的身影逐渐模糊,旋即消失得无影无踪。

"这都是第十回了。"

他都习惯了。

这三天里,叶萧算是摸清楚了他现阶段召唤护法的极限所在,如果什么都不做,召唤出来听他说说话啥的也是好的,可以支撑一整天;要是支使着干些活儿,有半个时辰就偷着乐了。

如果是战斗突来,小道士很是怀疑要是依靠这护法,它一盏茶时间不到就得自己往上冲。

"完全靠不住嘛。看来出发前,我还得去坑蒙拐骗地寻找个肉盾,不然就我这小身板儿……"

叶萧无奈地将古银道书用皮带拴好,挂到了腰间,环顾左右,发现小九不在身后,整个房子里空荡荡的就剩下他一个人,不由萌生出一种寂寥感来。

"走吧。"

他推开临时当门用的床板,哼着那首"有一个道士",迎着绚烂的阳光走了出去……

第一一章　你们，会在路上遇到的……

"嘭！"

叶萧迎着阳光走出来，想象中是沐浴在明媚的晨辉中踏上冒险征途，实际上是被晃花了眼睛，看不到一个风风火火跑过来的身影被他迎面撞了个正着。

于是……人肉碰撞的闷声响起，紧接着就是两声惨叫。

"疼疼疼，谁啊戳在门口，扮门神呢？"

小道士使劲地揉着额头，一个大包瞬间肿了起来。

对面，小结巴捂着鼻子，呜呜有声，没有提着平底锅的那只手指着叶萧乱颤。

"咳咳，是你啊小结巴。早啊。"

叶萧热情地打着招呼，殷勤地掏出一张纸要给小结巴塞鼻眼里，同时做出一副哥儿俩好把臂同游的架势，要多殷勤就有多殷勤。

不，这样不行，小结巴个头高，叶萧直直地撞到她的额头上，小结巴结结实实地拿鼻子来挡，不知道她原本笔挺秀气的鼻子会不会给撞塌了……塌了……

"呃……"

小结巴打开捂住鼻子的手，小道士郁闷地收回纸，顺手捂到自个儿额头上了。

别说鼻子塌，连鼻血都没有流一点儿，充其量有点儿红，揉两下就散去了。与小结巴相比，叶萧他自己额头上的那个包才是重伤。

"我怎么忘了小结巴是铜皮铁骨呢，从小到大不管是从屋顶还是树上往下掉，肉皮都擦不破，不知道是吃什么长大的。"

他抬头看一眼，清晰地感觉到了二人之间的最萌身高差，仅仅比小骷髅的个儿好上那么一点点儿。

"我才十六岁，老头子说男孩子会长到二十四岁的，靠谱吗？"

叶萧想了想，无奈摇头，自家老爷子的靠谱程度实在堪忧。

"呜呜……疼。"

小结巴揉完鼻子，又过来帮着揉叶萧的额头，关心地问道："叶……叶萧，你疼……不？"

"嘶！"

叶萧一口口抽着凉气，很想说原本不疼的，被你揉疼了，手也忒重了。

不过想到小结巴也不是故意的，天生神力、铜皮铁骨是说笑的吗？为了面子，小道士忍得很辛苦。

"不……不疼……"

他歪着嘴巴硬撑，胡思乱想分散着注意力："小结巴要不是女孩子，她妈妈压根就不会阻止她出门。真是天生的肉盾啊，我哪里还用找别人？"

好不容易逃脱了小结巴的魔爪，在叶萧的提议下，两人来到日潭边上，跟那天一样脱下鞋子，把脚伸进水里面，晃荡出层层涟漪。

"小结巴，你……那里怎么了？"

叶萧瞅着小结巴如坐针毡的样子，好奇地问道。

路上他就看到小结巴走路一扭一扭的有些不自然，时不时地还偷偷揉着屁股，愁眉苦脸样子，心里早就想问了。

"被……被打……打的。"

"谁？"

叶萧勃然大怒，那地方是能打的吗？

"我娘……"小结巴瘪着嘴巴，一副潸然泪下的样子，"我……我说要跟你出去冒险，我娘就打……打了我一顿。"

她夸张地把两手张到最大，平底锅都要拍到叶萧的脸上了，可怜兮兮地道："拿……拿这么大的扫帚打的。"

"……"

叶萧干咳两声，怒容收敛得干干净净，一本正经地道："既然是阿姨那就没办法了，打就打了吧。别说，真没看出来阿姨力气还是很大的。"

小道士啧啧赞叹地岔开话题，心想：小结巴她娘看不出来力气竟然那么大，铜皮铁骨都揍得动，真是人不可貌相哇。

"安啦安啦，理解。"叶萧看到小结巴闷闷不乐的样子，毫无心肝地笑得春光灿烂，一边说话一边拍着小结巴的肩膀，"原本我也没想让你跟着去，小结巴你还是待在家里陪你娘吧，千万别偷跑出来，不然小心屁股被揍成八瓣儿。"

拍着她的肩膀，小道士不仅心中暗爽，这就是他喜欢跟小结巴在日潭边上坐着的原因，坐着可以拍到肩膀，站着的话……太矮了……

小结巴抗议道："人……人家才不怕这个呢，只……只是……"

她低着头，玩着平底锅，声音有些低落："我……我娘说，要带……带我去找我爹，我……我长这么大还没见过我爹呢。"

"我……我……我……"

小结巴抬起头来，大眼睛里水汪汪的，似乎马上就要哭了。

她想说不是怕挨揍不跟叶萧一起去冒险，是因为从来没有见过面的爹爹，她要带着平底锅去见爹爹，然后……揍他，一边揍一边问这些年他都跑到哪里去了？

可她越是着急想要解释，就越结巴说不出话来，急得眼泪汪汪的。

"好啦。"叶萧握住她的肩膀，看着小结巴的眼睛道，"我很快就回来了，到时如果你们还没有出发，我就陪你去找你爹，见面了一边喊'不要动手他是你爹'，一边帮你抱住他，随便打。"

"扑哧"，小结巴眼泪掉了下来，脑子里想象出小道士描绘出来的情景又给逗笑了，梨花带雨，分外美丽。

又哭又笑，边说边闹，时间过得分外快，一溜烟儿就过去了很久。

叶萧看这么待着也不是个事儿，还是早点儿走吧，不然一天就这样磨蹭过去了。他把脚从水里缩回来，擦干净穿上鞋子就要站起来告别，忽然袖子一紧，又被小结巴扯了回去。

"叶……叶萧……"小结巴放开扯着小道士袖子的手，伸进怀里再掏出来，手里面攥着一串铜钱，递到叶萧面前，"这……这是我从我娘的买菜钱里扣下来的，攒了一个月，喏，都给你。"

"呃……"

小道士顿了顿，还是露出阳光笑脸，干脆地接了过来。

他们从小一起长大，不分什么你的我的，不用推来推去地客气，他也的确需要这些铜板，身上一枚铜板都没有了。

只是……这钱的来历也忒惨了点儿，没办法，小结巴家里没钱，就是有，也被她娘拿去赔给各种闲杂人等当医药费了。

"我走喽，回来会给你带礼物的。"

小道士走得潇洒无比，话音刚落便掉头而去，一只手向着身后招了招，权当是告别。

可谁又知道他在心里说了多少次"别回头别回头，故事里的英雄出发时候是从来不回头的"，但不知道怎么的，叶萧心里还是酸酸的，好像能感受到有水汪汪的目光紧紧地追着他的背影不散。

阳光洒落在他的后背上，水光溢出日潭追上他的脚步，天光水光，仿佛给叶萧的背影镀上一层金灿灿的色彩来，明明是少年单薄，却有了一种光芒万丈的感觉。

"叶……叶萧……"

小结巴的心也空了一下，远远地看着叶萧的背影向着白日门方向去。

良久良久，一直到快看不到小道士的背影，她终于忍不住内心的酸涩，两串泪水断线珍珠般地滑落了下来。

小结巴不懂得什么大道理，只是在这么一瞬间，她依稀地感觉到，从小一起偷吃、一起玩耍、一起嬉笑怒骂的青梅竹马，走上了一条全新的道路。

"回家吧女儿。"

小结巴猛然回头，看到一个三十来岁的温婉女子不知道什么时候站到了她身后，用怜惜的语气说道："女儿你知道吗，每个人都有自己的路要走，优秀的男人，更是会走出一条不寻常的路。或许艰难，或许光芒万丈，但那是属于他的道路，别人不能阻拦，也未必能跟。"

"呜呜呜……"

小结巴扑到母亲的怀中，放声大哭。

好半天，她抬起头来，泪眼婆婆地问道："娘，我还能煎蛋给他吃吗？"

母亲摸着她的头发，声音悠悠："行啊，只要你愿意，这世上没有什么事是做不到的。"

她搂着小结巴往回家的方向走，依偎在一起的母女背影处，幽幽传来若有若无的声音：

"女儿，娘忘了告诉你，优秀的女人，一样会走出一条不寻常的路。

"你们，会在路上遇到的……"

第一二章　大小姐，背黑锅

"蒸羊羔，蒸熊掌，蒸万泉湾蟹。"
"拌海蜇，焖冬笋，烧白海鱼头。"
"炸排骨，酿山药，烩赤月红蘑。"
"……"

小道士边哼着歌儿，边东张西望地走在长街上，耳中灌满了报菜名的声音，瞬间冲散了他的离愁别绪。

这条街上汇聚着各地的美食，东北盟重省的，东南雷州湾的，正南白海的，西南夷州的……自然也少不了本地赤月半岛上的好东西。

各种特色美食，那味道真是诱人啊……呼……

不知道哪一家起的坏头，每家店铺都会弄出一个嗓门最大的伙计，使出吃奶的劲头报菜名招揽食客，俨然成了一道风景。

踏入这条美食长街，滚滚红尘气息裹挟着特色报菜名的喧嚣扑面而来，在冲了小道士一个跟头之余，轻易地就将他小小的离愁给冲淡了。

好歹是生活了十六年的地方，老道士更是吃货一枚，这长街上的东西叶萧没少吃，吸引力还算不大。

"咦？"

小道士悠然地在街上漫步了大半天，远远地看到高耸的白日门，他突然停住了脚步，鼻翼翕动。

"什么味道？"

他连眼睛都给闭上了，鼻翼抽动得愈发厉害，好像前面有一条无形的气味绳索，拉着他就往某个方向去。

"甘松、八角、茴香、孜然、肉蔻、桂皮、迷迭香……"

叶萧喃喃自语，将分辨出来的味道一个个念出来，至于跟这些味道萦绕不散的浓郁肉香，更是让他露出了陶醉之色。

"盟重名菜——土城烤肉！"

小道士霍地一下睁开眼睛，两眼都冒着绿光。

他的面前，赫然有一座土黄色三层楼高的馆子立在面前，门口的幌子高高地竖着，上面写着"沙漠土城"四个字。

"沙漠土城"通体就好像是拿沙漠上的沙子黏合而成，充满空旷、苍凉的意味，站在面前，恍若跋涉过一望无际的沙漠，终于看到戈壁滩上一处供人歇脚的地方。

这个色调，这般风情，全都跟洋溢着海风和阳光的白日门城基调不搭，突兀得不行，也醒目得不行。

"沙漠土城总算是开张了，早就听说他们家的土城烤肉最是正宗，比奇城里哪家分店生意都火爆，火爆到需要排队。"

小道士咽了口唾沫，举步就要上前，他馋这口不是一天两天了。

他刚要迈上台阶，不远处"沙漠土城"店里窗口处飘出来的香味愈浓，兴致勃勃的叶萧反而迟疑了。

"这个……"他摸了摸怀里，小结巴给的钱就搁在那里，"……我只有一贯钱了，吃顿土城烤肉的话，够是够了，只是也剩不了多少了。"

沙漠土城里，临窗的那桌上菜了，香味像一只小手，一把揪起了叶萧的鼻子。

"这是烤鸡脆骨的味道……小九比鸡脆骨还要脆，不顶用啊，钱不能花在这里。"

小道士一咬牙想走，该死的临窗桌子又上菜了，浓郁香气凌驾在之前味道上，愈发显得层次分明，勾人肚里的馋虫。

"这，这是土城烤肉里最出名的烤厚片，每片全都用带着肉眼的厚厚牛肉来烤，倍儿香……不成不成，我还缺个皮厚的肉盾，不然我一个菜鸟道士就不是去寻宝了，那是去送菜。"

叶萧抿着嘴巴，悲愤地下了决心："走！"

他闭上眼睛，深深地用力地吸了一口气，然后屏住呼吸，埋头就走。

小道士低头而走，脚步那叫一个匆忙，生怕一抬头眼睛里就会长出钩子，走得慢了两条腿就不听使唤，硬生生往店里面蹭一样。

一不留神儿，他跟一队往土城中去的人擦肩而过，发现对方的时候晚了点儿，叶萧擦着其中一个人的肩膀，感觉就好像撞上了一面墙，顿时就是一个趔趄。

"这是人吗？狗熊假扮的吧？"

叶萧吃惊地一看，发现人家对方稳稳当当，连脚步都没有乱，跟身边另外七个人一起形成环形，簇拥着被他们保护在中间的人。

这些人旁若无人地走在街心，迎面而来的人如同遇到礁石的河水，要么是被对方气势所慑自动避开，要么就是跟叶萧一样跟跄到一边。

"体魄雄壮的战士，目如鹰隼的弓手，气息古怪的道士……"

叶萧惊讶地回头看，将护卫着什么人似的八个家伙尽收眼底，顿时又吃了一惊，这些人一看就不是什么好打交道的人，浑身上下都流露着一股警惕和老练的味道。

在双方擦肩而过的瞬间，仿佛是对叶萧的目光若有所觉，被众星捧月的那人恰好也扭过头来。

四目相接，惊鸿一瞥。

"好秀气的小道士。"

叶萧眨了眨眼睛，先是在心里夸了一声，紧接着又有些挠头："怎么有些眼熟？"

那个小道士也就是十六七岁的模样，干净秀气，飞扬的乌发掩不住明朗如月的一双眸子。

双方这么扭头一望，目光错开，对方一行人拥入沙漠土城，整条长街上的气氛都轻松了起来，好像乌云从头顶上挪走了一般。

"这些是什么人？"

这个念头只是在叶萧的脑子里转了一圈儿，就消失得无影无踪了。

生怕再被诱惑了进去，他快步向着白日门方向走去。

同时，沙漠土城的二楼上，格格不入的一行九人落座，其中七人散成两桌，有一种虎视鹰扬的味道，一言不发就逼得其余食客让出大半空间，憋屈地挤到二楼的另一侧。

被他们护卫着的小道士则和一个老道士坐在二楼临窗座位上，饶有兴致地望向街上。

"老师，刚刚好像看到了一个小道士，长得清清秀秀的，穿道装还挺好看的，跟我神似。"

小道士拂开乌发，小口地抿着茶水。

老道士笑了，带着一脸宠溺，说道："乡下地方都是小人物，怎能跟小姐比？这道装还是小姐穿来好看些。"

"小姐？"亲自赶过来端茶送水的沙漠土城掌柜一哆嗦，险些把水壶给扔了，吃惊之余恍然大悟，敢情是个女扮男装的雌儿，怪不得这么秀气。

无论是小姐还是老道士，全都没有多看掌柜一眼，仿佛当他是空气一样，又不显得目中无人，一切都是那样理所当然。

"是吗？"

小姐嘴角一弯，眼睛笑成了一道弯月："老师是哄我呢，我又不是真正的道士，只是喜欢穿道装而已。

"赤月半岛，尤其是这白日门城，也不算是乡下地方啦。"

她秀气的眉头一蹙，道："就是这里的人古怪了一点儿，刚刚那人非说我四天前在什么桥上，搅和了人家一门亲事啊什么的，莫名其妙，我们今天刚到这里啊。

"老师，他们说是什么家的人来着？"

老道士迟疑了一下，道："好像是姓魏？小商人家罢了，打了也就打了，不用理会。"

"嗯。"

小姐原本也没有放在心上，随口一提罢了，闻言点了点头，不再多说。

同一时间，有喧哗的声音，从白日门方向传了过来。二楼角落望过去，正可看见人群哗地一下散开，有个小道士从中狂奔而出，后面一群人紧紧地撵上。

"这里的人真是很古怪啊。"

小姐评价了一句，便收回了目光。

叶萧就不觉得古怪，他觉得简直是邪了门了。

刚刚穿过白日门，他迎面就撞上了一群气势汹汹的彪形大汉，其中有几人虽然鼻青脸肿模样，看着还是有几分眼熟的。

不等叶萧多看，鼻青脸肿那几个人伸手一指，尖叫出声："在那里！"

"咦？"

叶萧左看看，右看看，两侧行人如避瘟神，身边瞬间就空了。

"等等，我想起来了。"

他猛地反应过来，鼻青脸肿那几个，不就是前几天在桥上给魏家小姐抬轿子和抬嫁妆的魏家人吗？

"就是他！"

魏家一个被打成像猪头的人指着叶萧大叫道。

"不是我。"

叶萧本能地应了一声，立刻就住口了，心里叫了一声"苦也"。

"惨了，魏家胖小姐那事发了，他们查到是我捣的鬼？在场那么多人，怎么可能这么快确定是我干的？"

小道士一边想着，一边左顾右盼，寻思着往哪边好跑路了。

对面魏家人气势汹汹地压了上来，脸上肿成猪头那人不住地叫嚣着："一定是他干的，没错。要不刚才我们只是查问一下，他干吗又不承认在场，还让人把我打……打成这样？"

说到后面，猪头一边疼得抽气，一边带出了哭腔来了。

"至于嘛，大男人一个，这就要哭了？"

小道士在肚子里吐着槽，同时纳闷了起来："还有，认错人了吧？那天之后我就没有见过这货了，哪里打他了？"

叶萧满脑子全是问号，有一种替人背了黑锅的感觉，偏偏魏大小姐那事，还真是他搞黄的……

"不管了，好汉不吃眼前亏，闪。"

他话都不多说一句，撒腿就跑，再不跑那个猪头模样的人就是前车之鉴，没看他们袖子都挽起来了吗？

"追！"

魏家人大呼小叫着，足足十几号人撵兔子一般追了上来。

白日门外，正是热闹时候。

船厂的匠人蜂拥着上工，码头苦力成群结队地向着靠岸的大船去，有肩挑手抬着要进城的，有急匆匆要出城的……

一前一后，一追一逃间，全乱了套，不知有多少人跳脚咒骂，又有多少人抱着胳膊看热闹。

叶萧管不了那么多，他只知道这回乐子大了。

"八条街了，至于追我八条街吗？呼……哈……"

第一三章　会装死的小九

"不……呼……不行，不能再跑了。"

叶萧脸都白了，不是吓的，是累的。

"别没被打死，把自己给跑死了。"

双方的距离在不断拉近，"臭小子别跑""你给老子站住"之类的叫骂声先一步追了上来，如在耳边。

"不跑才有鬼。"

小道士嘴上不吃亏，眼睛乱瞟，四下打量。

"咦，老车道？咋都跑到这里来了？"

他刚刚撞进来的这条街窄窄的，两侧犬牙交错的建筑毫不客气地占据着街上空间，或是红灯笼，或是招牌幌子，恨不得能伸到街中间来，更有一条条深深的巷子飘来阵阵酒香。

叶萧对这地方太熟悉了，七岁开始他就学会带着钱来这条街上，把喝得烂醉如泥或是被扣在赌场里的老道士弄回去，这里快跟自家后院差不多了。

他本来的目的，也是来这里。

老车道这地方是外来蛮人、水手、贫民扎堆儿的地界，酒馆、赌场满满当当的，叶萧想要坑蒙拐骗个伙伴一起去寻宝，没有比这里更合适的了。

"我是计划来这儿，可没计划被人追着来啊。"

小道士一咬牙，一跺脚，猛地止步，扭头回身，面对魏家追来的打手。

"我生气了！后果很严重——"

叶萧挺直了腰杆，喘匀了呼吸，打开古银道书，两手从中抹过，各夹着一张符交叉竖起在耳旁。

这架势，这姿态，怎一个有恃无恐，怎一个高手风范！

"嘶……"

魏家打手彼此推搡着，没敢直上，踮着脚围了过来，瞧着小道士这架势，一个个想法乱冒，从"这小子怎么这么能跑"转成"难道撞上铁板了"。

"出来吧，我的护法！"

叶萧目光深邃、飘忽，一手如电，射出一张护法符来。

护法符在半空中燃尽，洋洋洒洒而下的灰烬泛出晶莹的光辉，随之一个漆黑的裂缝出现，旋即一个灵活的身影从中一跃而出。

整个过程，魏家打手停住脚步，心中七上八下，直犯嘀咕，有那胆小的都开始往退路瞄了。

结果——

"呃……"

"这……这是什么鬼？"

纤细的骨架子，矮小的个子，颤颤巍巍的模样，风大一点儿就会飞了吧？

当小九的真容出现在众人面前时，不知何时聚拢过来的围观者们完全震惊了。

魏家打手们脸色先是涨红，再是转紫，头上都快冒青烟儿了。

竟然……竟然让这么个小破骷髅给吓住了。

丢人丢到姥姥家去了，四面围观者先是一片沉寂，紧接着爆笑出声，魏家打手听在耳中恨不得在地上挖个坑把自个儿给埋喽。

小九出场的时候，叶萧已经开始往回退了，只是还抱着侥幸的心理看向小九。

小骷髅这几天被他在家里召唤惯了，刚出来的时候还有些晕头转向，没弄明白怎么换地儿了。

咔嚓咔嚓的骨头声，它的目光终于落到了魏家打手身上。

然后，它就看到一群又气又恼的彪形大汉，挥舞着钵大的拳头，高举着棍棒，瞪着铜铃眼睛，哇哇哇地就冲它过来了。

在叶萧，在魏家打手，在所有围观者的注视下，小九哆嗦一下继而开始全身抖，原本灰白色的骨头瞬间变成绿色，绿油油的。

"我去。"

叶萧的下巴险些掉下来，彻底无语了，"这……这是害怕了吧？这一定是害怕了。"

"他奶奶的，谁来告诉我，骷髅怎么会害怕？"

这么深奥的问题，明显没有人能来解答，叶萧一直捏在手里面的另外一张符此时到了发挥作用的时候。

"神行符，跑得快，急急如律令。"

小道士嘴里乱七八糟地念叨着，将神行符拍在了自家大腿上，掉头就跑，噌噌噌如旋风一般，速度至少快了三成。

"算了，本来就不能对小九有太大指望，能拖延一下也是好的嘛。"

叶萧抱着这个念头，一边狂奔逃命，一边扭头向后看。

一看之下，几近震惊，他脚下一个踉跄差点儿左脚绊倒右脚。

"我……我看到了什么？"

叶萧有揉眼睛的冲动，他分明看到小九通体绿油油地抖个不停，跟醉酒了一样，转着圈子打出来道路，撞在旁边巷子口的墙上，"哗啦"倒地就不动了。

绿色褪尽，抖动全无，脑袋歪在一边，眼睛窟窿里的光都暗了下来。

整条老车道都欢腾了，全是爆笑的声音。

这是道士的召唤护法吗？确定不是在耍宝吗？连敌人的边儿都没有摸到，就一头撞在墙上挂掉了……

"装死！"

"我的骷髅竟然会装死？"

叶萧震惊到嘴巴都合不拢了。

要不是代表着护法的灵魂联系稳固如常，就凭小九这个唱作俱佳的表演，叶萧也会毫无疑问地认为它死得彻彻底底的。

"跑！"

叶萧勉强把快要掉下来的下巴给合了上来，不去纠结自家护法竟然会装死这个问题，埋头就往前跑。

身后烟尘滚滚，叫骂如潮，撵着他的屁股就追了上来。

几十个呼吸时间过去，小道士领着魏家打手，整整绕了老车道跑了一大圈，又回到了原点。

一人逃十几个人追，从小九面前呼啸而过，带起来的灰尘让它原本就没什么光泽的骨头更显晦暗。

没有人注意到有那么一瞬间，小九的眼睛窟窿里亮了一下。

"一、二、三……十三。"

叶萧两条腿都快跑成了车辘辘模样，用尽了每一个拐弯，最后一次回头，终于把身后追兵的人数给点清楚了。

"少了一个，刚刚是十四个！"

小道士嘴角一挑，第一次觉得有个护法还是蛮好的。

除了他之外，别说那些快跑晕乎了的魏家打手，就是看热闹的围观者们，也没有几个人注意到究竟发生了什么事情。

某个阴暗、狭窄的小巷子里，小九两条纤细的腿骨交叉在一个健硕的魏家打手脖子上，身躯与地面平行，极其有美感和力量感地浑身骨架一扭，打手就摔飞了出去。

没等他回过神来，弄明白自己怎么从大街上被弄到了小巷子里，就让一个小骷髅给揍了……

小九欺身扑上，两脚踩在打手的脚面上，纤细的拳头闪电一般在打手两边腋下各来了一拳。

"呜……"

打手两臂一软，瞬间就抬不起来了。

下一刻，他眼前是一个骷髅头在不断地放大，最后"嘭"的一声，剧痛中眼前一黑，什么就都不知道了。

小九缓缓地爬了起来，正了正在剧烈撞击下快要掉下来的脑袋壳，一个闪身出了巷子，回到原来位置坐下，脑袋又歪到肩膀上，继续——装死。

远方，烟尘滚滚如龙，一个小道士大呼小叫地再次跑了过来……

第一四章　你钱袋掉了

一个跑一群追,不知道绕着老车道跑了多少圈子后,一段段没营养的对话从双方嘴巴里喷出来,引得围观众人哄然大笑。

"有种停……停下来!"

魏家打手们双手撑在膝盖上,气喘得跟扯破的风箱一样。

"有种追……追上来!"

叶萧两条腿都在抖,汗水沾湿头发,一缕缕地贴在额头上。

双方都没了力气,吐着没有意义的垃圾话,大口呼吸着恢复气力。

"八条街加上绕老车道五六圈,原来我这么能跑。"

小道士很想苦中作乐地再嘲讽一下后面的魏家打手们,那五六圈的工夫里他就没少干这事,激得一群彪形大汉嗷嗷叫,竟然连后面不断有人掉队都没有察觉到。

只是这会儿,叶萧彻底没力气了,呼吸时都觉得扯得胸口疼,火辣辣的要炸开了一样,哪里还能再逗他们玩儿。

"不行,到极限了,再来几圈就没命了。"

在"有种停下来"和"有种追上来"的垃圾话里面,叶萧脑子不停地转着。

再这样保持下去,他绝对逃不掉被摁在地上一顿胖揍的结局,至于被逮进魏家还会有什么遭遇,小道士连想都不想去想。

"我最多还能再跑两圈儿。

"不够对付他们了。"

叶萧汗水流进了眼睛里,那叫一个酸爽,还是竭力地睁开向身后看过去,来回数了几遍,心头一阵郁闷。

还剩下,八个人。

八个魏家打手,跟一开始的十四个人自然没法比,问题是形势却比那时候还要严峻得多。叶萧已经跑不动了,小九靠装死来阴人的手法,怕是也用不下去了。

最后这一两圈,如果不是叶萧把那群魏家打手挑逗得跟见了红布的公牛一样，小九的小动作怕是早就被对方发现，然后直接踩成碎骨头了。

这时候，在双方身后不足十丈远的小巷子里，有六个魏家打手横七竖八地躺在地上，全都是鼻青脸肿的，唯一一个清醒过来的嘴巴里面塞着同伴的大脚，呜呜呜地叫不出声来。

小九肋骨断了几根，一条胳膊斜斜地吊着，半条腿拖在地上，残破的身躯挪啊挪地出了小巷子，靠到不起眼的墙角处。

它前方十丈就是魏家打手，再十丈是叶萧。

看到小九重新出现，小道士长长地舒了一口气，心想："小九出奇地能打，可惜它快撑不住了。"

这是第一次，叶萧带着魏家打手绕了一个圈子回来，还叫骂了半天，他的小护法才从巷子里出来。

之前哪次不是早早地躺在巷子口装死，等着阴下一个？

"拼了，冒险一把。"

叶萧深吸了一口气，直起身，回转过来，面对魏家打手们。

"跑……跑不动了是吧？来，乖乖让爷爷捶一顿，再捉回去让大小姐发落。"

领头的魏家打手比常人高出足足一个头来，大喘气时胸口的肌肉都在跳动着。

这位胸肌男狞笑着说出这番话来，小道士脸都绿了。大小姐发落？她都不用其他东西，只要往身上一坐，五脏六腑都能给压出来。

"咦？没看出来啊，小道士长得还不错，爷爷会记住不打脸的，等你被大小姐收拾完了要是还有口气，还能卖到南边的小石城里当兔儿爷。"

胸肌男上下打量着叶萧，双手抱胸说出这一番话来。叶萧不跑了，肌肉男也乐得慢慢走过去，两条腿跟灌铅了一样，这辈子他都没一口气跑过这么远，怎能不对叶萧恨得牙痒痒。

先前他们追了小道士一路，偏偏叶萧在人群中滑溜得跟泥鳅一样，尽往人堆里钻，他们能不跟丢就不错了，倒还真是第一次看清楚他的真容。

"嘶……"叶萧倒抽了一口凉气，"这么恶毒？"

"看来就是冒险也得干了，落到他们手里准没个好。"

他挺着身子，看着魏家打手们摩拳擦掌地渐渐靠近，干脆来个纹丝不动，就是嘴巴跟毒蛇似的，不住地往外吐着毒液。

"喂，那打头儿的胸肌男，你追小爷追得这么紧干吗？向你们大小姐表忠心，回头好做个入幕之宾是吧？啊呸，你够本钱吗？也不怕半夜压死你，胸大无脑的货。"

小道士跳脚叫骂声，周遭围观众人哄然大笑，前几天桥上那一幕可是在白日门城传了个遍，魏家大小姐的"千金小姐"美名比之前的"嫌贫爱富"还要响亮十倍。

"你……"

胸肌男浑身都在冒烟儿，他很想喊一声，老子虽然坑蒙拐骗无所不为，但有些东西是不卖的。

——到底没敢。

羞愤转化成了怒火，一声呼喝，八个魏家打手一拥而上。

五丈、四丈、三丈……

当双方距离只剩下一丈，胸肌男钵大的拳头已经举起来了，小道士突然掌心向外一推，大喊一声：

"停！"

胸肌男等人一怔之下，真的停了下来，愣了一下，道："现在求饶晚了。"

"谁要求饶了？"

叶萧嗤之以鼻，指了指胸肌男脚下："我是想提醒你，钱……袋……掉了。"

"钱袋"二字，他加了重音，拖长了音调，外加这词天生就能吸引人的注意力，顿时，不管是魏家打手还是围观者们，目光全都汇聚了过去。

围观者们都看半天了，眼看"我跑你追"的游戏就要变成拳拳到肉，早早就围拢了过来。近在咫尺，每个人都踮起脚来，不难看到胸肌男脚下的情况。

那里，真的有一个钱袋。

钱袋鼓囊囊的，金丝提线绣着涡云纹，正是白日门城口这块儿最近流行的纹样，单钱袋本身就值不少钱啊。

"哦，是我的钱袋，谢谢啊。"

肌肉男愣了一下，旋即眼睛放光，飞快地往回捡。

这钱袋，能是一个打手的？骗鬼呢！

人群中，骤然听到"钱袋掉了"，人的本能反应就是摸下自己的钱袋。在胸肌男把那个涡云纹钱袋捡起来的同时，多声惨叫从围观者中响起：

"我的钱袋！"

"哪个天杀的小贼偷到爷爷身上了，别让我抓到你！"

"……"

敢情丢钱袋的不是一两个，有不少人都遭了灾。

叶萧咧开嘴乐，很想补充一句"围观有风险，钱袋要谨慎"，怕引起众怒，没敢。

他一双眼睛鹰隼一样盯着有些不知所措、还没弄明白发生什么事的胸肌男等人，心中在默数"一、二、三"。

叶萧刚数到三，"啪啪啪"跟瓜熟蒂落一样，一个又一个钱袋，纷纷从魏家打手身上掉下来，有的一个，有的两个。

"哇，你钱袋又掉了，啧啧啧，真有钱。"

小道士指着胸肌男大惊小怪地叫着，对方傻了，手上攥着一个，屁股后面又有两个钱袋掉了出来，有朴素的，有华丽的，更有胭脂色的，明显那是女式的。

再是胸大无脑，胸肌男也知道不对劲了。

他张大着嘴巴，不知道说什么好，也不用他说什么了，人群中忽然爆发出了一声声怒喝：

"我的钱袋。"

"那是老娘的钱袋。"

"好呀，原来你们假装打人，其实是贼骨头，打不死你。"

"……"

"呼啦"一下，数十人拥了上来，跑在最前面的是那几个被偷了钱袋的苦主，后面纯粹是凑热闹打太平拳的。

当街围殴小偷这事安全无风险，群众素来喜闻乐见，积极参与。

以胸肌男为首的魏家打手只来得及喊一声"不是我……"便被七八个拳头、十几只脚给淹没了，滚滚烟尘，叠罗汉打，小道士只听到惨叫声声，连个囫囵人影都看不到。

叶萧可没有上去打太平拳，万一被牵连进去怎么办？"热心"围观者们冷静下来就会发现不对劲儿，到时他可逃不掉，还得有一顿好打。

猫着腰，缩着头，小道士趁着没人注意，悄无声息地向着最近的一家饭馆挪过去，那个饭馆有个后门，便是他的目标了。

骷髅护法小九动作麻利着呢，看到这边尘埃落定，"噌"地站起来不装死了，向着叶萧方向挪了过来。

在魏家打手们被围殴的地方，滚滚烟尘遮掩下，有一个小小的、比婴儿手掌大不了多少的人影钻了出来。

——小人符，符手。

不枉费叶萧一边跑，一边把五只符手都给放了出来，让它们去偷围观者的钱袋，再找机会搭顺风车挂到魏家打手身上，关键时刻，起作用了。

当先爬出来的符手五根手指抱成了拳头，两条小短腿蹑着脚步，小心翼翼地往外挪，生怕一不留神就给踩扁喽。

出了危险区域，它张开两根手指，向着身后一招，哗啦啦又有四只符手爬了出来，恨小短腿不够用，掉过头来用五根手指跑得飞快，一溜烟儿地窜到叶萧身边，比小九还早了一步。

一马当先的当然是符手们的老大哥拇指了。

它麻溜儿地顺着叶萧的衣角爬了上去，一路爬到肩膀上，拇指、食指、中指三根手指屈起来，一搓，两搓……

"汗……"

小道士赶忙打开古银道书，趁着还没人注意，用两根手指将符手们一只只拎着塞了进去，无视了拇指等符手的表功，紧接着又把小九收了起来——这可怜的，都半残了。

他动作飞快，一连串儿地做完这么许多，连一个呼吸的时间都没有用完，一个箭步就往饭馆后门去。

"啊啊啊啊……"

突然，身后有怪叫声追了过来，听在耳中怎一个悲愤了得。

百忙中叶萧回头一看，灵魂出窍："我去，不是吧？"

他看到胸肌男从人堆里面艰难地爬了出来，一路上受了无数"面目全非脚"，站起来后拔腿状若疯魔地追了过来。

真是"面目全非脚"啊，胸肌男被打得浑身上下没有一块好肉，若不是胸肌弹跳实在醒目，别说是叶萧了，就是他妈恐怕也认不出来。

这货明显是爆发出了最后力量，以悲愤为燃料化作飞毛腿，竟然三两步就追到叶萧身后，一张大手乌云罩顶般地抓过来。

叶萧倒吸一口凉气，连抢数步，竭力地伸手向饭馆后门的把手处。

突然——

时间好像在这一刻静止了，胸肌男的大手距离叶萧脑袋只有一个拳头距离，小道士的手和饭馆后门把手只差一根指头的距离，"嘎吱"一声，饭馆后门颤动了一下，裂开了头发丝般的缝隙。

千钧一发，叶萧脑子里好像有闪电在划破，触电般地缩手，紧接着整个人就蜷缩了起来，向着旁边一滚。

胸肌男本来就是狂奔状态，又是重如狗熊，哪里能够收得住脚，越过小道士就向前冲了过去。

等叶萧从地上扭过头来，正好听到"嘭"的一声巨响……

第一五章　迪迪

"嘶……"

叶萧倒抽了一口凉气，扭过头来正好闷响声入耳，眼见着胸肌男像被人推了一下的木桩子一样，笔直笔直地往后倒。

"嘭"的一声，他硬邦邦地摔在地上，烟尘四起，浑身上下一抽一抽的。

"看着就觉得好疼。"

小道士在旁边看得真切，胸肌男可不是如他所想的一样，收势不及撞上打开的饭馆后门。那门薄得跟什么似的，别说胸肌男那么大块头，就是他自个儿往上撞都能撞出个斗大的窟窿来。

时间往回倒退一会儿，当胸肌男冲过叶萧躲开的位置时，饭馆后门打开了，一个雄壮如山的身躯从里面猫着腰低着头出来。

不能不低着头啊，那身板要是挺起来，门梁都要给撞断喽。

胸肌男就是一脑袋撞在从饭馆后门出来的大汉胸膛上，仰天便倒。

这一边，胸肌男倒在地上浑身抽搐，口吐白沫；那一头，始作俑者还弄不清楚发生了什么情况，摸着脑袋一脸茫然。

"咦？"

刚刚从地上爬起来的小道士打量着彪形大汉，眼中放出了光来，贼亮贼亮的。

大汉身材雄壮，上身一件油汪汪的皮褂子，下身穿条短裤，身上肌肉疙瘩一块块分明地显露着，铁铸一般。

即便是站起来了，叶萧看这条大汉也得仰着头，脖子都酸了，谁让对方长得也忒高大了呢。

小结巴比小道士高出半个头有余，眼前这人比小结巴还要再高出一头去，至少八尺开外。他头顶上有两根牛角粗壮地向着斜上方长，形如半月，无形中给人的感觉更是高大魁梧得很。

"是个牛魔人。"

看到两根牛角，叶萧就明白对方的身份了。

从白日门港出海，向北边走入西风洋，只要赶上信风，几天工夫就会看到一大一小两座岛屿隔着海峡相望。

大的那座叫作苍月岛，上面生活着牛魔一族。

牛魔人在那地方繁衍了多少年，估计得是比奇城里专门研究种族历史的学者才能知道，他们绝大多数是凭着高人一等的体魄和蛮力，成为足迹遍天下的佣兵。

"这么个大块头，走在路上分分钟踩死人的节奏，个头矮一点儿的要蹦起来才能被他看到吧？"

叶萧啧啧赞叹，想起有关牛魔人的一个笑话来。

有一个牛魔人跟一群人同行，同伴雇请了一个狄猫族人当向导，走在半道上牛魔人忽然说：我们该换个向导了。同伴问明原因，牛魔人一抬脚，脚下狄猫族人已经被踩成一张薄纸片了。

"不小心踩死了……不小心……踩死了。"

叶萧想到第一次听到这个笑话的时候，笑得肚子都疼了，直满地打滚的模样。

小道士这边各种念头此起彼伏，那边牛魔人总算弄明白发生什么了，"哎哟"一声就要上去搀扶胸肌男。

远处，一片纷乱渐渐平息了下来，魏家其余打手叠成罗汉，一个个像被大象踩过一样，叫唤都叫唤不出声来。

"咕噜。"

叶萧感受到一道道目光投过来，不由得咽了口唾沫，上前一拽牛魔人的胳膊，喊了一声："走！"

……没拽动。

牛魔人依然是一脸茫然，奇怪地看过来。

这回近在咫尺了，叶萧才看清楚这个牛魔人貌似雄壮，实际上脸上还有挥之不去的稚嫩味道，年纪怕是比他也大不了多少。

"没时间了……"

叶萧用眼角余光看到有几个围观者意犹未尽地往这边凑过来，究竟是冲着胸肌男呢，还是冲着他？小道士是丝毫不想赌一把。

他上下打量了一番牛魔人，脱口而出："跟我走，以后不用洗盘子。"

牛魔人庞大的身躯一震，再震，震得身上的褂子啪啪作响。

"走。"

小道士一拍牛魔人的胳膊，拽上就走，这回牛魔人没有抗拒，乖乖地跟在他后面狂奔而去。

在他们身后，一声声"在这里""往死里捶"之类的声音传来，伴着一阵阵拳拳到肉的响动，听在耳中，叶萧很是为胸肌男默哀了一下。

自觉安全了，小道士露出灿烂笑容，一边跑一边问道："兄弟，我叫叶萧，你叫什么名字？"

"俺叫苍月？铁蹄？火？迪怒？迪克……"

"停！"

叶萧一个头有两个那么大，他早就听说苍月岛上的牛魔人名字是噩梦，喜欢加上出生地、族号、姓氏、祖先的名字，等等等等，又臭又长，除了他们自己没人能记得住，只是没想到有这么夸张……

"我以后就叫你'迪迪'了。"

"哦。"牛魔人很憨厚。

小道士很满意，最喜欢这种能"欣赏"他取名趣味的伙伴了，拍手道："迪迪你肚子饿了吧？跟我走，我带你去个好地方。"

伴着雷鸣般的肚子鸣叫声，迪迪眉开眼笑，道："有吃的？好。你走太慢了，看俺的。"

"你……你要干什么？"

"啊，放我下来……"

叶萧刚冒出一种不祥预感来，整个人就被迪迪拎稻草般拎了起来搁在肩膀上，大步流星地往前冲……

"怎么样，是不是好地方？"

小道士嘴上哧溜有声地吃着面，难为还能口齿清晰地往外吐字。

迪迪更是了得，明明硕大的牛脑袋都快要摁进海碗里了，竟然连连点头表示肯定，也不怕给吃进鼻孔里去。

写着"沙漠土城"四个字的幌子迎风招展，空气中尽是烤肉的浓郁香气，引得二人伸长了鼻子去嗅，仿佛随时可能被香味给牵走了一般。

一大一小两个人，各自端着一大一小的碗蹲在台阶上，在来往食客鄙夷的目光中，"呼啦啦"地欢吃。

这，就是叶萧说的好地方！

不用说，碗里的素面是旁边小摊位上叫的，蹲人家沙漠土城门口，闻着烤肉香气就着面，亏得两个人都是没心没肺的性子，不然光羞愤就饱了，那面也不用吃了。

"叶哥,你是俺亲哥,从来没人对俺这么好,带俺来这么好的地方。"

迪迪一边狼吞虎咽一边吐字清晰地说着,看样子是丝毫不在叶萧之下啊。

他真得叫哥,几句话工夫,叶萧就把牛魔人迪迪的底细给摸了个清清楚楚,这高大壮实得连小牛犊子都撵不上的体魄,竟然才十五岁……十五岁……

"这是吃什么长大的?"小道士震惊地拍了拍迪迪的肌肉疙瘩,接着问道,"这么说,你从苍月岛出来,就是要完成你的成年礼?"

迪迪连连点头,还不忘伸出舌头将海碗里"唰"地一下舔个干干净净,然后用无辜的眼神望向叶萧。

牛魔人的成年礼叶萧听说过,大半是跟狩猎有关,比如独自打只老虎,就能拔根虎牙,然后穿在牛角上,还能堂堂正正地在名字里面加一个"虎"字。

还没有完成成年礼,就只能算是未成年人。"咕噜"地咽了口唾沫,叶萧招手给这个小山一样的"未成年人"又来了一碗。

这才几句话的工夫,迪迪旁边的海碗摞起来快有一人高了。

"就这食量,吃糠咽菜恐怕也能长这么大块儿。"

小道士恍惚间似乎听到了呜咽的声音,不用怀疑,就是他的钱袋子在哭泣。

眼巴巴地等着伙计重新上一碗的空当,迪迪搓着双手,好像对吃那么多有点儿不好意思,红着脸找话说:"叶哥,你怎么知道俺是洗碗的?"

叶萧翻了翻白眼儿,往他身上那件油腻腻、脏兮兮的大褂子一指,道:"看它就知道了。不仅知道你是在那儿洗碗的,我还知道肯定是吃了东西给不出钱,扣在那里洗碗还债呢。"

"哇,这也能看出来?"迪迪震惊得牛眼都凸出来了,给个蒲团,他立马儿就能跪下的节奏。

叶萧叹了口气,指了指摞得高高的空碗,别过头不忍心再看,此时无声胜有声啊。

迪迪不好意思地低头玩弄手指时,伙计端着海碗又上来了,一碗堆得满满的素面,叶萧得分两顿吃,落在迪迪手里就是三两口的事儿。

别说是叶萧了,就是端盘子的伙计都一脸总算看到大神了的表情。

迪迪刚把海碗抢过来,有三两个客人走了过来,估摸着慑于迪迪庞大的身量客气地说了声:"让让。"

默默地,叶萧拉着迪迪给人腾出了条道儿,往旁边的台阶蹲了蹲。

这样的戏码一会儿就发生七八回了,二人都已经麻木了,挪开位置继续说话。

第一六章　数风流人物

"饱了吗？"

叶萧想着这顿面钱，有些食不下咽，忍不住问道。

"半饱。"迪迪腼腆地笑，手摸着后脑勺，眼神儿直往面摊上瞥，相信只要小道士喊一声"那继续吃吧"，他能再来十碗。

叶萧当然不会给这个机会，赶忙招手喊结账，口中说道："半饱就好，吃多了对身体不好，就这样吧。"

"哦……"

迪迪抹了抹嘴巴，乖巧地应声。

叶萧恋恋不舍地把手上的铜钱交出去结账，摸着瘪下去大半的钱包心疼得直哆嗦，继续跟迪迪蹲在人家台阶上，问道："香不香？"

"香。"迪迪眼睛都在放光。

"……那多闻闻。"

叶萧哪能犯那种错误，以这位的肚量，上去猛吃一顿，估摸着他就不用出发去寻宝了，直接卖身给"沙漠土城"洗半年盘子了吧。

迪迪的眼睛暗了下来，好生委屈的样子。

叶萧又问："想不想吃？"

"想！"

迪迪的眼睛又亮了起来，这亮亮暗暗的都快赶上油灯了。

叶萧霍地站起来，一巴掌拍在蹲着就跟他一样高的迪迪肩膀上，用昂扬的语气道："那就跟我一起……"

刚说到重点，小道士正要蛊惑牛魔人跟他一起去寻宝，瞧这身板，上好肉盾的料子，倍儿有安全感。

突然，有轰然的叫好声传了过来，盖过了一街喧嚣，引来众人侧目，也将叶萧的话堵回喉咙眼儿里。

"什么情况？"

叶萧好奇心发作，探头探脑地望过去。

"说书啊。"

他看到被里三圈外三圈围着的是一个须发皆白的老头，两条长长的白眉毛都垂到了肩膀上，正手持竹板，用抑扬顿挫的语调说着故事。

长眉说书人形貌奇特，小道士不由得多看了几眼。

迪迪有样学样地寻着小道士去看，庞大的身量险些将叶萧给压趴了。

小道士没有跳脚开骂，不由得竖起耳朵，那边已经说到了精彩处。

"话说，数十年前，风起云涌，英雄辈出，枭雄乱世，好大一个玛法大陆就好像一只鹿，呦呦鸣叫，群雄持割鹿刀虎视眈眈，怎一个乱象丛生。"

听得这一句，叶萧不由得就叫了一声"好"，自小他就爱听传说故事，正搔到痒痒处。

"书接上回，多年前那场荡气回肠、千回百转的'攻沙'之后，沙巴克城有了新的主人。

"花开两朵，各表一枝。各位看官咱且不说城主怎一个志得意满，且说那因帮派兄弟背叛而功亏一篑的失败者，也在后面十多年间掀起了巨大风波。"

叶萧全神贯注地听着。本来年少气盛，哪里爱听什么攻沙失败没有成为沙巴克城主人的故事，是说书人口中往外冒的内容，却跟他有着很深的关系，顿时将他的注意力吸引得牢牢的。

"其人姓甚名谁，容咱先卖个关子，下回道来，单说其后来外号，真真是如雷贯耳，江湖多年不衰。

"攻沙之战前，此人本就是当世唯一能召唤神兽之道士，位居'神级'，与传说中人物并肩；攻沙之战后，此人悲愤欲绝，堕而入魔，倒行逆施，残害苍生无数，横行多年而群雄束手，长剑空利，竟不能挡……"

长眉说书人情绪激荡，有七情上脸，两条眉毛一抖一抖，总让人担心会不会飘起来挂到什么东西上去。

听到这里，结合道士界传说中的神技"召唤神兽""攻沙失败后愤而入魔""天下英雄竟不能挡"这些线索，一个响亮无比的名号从叶萧记忆中浮了出来：

"魔道！"

叶萧咋舌不已，没想到长眉说书人竟然能说此人故事。本就是道士第一人，又愤而入魔荼毒苍生，"魔道"生平传奇到极致，后面有更大转折，寻常说书人真说不出个子丑寅卯来。

他不由得听得愈发专心起来，迪迪本来就是来凑个热闹，此时听到这个名号亦不由肃穆而立。

上个时代传奇人物的一生在长眉说书人口中娓娓道来……

"魔道"肆虐天下，玛法大陆动荡多年，在所有人都悲观地以为只能任其横行，等到"魔道"老去，或是有英雄横空出世才能解决的关头，意外出现了。

"魔道"不知道遭遇了什么事情，竟是幡然悔悟，不再作恶，转而散去爪牙，自身离岸蹈海，短短时间内收复天下海贼，给他们立下规矩，约束行为，自封——山海主！

山海者，乃是神龙帝国境内一个大湖，自上古就已存在。

所谓山海主，山海之主人，"魔道"一世之雄，视大海为湖泊，其心气之大，眼界之高，可见一斑。

他的行为天下人皆不能解，只知道从那以后海晏河清，山海主足迹不履玛法大陆，终年漂浮在大海上……

"啪"的一声，长眉说书人敲响竹板，声音清朗："山海主一世之雄，数十年间纵横天下，除攻沙一役的非战之罪，生平未逢败绩。

"惜哉世人无知，以海贼王称山海主，生生辱没了这位盖世英雄之名！"

说书人痛心疾首，小道士面红耳赤。

"……好吧，我无知，什么海贼王啊，我就说不对，原来是山海主，记住了。"

叶萧知错就改，将"山海主"这个名号在心里默念十遍，牢牢记住，莫名地就感受到一股气流，似乎隔着漫长时光，通过这三个字，遥遥地看到了一个数十年间纵横天下而群雄束手的背影……

长眉说书人的话还在继续，听众鸦雀无声，因为他正说到了普通人最喜闻乐见之处。

"江湖流传，山海主晚年销声匿迹之前，曾留下一份藏宝图，收藏其一生称雄山海之宝，名之为：山海秘！

"数十年过去，天下间还未有山海秘被挖掘出来的传闻，它依然静静地躺在某个地方，留待有缘……"

众皆哗然，一时间多少人想象自己挖出山海秘，或富甲一方，或学着"魔道山海主"纵横天下，个个浮想联翩。

叶萧默默地在心中将"藏宝图"三个字抹去，换成了"山海秘"这个一听就高大上的说法，同时啧啧赞叹：

"数十年过去了，世上还有他的故事在流传。

"难道这就是老道士说的枭雄人物，所谓的'生不能五鼎食，死亦当五鼎烹'？

"嘿嘿，我刚要去寻他留下的宝藏——山海秘，还没出发先听一段他的掌故，兆头不错嘛。"

他沾沾自喜，马上又左顾右盼，一副生怕被别人发现"山海秘"就在他身上的做贼心虚的模样。长眉说书人竹板一拍，声调拔高：

"今天便到这里，诸位看官咱有缘再见。莫怪咱唠叨话多，相逢即是有缘，咱多嘴劝上大家一句，莫以为昔年英雄辈出，当世就寂寞寡淡，须知：

"数风流人物，还看今朝。"

"好！"

叶萧眉开眼笑，大喊一声好。

可不是吗？

数风流人物，还看今朝，须看他小道士叶萧！

深吸一口气，趁着胸中一股激荡劲儿还没下去，叶萧接上被打断的话头，对牛魔人迪迪邀请道：

"迪迪，跟我一起去寻宝吧！"

"我跟你说，哥手头上有一张藏宝图，正是'魔道山海主'留下的'山海秘'。"

阳光从身后洒下来，小道士整个人就好像刚刚从阳光大海里捞出来的一样，怎一个意气风发，信心满满了得。

"等我们寻完宝贝回来，就把'沙漠土城'整个包起，让上菜的从这里……"叶萧一指两个人蹲半天的台阶，牵引着迪迪的视线上移，"一直排到楼上去，可劲儿吃，管饱。"

滴答……滴答……

迪迪口水那个流的，眼前闪过流水往上送的烤肉，点头点得都出了残影。

"成了！"

叶萧握着拳头，狠狠一挥。

他这是克制的了，旁边不还有新认的肉盾，不，是小弟嘛。谁知道他心里面有一个小道士早已经开始欢呼雀跃，满地打滚了。

这一头，叶萧趁热打铁地继续忽悠他的肉盾，不，是队友；另一头，却有一群人正在议论着他……

第一七章 "你当我傻吗？"

"可惜失之交臂，不知道是不是我们在'沙漠土城'那里见过的小道士。"

一个老道士陪着另一个小道士，朝着叶萧的方向议论着。

两个人周围，有七个彪形大汉状似松散，实则隐隐地将他们护卫在中间，无形的气势露出来就让人觉得不是好惹的。

一行人旁若无人地站在老车道路中间，净街虎一般，左右行人无不绕道而行，整条街都显得清静不少，完全没有之前强势围观叶萧被魏家打手追杀时候的热闹场面。

老道士旁边的小道士，唇红齿白的，当然就是那个喜欢女扮男装穿道装的大小姐了。

小姐问道："师父，你刚刚打听过，觉得如何？"

老道士捻着胡须，轻描淡写地说道："人才！

"那个小道士的护法是一只小骷髅，应该是刚刚召唤出来的还没有长成，奇怪的是灵性十足，啧啧啧，竟然还会装死。它动手时候实力明显比外在显露的强，不然也不能把打倒的人堆了一巷子，竟似修炼了武功一般。"

小姐听得用心，如画的眉眼好像会说话一样，流露着或惊叹，或赞赏，或遗憾，诸如此类的表情。

"他性子灵活，用符的手段更是灵活，明明是一次只能施展一张符箓，刚入门的水平，却能扭转乾坤，反掌间收拾了十余个打手，不能小看。"

老道士说到这里终于露出赞赏之色，道："其他的聪明、灵活，护法的奇特暂且不说，只说小道士在符道上妙用存乎一心，就是一个人才，值得带回比奇城好生培养。"

小姐点了点，遗憾地道："可惜我们来晚了一步，失之交臂了。"

"罢了，我们马上就要离开白日门城，过段时间回来再寻找吧。"

女道士眉头一扬，如利剑出鞘，原本的秀气转为英气逼人，悠悠地道："不知道那件事情怎么样了……"

他们并不知道口中的小道士跟他们擦肩而过，就在双方初遇的地方，蹲在台阶上刚吃完面，忽悠得小牛魔人热血沸腾，拍着胸脯要跟他一起去寻宝。

二人在城里晃悠了一圈儿，将身上的钱花得一干二净，置办好了必须的装备。

什么老旧帐篷四处漏风一顶，什么豁口二手钢刀一把，二手劲装特大断码便宜卖……其余的火种、行军铁锅等勉强算是可用。

没辙儿，那点儿钱也就只能买这些东西了。

全部置办完整成一个大包裹，背在穿着二手劲装还挺开心的迪迪身上，二人不由得踌躇满志。

"呃，叶哥，俺们到哪里去寻宝？"

迪迪到这会儿，终于想起了关键问题，好奇地问道。

"安啦，我里有海贼王的藏宝图，啊呸，是山海秘一份，按图走就是了。"

叶萧拍着胸脯，准备将山海秘宝图的来历说道说道，好歹是老爷子给他留下的唯一有价值东西，这还不值得显摆显摆？

他没有注意到的是，随着"海贼王的藏宝图"几个字一出口，迪迪的神情就有些不对了，犹犹豫豫，欲言又止模样。

"那个啥……叶哥，俺……"

迪迪刚要开口呢，就被小道士挥手止住。

"等下。"

叶萧看向某个方向，心不在焉地说着，看那全神贯注、耳朵都竖起来的样子，迪迪咂了下嘴巴，只好把到嘴边的话重新咽了回去。

小道士一拽牛魔人，二人向着旁边巷子口那里小步靠了过去。

前面几步开外，一番拉拉扯扯正在上演。

"少年，老夫看你骨骼清奇，天资聪颖，以后拯救玛法大陆的重任就交给你了。"

"啊？"

拉扯的双方，一个是浑身补丁衣服至少整年没洗的老乞丐，一个是城里著名的二傻子，说话先冒个鼻涕泡的主儿。

一看就知道这是骗子造孽啊，骗钱都骗到了二傻子身上了。

小道士倒不是爱打抱不平，他是刚提到藏宝图时候，分明听到老乞丐也在拿着类似的话忽悠二傻子呢，顿时来了兴趣。

凑近一听，叶萧的脸色就变了，老乞丐的话听着怎么那么耳熟呢？

"来来来，你看，这是当年纵横四海的海贼王留下的藏宝图，宝藏里有稀世珍宝，神兵利器无数，老夫就拿它助你一臂之力，两文钱就卖给你。"

二傻子满脸茫然，一个鼻涕泡冒出来又破灭，拿两根手指拈起藏宝图，在阳光下面晃了晃，扔了。

"你当我傻吗？"

二傻子昂着头，吹着鼻涕泡，用被人侮辱了般的语气反问道。

要不是场合不对，无论是老乞丐还是叶萧都恨不得点头赞同，不就是傻子嘛。

"妈妈说：只要有人夸我，只要有人给我便宜，全是骗子。"

二傻子说着话，袖子就挽了起来："啊打！"

老乞丐抱头鼠窜，二傻子穷追不舍，满是虫蛀痕迹的藏宝图飘啊飘的，就飘到了小道士和牛魔人的脚下。

"怎么这么眼熟……"

瞥了一眼后，叶萧整个人都不好了，眼前一黑，都打起摆子来。

"叶哥，你怎么了？"

迪迪连忙扶住叶萧，顺手捡起藏宝图瞄了一眼，就很嫌弃地又丢在地上了，要不是担心叶萧，看他那模样还有要吐口唾沫再踩上一脚的心思。

小道士的声音有些颤抖，指着迪迪问道："你……你干吗这反应？"

"啥？"

牛魔人挠挠头，看到叶萧的目光落到藏宝图上，明白过来了，无所谓地说道："这图俺也有。"

"你也有？"

叶萧这回真是连眼珠子都要瞪出来了。

"是啊。"

迪迪一脸无辜地解释道："俺从家里来的时候，在海上遇到了一个被放逐的独眼老海贼，他快死了，就把藏宝图给了俺，说让俺去寻宝，然后为他报仇。"

说着，他从腰带那儿一掏，拿出一张泛黄的藏宝图，打开一看，果然同被扔掉的那张、老道士传下来那张，没有什么区别。

小道士都震惊到麻木了，问道："那你怎么不去？"

"你当俺傻吗？"

迪迪撇了撇嘴，很是不屑的样子。

这话听着怎么这么耳熟……

"我傻……我傻……"

叶萧觉得智商受到了深深的侮辱，抬头看天，泪流满面。

这一刻，他的内心是崩溃的，要不是在大街上，在迪迪面前，他恨不得来个以头抢地。

"老头子，你还能更不靠谱一点儿吗？"

小道士没忍住，悲愤地控诉道。

第一八章　海贼

夕阳西下，龙川河畔，一水带金，晚照如火。

"嗖嗖嗖……"

片片薄如落叶的飞石掠过河面，飞行轨迹无限接近平行于水面，每每触及水面就弹起，足足掠出百米，起落八九次才射入水中不见。

河畔，叶萧一脸郁闷，手腕一动就是一片飞石甩出去，引得龙川河临岸的水面涟漪阵阵，没有停歇的时候。

"好厉害……"

在叶萧又射出一次九跳飞石的时候，迪迪两手鼓掌拍得手都通红了，一脸仰慕。

"怎么做到的……怎么做到的？"

"哥，你是俺亲哥，教教我吧。"

迪迪把巨大的包裹一扔，整个人几乎是扑上来的，大山压顶一般。

叶萧再怎么郁闷，还是晓得他连滚带爬地跑开了，真要被这吃货扑上来，妥妥的肉饼下场。

"喂，迪迪你给我保持距离，再扑过来信不信我拿大脚踹你？"

小道士来了个金鸡独立，只是自个儿都跟跟跄跄的，实在让人怀疑他能不能踹得动迪迪这个彪形大汉，一不留神儿再给闪了腰。

迪迪讪讪然地停下来，眼巴巴地看着小道士，那是真想学。

他可怜巴巴地道："叶哥，俺跟小伙伴玩这个从来没有赢过，输过几十顿饭了。"

叶萧甩了甩有些发麻的手腕，摇头道："迪迪，你以为我在扔石头吗？这是甩符的动作，我家那个不着调的老头子从三岁就开始让我练到现在，你学不会的。"

"哦……"

迪迪失望了，安静地坐下来，脑袋都快埋进胸肌里了。

叶萧重新坐过来，道："老头子说过，符道手法分为弹、抛、扬、甩、吹、落、夹、剑……诸般手法，甩符只是其中一种罢了。

"每一样我都一学就会，一练就精，就这样还是练了好几年才有现在的水平。"

若不是手法精湛，在老车道时候，他也不能在魏家打手的眼皮底下施展符箓，把他们玩得那么惨。

"叶哥你真厉害。"迪迪诚心诚意地赞叹，"天生当道士的料。"

这是骂人吧？

小道士胸中一闷，斜眼去看，没看出那吃货有讽刺的意思。

"还差得远呢……"

叶萧又是一片石头甩出去，仿佛是踩着晚照，落脚金麟，飞石十个起落，掠过数十丈，几乎是平平地没入水中。

"我还做不到同时激发两张符箓，别说更厉害的三符、四符了。"

这个就有点儿太深奥了，迪迪没有完全听懂，只是觉得好厉害的样子。

叶萧眨了眨眼睛，觉得眼前这情况像极了神龙帝国那边流传过来的一个说法：对牛弹琴——真的是对着一头牛啊。

他觉得没意思就住了口，坐在龙川河畔，双手抱膝，沐浴在晚霞里，慢慢平静了下来。

牛魔人最耐不住寂寞了，忍了半天没忍住，凑过来问道："叶哥，那咱还去不去寻宝了？"

说话的时候他眼睛瞟向行李，看那表情就差点儿说：不去咱就分行李吧。

"去！"

"为什么不去？"

叶萧一扫颓唐之色，跃身而起，对着要沉入地平线的夕阳大吼一声："啊啊啊啊……"

迪迪被他突然的叫声吓得一哆嗦，屁滚尿流地爬起来，双手抱胸跟走夜路遇到流氓的少妇一样表情。

"迪迪，你觉得我像个傻子吗？"

小道士忽然扭头问了一声。

牛魔人摇头如拨浪鼓，在心里面补充："原本不像，可是，现在……有点儿……"

叶萧哼了两声，道："我家那老头子，坑蒙拐骗，连白日观里的香火钱都能贪掉的主儿，整天屁事不干，就能把我拉扯到这么大，有套独门独院的好房子，

// 75 //

天天还能来顿鱼翅漱口，全天下好吃的就没有他没尝过的。

"他像是傻子吗？"

迪迪听得嘴巴都合不上了。

什么香火钱不香火钱、房子不房子的他不关心，关键是能吃遍天下这个实在太诱人了。

他坚决地摇头，这怎么能是傻子，这是偶像好吗？

小道士一昂头，乌发后扬，脸上又露出灿烂的超过晚霞的笑容："我们总不能比二傻子还傻吧？"

"山海秘，别人找不到，不代表我们就找不到！"

他转过身来，冲着迪迪伸出手，"我们出发，寻出一个大大的宝藏再回来。"

迪迪眼睛都在放光，大大的宝藏就代表着大桌的食物，这个弯儿他还是能转过来的，于是他兴奋地伸出大手跟叶萧握在了一起，使劲一拉站了起来。

他是站起来了，叶萧好悬没给他拽进龙川河里去，原本庄重的气氛给破坏了个干净。

"这个憨货。"

小道士郁闷地揉揉手腕，有点儿青。

一抬头，两个人都看到在白日门城方向，有火光并着黑烟，映照半边天。

"哇哦，放烟花吗？"

迪迪摩拳擦掌，有回去凑热闹的架势。

"啪"，小道士蹦起来，一巴掌拍在牛魔人的脑袋上。

"迪迪你看清楚了，是什么烟花，那是着火了！

"还有，你不觉得那个方向很眼熟吗？"

叶萧在白日门城里待了十几年，七八岁起就经常要到城里去捡宿醉睡大街上的老道士，对老车道一带尤其熟，更不用说不久前刚在那里绕了好多个圈子了。

只扫了一眼，他就认出来了，着火的地方就是老车道，而且……

"那个位置，怎么像是迪迪原本洗碗的那家饭馆呢？"

小道士摸着下巴，完全没有回去验证一下的意思。

长到了十六岁，终于出了白日门城，又是意气风发地踏上寻宝之路，叶萧正兴奋憧憬着呢，哪里会再走回头路？

他踹了一脚还没有弄明白情况的牛魔人，二人一前一后，向着南方走去。

夕阳在二人身侧拉出长长的影子，仿佛是留恋不舍地拽着不放手，有一搭

没一搭的声音,从二人背影处传来:

"叶哥,你说找到宝藏才回来,那要是没找到,咱们是不是就不回来了?"

"废话,没找到山海秘我们还回来干吗?当然是跑路了!——哥欠着钱呢。"

"哦……哥,跑路管饭吗?"

"……"

白日门城中,火光映照半边天的地方,果然是老车道一带。

一片吼叫声中,不知道有多少附近居民提着大桶小桶蜂拥而来,往正在冒着火光和黑烟的饭馆上泼水。饭馆老板是一个胖成球的男人,他几乎以头抢地,哭得一塌糊涂。

他算是运气好的了,饭馆着火时候正好因为裤裆里那点破事儿被媳妇追杀八条街,不在饭馆里,这才没有跟饭馆中的伙计一同葬身火海,一个都没有逃出来。

小道士估计得没错,这家着火的饭馆,就是牛魔人迪迪原本洗碗的地方。

街道另一头,一条正对着着火饭馆的小巷子里,有一群人沉默地看着众人救火,安静的与街面上的喧闹俨然是两个世界。

为首者,一个留着八字胡,头发梳成一条条小辫子的中年男人无聊地打了一个哈欠,伸手挠头。他伸出的哪里是手,分明是一根泛着乌光的铁钩。

谁往手上装铁钩啊?只有一种人——海贼!

"首领,那人不在这里,拷问过,他跟饭馆也没有什么大关系。"

一个敞开胸襟露出黝黑胸毛的壮汉凑了过来,小心翼翼地对铁钩小辫子说道。

海贼首领又打了个哈欠,拿铁钩敲了敲壮汉的头,无精打采地吐出一个字来:

"追!"

小巷子里的沉寂瞬间被打破,数十名海贼轰然应诺。

第一九章　迪迪的特长

"我们是不是忘了什么？"

月色下，篝火旁，小道士死狗一样仰面而躺，除了嘴巴外就手还在动，拿着一根捡来的木头有一下没一下地捶着腿，还时不时地哎哟一声。

"晚饭……晚饭……"

迪迪双目含泪，狼吞虎咽地啃着大饼。

大饼抹上大酱，再穿起来在火上烤烤，应付应付就是一顿，乃是行走在外的冒险者们最常吃的东西。

本来迪迪这吃货对吃什么也没有太大意见，只要能吃饱就是好的，偏偏无论是出发前还是在路上，小道士都拿准了他的弱点，有意无意地拿着美食诱惑着，胃口吊得高高的，然后就给吃这个。

牛魔人委屈得快要哭了。

"有的吃就不错了，将就吧。"

叶萧有气无力地说道："我反正是没力气弄东西吃了，也没有力气吃东西了，累……累死我了。"

他也快哭了。

第一次出远门，才知道原来在山林中跋涉半天，竟然是这么酸爽的一件事情。

小道士觉得两条腿都不是自己的了。

"我到底忘了什么呢？"

他仰面而躺，头顶上枝丫纵横，树枝的空隙里明月如盘高悬着，还有一声声"吱吱吱"的猴子惨叫声让人心烦。

那猴子怪叫着，蹿来蹿去，时不时地就掠过小道士的头顶。叶萧眼睛都快要睁不开了，只是拿眼皮眨了一下。

"啧啧啧，可怜见的，换我叫得肯定比你还惨。"

小道士看到猴子惨状，决定原谅它了。

猴子蹿上蹿下，抓耳挠腮，始终甩不开背上的一只松鼠。松鼠狡猾狡猾的，拿它当马骑呢!

"等等!"

叶萧霍地一下,坐了起来,惨叫出声:"我知道我忘记什么了!"

"坐骑!

"该死的,我为什么要用两条腿走路?呜呜,腿啊腿啊,我对不住你。"

他一惊一乍的,迪迪一口没吞咽好,噎住了,拿自个胸膛当鼓来捶,才勉强没噎死过去。

"哥,你是俺亲哥,求你别吓俺好不好?"牛魔人委屈地抗议道,"叶哥你不是没钱了吗,怎么买坐骑?"

叶萧一挺胸膛,理直气壮地说:"可以坑蒙拐骗嘛。"

"……"

迪迪被他的无耻给折服了,竟无言以对。

"我给忘记了,不然现在也不会累成狗,都没有力气弄吃的了。"

小道士只是在郁闷地抱怨,那头牛魔人的眼睛却亮了。

他"噌噌噌"地过来,硕大的牛头都快贴到叶萧脸上了,紧张兮兮地问道:"叶哥,是不是有坐骑,明天就有好东西吃?"

叶萧眨了眨眼睛,清秀的脸上尽是茫然之色,下意识地点了点头。

难不成这憨货还能变出马来?小道士深表怀疑。

"好嘞,这事包在俺身上,多大点儿事啊。"

牛魔人把胸膛拍得比什么都响,一跺脚蹦了起来,蛮牛似的冲进了漆黑的山林,人影都不见了才传来闷声闷气的一句话:

"叶哥你先歇着,俺去去就回。"

"……"

叶萧坐在篝火旁,保持着半站半坐的姿势,手向前伸着好像要拉什么似的。

"歇着?歇个鬼啊!"

好半晌,叶萧无力地躺了回去,破口大骂,"这鬼地方大半夜的没人守夜能歇得了吗?就不怕让狼给叼了去?

"这憨货,哥非饿你一天不可。"

他很想骂到牛魔人回来的,可惜没力气了,强撑着眼皮守夜,不到一个时辰呼噜声就响了起来,在陡然静下来的林中分外响亮。

让守夜见鬼去吧!

他太累了……

呼噜声直到天明，篝火不知道何时熄灭了，唯有青烟袅袅不愿散去，似是对逝去的夜晚恋恋不舍。

"嘭嘭嘭……"

大地震动，远远地有树木歪歪斜斜地倒下，好像被一座山给迎面撞上了一般。

在这情况下，叶萧就是头猪也被惊醒了。

他一睁开眼睛，"吭哧吭哧"声音就在耳边，眼前则是一个硕大的猪头，獠牙外露，涎水挂得长长的，与他的脸就一个拳头距离。

"我的妈呀！"

叶萧连滚带爬地跑开，总算逃开被挂一脸猪口水的厄运，惊魂甫定下他一张符在手，大叫出声："何方妖孽？"

"叶哥，是俺，是俺。"

瓮声瓮气的声音传来，听着耳熟，抬眼一看，叶萧就看到牛魔人从"猪头"的身后闪了出来，看那趾高气扬模样，立下多大功劳似的。

"你个憨货，吓死我了。"

叶萧走过去就是一脚，迪迪没啥反应摸着脑袋在那儿傻乐，他自个儿的脚倒疼得不行，跟踢到石头差不多。

"哼！"

小道士冷哼一声，揉揉脚，决定不与这憨货计较，扭过头来打量惊得他睡意都没有了的"妖孽"。

那是一头体量庞大的野猪，浑身上下厚厚地裹着一层松脂泥浆，跟穿着铠甲似的，眼睛血红，两根獠牙八字张开，捅一下绝对是两个透明窟窿。

换在平时叶萧看到它掉头就跑，绝不迟疑，这会儿就不用了。

小道士踹迪迪，牛魔人就踹野猪，只见原本满脸凶相的野猪"吭哧吭哧"地直躲，压根不敢龇牙，凶相早就垮了，怎么看怎么像是一副委屈模样。

看看迪迪，再看看野猪，叶萧多聪明啊，一下明白过来，惊讶地问道："迪迪，这是你弄来的坐骑？"

迪迪收回脚，算是放过了野猪，闻言咧开嘴乐，"是啊叶哥，没想到在林子里有这么大一头野猪王，俺就骑着它揍了一宿，现在听话了。"

可不是听话吗？叶萧眼瞅着野猪王小心翼翼地猫到一边不敢动弹，乖巧得跟猫儿似的。

他不仅啧啧称奇，拍了拍牛魔人的胳膊，难得夸奖道："没想到迪迪你还有这个本事。"

只要能不用两条腿走路，别说是头猪了，就是一条狗叶萧都能骑上去。经过昨天那顿暴走后，小道士坚决不跟自家两条腿过不去了。

"那是……"

小道士无语地看到牛魔人后面好像有一条尾巴要竖起来，满脸傲娇之色。

迪迪拍着胸膛，声如洪钟："俺爹说了，俺天生就善骑，刚出生那会儿就骑着接生婆害他到处找，吃奶的时候骑着奶娘不下来，出门时候骑俺爹满岛上溜儿。"

小道士听着直乐，这叫善骑？难道不是特别皮吗？

迪迪全无所觉，自顾自地往下说，他越说，叶萧脸上的神色就越郑重，笑意完全收敛起来了。

"小时候骑狗比赛，俺从来没有输过；长大骑马、骑牛，谁都不是俺对手；有一次俺还骑了一头老虎回去，让俺爹给炖了虎肉吃。

"俺爹说了，就是一头真正的凶兽让俺骑上去，它都别想把俺弄下来。"

除了一口一个"俺爹说了"听着比较硌硬外，叶萧真被牛魔人迪迪给镇了一下。

这简直是天赋异禀啊！

这是不是说，给这货整条龙，他就是龙骑士的节奏？

牛魔人龙骑士，吃货龙骑士，还是憨货龙骑士？

这是个问题。

叶萧在那浮想联翩呢，迪迪又开口了："俺爹还说了……"

他说着有点儿难为情的样子，摸着自家两只牛角，脸有些红。

小道士来了兴致，追问道："你爹还说啥了？"

"他说……"硕大一个牛魔人扭捏起来简直没法看，叶萧忍着给他一脚的冲动耐心地听着。

"……俺家这一支人口有点儿少，总生不多，俺既然善骑，他对俺最大的指望就是以后多多开枝散叶，生一堆的崽子玩儿。"

牛魔人迪迪说到这里，脸红得跟猴屁股似的，低着头玩自家牛角不敢看人。

叶萧一脸茫然。

"善骑跟开枝散叶生崽子玩有什么关系？"

绕了好久，小道士终于绕过弯儿来。

"难道……难道……是那个骑？"

叶萧震惊了，脑子里浮现出老道士喝醉之后跟他形容的种种男女间之事，各种姿势。要不说老道士好口才呢，绘声绘色有没有，印象深刻根本忘不掉有没有？

小道士咽了口唾沫，心想：迪迪他爹这是什么教育？憨货的特长是用在那种地方吗？

"好吧，先不管你爹说啥，迪迪，这野猪王怎么……骑……"

叶萧一巴掌拍在脑门上，觉得以后没法直视"骑"这个字了……

第二〇章　封谷

"隆隆隆……"

清晨山林间的沉寂，先是被早起的鸟儿打破，接下来就是跟闷雷一样横冲直撞的响动，惊得一林子的动物都不敢冒头。

再是无法直视"骑"字，小道士还是跟牛魔人一起骑在野猪王身上，终于解放了双腿，向着更远的南方奔去。

沿着龙川河向下是紫烟城，它扼守在龙川河的最上游而建，在合适的时节站在城中高处，就可以看到龙川河上紫烟上升的美丽景观。

债都追屁股了，小道士当然没有赏景的心情；迪迪一心在吃上，全身上下加起来找不到一根雅骨。

两个人骑着野猪王来了个过城不入，向着南边往距离紫烟城不远处的封魔谷而去。

野猪王的确是在山林中穿行的好坐骑，就是价值千金的宝马都比不上它，一路冲下来除了坐在上面屁股难受点儿，速度是半点儿都不慢的。

至少，某些有心人没能第一时间追上他们……

在叶萧和迪迪捕获野猪王，骑着离开宿营地的当天中午，刚刚安静下来的山林中一片骚乱，被松鼠骑了一宿的猴子惨遭毒手，被一只漆黑的铁钩穿着在火上烤。

铁钩海贼首领！

他手指头敲开猴脑，"哧溜"一下吸了个干净，再抬起头来，海贼首领优雅的八字胡上沾着红的白的，让人不敢直视。

"怎么样，找到他们了吗？"

海贼首领只是淡淡地问着，旁边的海贼一个个却如鹌鹑一样，哆哆嗦嗦地摇头。

"看来小家伙还是有点儿本事，那就让我好好跟他们玩玩。"

他一边说着，一边缓缓站了起来，随手抹去胡须上沾着的东西。

看海贼首领语气平淡，没有生气，一众往日里凶神恶煞的海贼们这才放松下来，露出笑容。

突然——

"咻！"

铁钩一闪，乌光划过，一个头颅飞起，空荡荡的脖子上鲜血狂喷而出能有数人之高，将旁边一株大树多半枝丫染成了血红之色。

一直到头颅落地，他脸上依然是不敢置信之色，好像没有意识到自己已经死了。

谈笑间杀人，不外如是。

一众海贼全部低头，浑身战栗，不敢发出半点儿声音，生怕下一刻自家头颅也高高地飞起来。

众人一低头，凸显得海贼首领的身材愈发颀长优雅，他伸出舌头在铁钩上舔去血迹，淡淡地道："你说他们没有坐骑，但是他们有，所以你没有了脑袋。"

"现在，你们还有鼻子，还有腿吗？"

后面一句话声量提高，所有人连忙抬起头来，高声应和——

"有！"

"那还等什么，兵分两路，我一路，'海狗'你鼻子灵另外带一路。

"追！"

三天时间过去了。

三天前，叶萧在白日门城外飞石九跳；三天后，他从野猪王身上下来，两条腿都在哆嗦。

"嘶嘶嘶……"

小道士嘴里"嘶嘶"有声，走路都有点儿打晃儿，深刻地意识到"善骑"真他妈的是天赋，他大腿内侧全都磨破了皮，血糊糊的。

迪迪跟没事儿一样，下来蹦蹦，意犹未尽。

两人之侧，野猪王颤颤巍巍，"啪"地就趴地上起不来了。

可怜见的，三天下来，肥大一条野猪瘦了几圈，足足掉了几十斤膘。

小道士也就算了，迪迪那个身量骑在上面三天是好玩的吗？

野猪王也不是不想偷懒，可谁能受得了迪迪整天跟看烤猪腿一样的目光呢，野猪王只能发狠地跑，然后使劲地掉膘——掉膘总好过掉进牛魔人的嘴里吧？

好在现在不用跑了，也没地儿跑了，全是人。

"这是什么情况？"

叶萧一边龇着牙——这是疼的，一边好奇地张望。

前面呼啦啦一大片全是人头，一路堵到封魔谷的关隘上，熙熙攘攘，吵吵闹闹，置身其间就好像周围有一万只苍蝇在嗡嗡嗡。

小道士踮着脚眺望过去看情况，牛魔人一个大脚接一个大脚踹在哼哼唧唧的野猪王屁股上，等野猪王心不甘情不愿、颤颤巍巍地站起来时，叶萧也收回了目光。

"有意思，全是从封魔谷往回走的人。"

叶萧摸着下巴，有点儿好奇。

封魔谷是连接着潦水沼泽的必经之路，偌大的谷地有前后两个关隘，借着潦水沼泽的光，两个关隘都建了关城，俨然是两个繁华城池。

叶萧他们面前的则是上关隘，又称上关城。过上关城，穿封魔谷，再越下关城，南边就是潦水沼泽了。

他手上藏宝图所指的地点正在沼泽内，这封魔谷是必须进的。在这节骨眼上发生情况，小道士再是没心没肺，也不由得"咯噔"了一下。

他交代了迪迪一声，噌噌噌地上去，瞄着看起来不太彪悍不怎么凶的逮住就问，怕被忽悠还不放心地多问了几人，回来时整个人就都不好了。

"叶哥，咋的了？"

牛魔人拎着野猪王的耳朵靠上来问道。

"封谷……"

叶萧一屁股坐到草地上，看着人流骂骂咧咧地从面前走过。

他也想骂来着。

"封的不是这一头，是另外连着沼泽那边的下关隘。

"说是最近封魔谷里出事太多，关隘里的人向紫烟城求救了，要等问题解决了才会重新通关。

"这会儿，下关城那边锁关，只进不出。"

"哥，是什么事那么严重？"

"海贼！'猪婆龙'！"

小道士咬牙切齿，要是有活的海贼，或者"猪婆龙"出现在面前，他能扑上去咬一口，这不是添乱吗？

猪婆龙者，潦水沼泽中的大型鳄鱼，与真正的传说中"龙"当然是没法比，却也不是寻常江河鳄鱼能相提并论的。

最近这段时间里，先是有猪婆龙不知道通过什么途径自潦水沼泽进入了封魔谷，有不少人畜遇害；又有正常情况下不会出现在内陆的海贼出没，见人就杀，受害者不计其数。

封魔谷在赤月半岛的中部，说是还在半岛上，实则跟内陆无异了，这里会出现海贼还真是咄咄怪事。

牛魔人眨了眨眼睛，一脸茫然之色，又开始扭头看向行李。

小道士连翻白眼，抢先道："你这憨货，打道回府分行李什么话就不用说了，说了我也听不到。"

迪迪摸着脑袋傻笑，问道："叶哥，那都不让过了，咱怎么办？从两边翻过去？"

叶萧叹口气，这回连"憨货"都不想叫了。

要是这么容易从两边山脊翻山越岭地过去，那么前人吃撑了才在这个地方设置关隘，不成了聋子的耳朵——摆设了吗？

"看情况吧。"

叶萧摸完下巴又开始摸鼻子，郁闷地道："听说关隘里面已经贴了告示，出钱悬赏海贼和猪婆龙，让各方勇士入封魔谷清剿，搞不好紫烟城的援军没到事情就解决了呢。"

好吧，他自己也觉得有点儿想多了，拽着迪迪从地上爬起来，雄赳赳气昂昂地向着封魔谷关隘走去："走，先进城关，车到山前必有路。"

第二一章　悬赏

"哦,进城进城。"

牛魔人迪迪憨憨地应了一声,狠踹了野猪王一脚,跟了上去。

小憩之后,两个人一猪的队伍就变成了这个样子:

一牛头,一野猪,占去半边道路,顶着迎面而来的行人开路,小道士叶萧背负着双手跟在后面,走得那叫一个逍遥自在。

两个人带着一头猪进城关,这个队伍的构成也是比较销魂的,引来关注无数,就是再骂骂咧咧,行人还是像洪水遇到礁石般避着走,那野猪健壮硕大,咬人怎么办?

逆流进了城关,小道士就开始东张西望,肚子里咕咚咚地作响,用脚指头想也知道他在寻找什么了。

迪迪咽着口水,问道:"哥,咱吃点儿啥?"

"吃,你就知道吃!"

叶萧一蹦三尺高,一巴掌拍在牛魔人的脑袋上,牛头晃都不晃,小道士龇牙咧嘴,手疼。

"没钱了……还是吃面……"

叶萧揉着手,哭丧着脸说道。

"吃面挺好。"迪迪倒是挺容易满足,揉着肚子一脸期待。

"你就这点儿追求?"叶萧恨铁不成钢,眼珠子乱转,寻思着能不能坑蒙拐骗点儿其他的来祭奠下五脏庙。

"咦?"

他看到整个城关里面贴满了各种告示,远远看上去不是人头像就是猪婆龙模样,想来就是悬赏此次导致封谷祸首的悬赏令了。

叶萧奇怪的是,这些告示贴得漫山遍野都是,怎么还有衙门的人一手提着糨子桶,一手拿着刷子,贴得不亦乐乎呢?

看那个样子,似乎不把整个城关每一寸墙都贴满誓不罢休。

好奇心一起,小道士拽着还没弄清楚情况的牛魔人,凑过去一边看告示,一边问人，没几句话工夫，他就弄明白了。

"还真是下了大决心嘛。"

叶萧正琢磨着呢，几个持刀拿剑的江湖汉子上去就揭告示，一揭一堆，周围的人一副见惯不怪的样子。

"悬赏令任意揭取，不限人数，不设条件，但凡持海贼人头与猪婆龙皮者，可前往城关衙门处领赏。"

"海贼随身之物不管是否贼赃，不予追究，悉数归个人所有；猪婆龙皮由官方出面，以市价购买。"

小道士越是琢磨，眼睛越亮，到最后都冒出金光来了。

"怎么早没想到。"

他一拳打在掌心，拉过牛魔人迪迪就开始嘀嘀咕咕起来，翻来覆去，不外乎是杀海贼赚钱——反正是杀人不眨眼的坏人；杀猪婆龙赚钱——打猎嘛，正经活儿。

一边有钱赚，可以缓解钱包干瘪的窘境，一边还能为打通封魔谷出力，早点儿往潦水沼泽寻宝去，两全其美有没有？

迪迪听半天弄清楚了，连连点头，然后在小道士的指挥下摇头晃脑地甩着膀子就挤进人群里去揭告示。

叶萧不是不想上，他是挤不进去……

他抱着胳膊，踮着脚，乐呵呵地看着牛魔人势如破竹地在一片咒骂声中挤到最里面，见到告示就揭，忽然听到"哎哟"一声，一个被挤出来的人横着就撞了过来。

"我去！"

叶萧全无心理准备，原本背靠着野猪王，直接被一撞之下一个跟头翻过去，从优哉游哉地站在野猪王身前看戏，到翻到猪屁股后面吃灰。

拽着野猪尾巴艰难地爬起来，小道士灰头土脸，郁闷不已地望向撞过来的人。

"小兄弟，对不住对不住，哈哈，人太多了，快要挤扁喽。"

撞他的人身背一个大背篓，足足可以装下一个七八岁小孩的那种，连连拱手道歉。

叶萧郁闷地一挥手："算了。"

他不是不讲道理的人，这货分明是被迪迪给挤出来的——别人没那么大的力气。

说到底是自作孽，不可活。

只能说，人生的大起大落，实在是太突然了。

说归说，小道士还是忍不住多看了几眼那个撞他的人，倒不是记仇，而是这个人的打扮实在是太特殊了一点儿。

一身短打扮，短袖短裤踩着布拖鞋，头上戴着一顶斗笠，斗笠顶上是挖空的，露出大半个脑袋，头发乱糟糟跟鸟窝一样横七竖八地支棱着。

他脸上看上去倒是普普通通、三四十岁中年人的样子，五官全无出奇处，属于扔进人堆里就找不到的那一种。

说话间迪迪就又挤了出来，看到这般彪形大汉站到叶萧面前，斗笠男似乎怕被揍一顿，缩了缩脖子又拱了拱手表示歉意，掉头就钻进人群中不见了。

"哥，怎么了？"

迪迪这么一个来回引得周围人东倒西歪的，他自己气都不多喘一下，只是好奇地在叶萧眼前挥着手问道。

"起开，没瞎。"

叶萧拍开眼前的爪子，摇了摇头道："没，没什么，只是看到了一个奇怪的人。"

"走吧，我们吃面去。"

"好呀！"

两颗吃货之心瞬间被占得满满的，哪里还有斗笠男的踪影？

一大一小两道身影，晃荡晃荡着离去。

"吃吃吃，迪迪你就知道吃，喂，给我留点儿。"

叶萧手捧着大海碗，呼啦啦地吃面，一边吃一边抗议。

没办法，实在是抢不过。

在他对面，迪迪面前摆着的海碗已经一摞了，他一碗都还没有吃完……

"这一定是用倒的吧？"

放下海碗，克制住舔一舔碗底的冲动，小道士双手托着下巴，叹口气。

他觉得自己再吃个三五碗没啥问题，只是……没钱喽……

"眼不见为净。"

叶萧扭过头不忍心看牛魔人继续吃面，百无聊赖地看向四周。

旁边不远处，有简易的竹棚，外挂一个幌子写着"大碗面"，下面有口大铁锅，左右连桌椅都没有，三五成群的人都是蹲在地上吃面，小道士他们两个也不例外。

两个人可是寻了大半个城关才知道这个地方，要的就是便宜，环境能好就见了鬼了。

会在这种地方吃面的有一个算一个，全都是穷人，自然没什么看头，叶萧扫了一圈刚要收回目光，忽然一怔。

他看到，隔着七八步距离的地方，不知道什么时候有一个人蹲在地上，吃面的声音呼啦啦的，比牛魔人迪迪都要来得响。

"是他？"

小道士眨了眨眼睛，觉得屁股蛋儿有点儿疼，不由得又想起刚刚一个跟头翻过野猪王，结结实实地坐到地上的惨状。

他看到的虽然只是一个背影，但特征也忒鲜明了。

头戴斗笠遮不住鸟窝乱发，身后竹篓卸下来放在地上虚掩着破布，不知道里面放着是什么。

"挺巧的嘛。"

小道士眼珠子乱转，心想："这算是送上门来的吗？"

迪迪硕大的脑袋突然冒出来，占满了叶萧的视野，一头雾水地问道："什么送上门来？面吗？"

"你就知道面……"

叶萧把牛头推了回去，才发现刚才想归想，竟然一不留神儿给说出口来。

"哇，你这就吃完了？"

小道士目瞪口呆，对面牛魔人面前摞得高高的海碗干干净净，瞅着就像是被细细舔过的。

"嗯。"

牛魔人开心地点点头，摸着肚子说道："五分饱。"

"走吧。"

叶萧拉着意犹未尽的迪迪从地上起来，特意绕了一个圈子，从斗笠男身后经过。

悄无声息地擦肩而过后，小道士手上多出了一个竹篓……

他拉着牛魔人越走越快，转眼间就没入人群中不见了。

片刻后，一声惨叫忽然从面摊处传来："啊啊，我的竹篓，哪个天杀的偷老子东西？"

小道士走得更快了。

"哥……"迪迪憨憨地说道，"……好像是在说我们啊。"

"没有，你听差了。"

叶萧头也不回，拉着牛魔人越走越快，很快就穿过城关另外一个门，进入了封魔谷。

第二二章　河边骨，梦里人

"这就是封魔谷?"

离了城关，前行几里，叶萧他们二人终于停下了脚步。

只是几里之隔，风光已是截然不同。

叶萧慢慢地转动目光，从脚下泥土，看到树木，再到不远处的水源。脚下每一寸泥土都呈黝黑颜色，仿佛都被火烧过一样，连青草都稀疏枯黄，一副能长出来就很不容易的样子。

每一棵树上都是枝丫向天，一片叶子都没有，枯枝满眼。

附近水源也是黄色的，带着一种浑浊、腐烂的味道。

"真不是一个好地方。"

叶萧从小在阳光明媚、海风送暖、有山色湖光的白日门城中长大，真没见识过这种鸟不生蛋的地方。

牛魔人迪迪对封魔谷中的异象无感，憋闷一路了，总算找到空隙问出声来："叶哥，你偷个竹篓干吗?"

"有用，这不是有用嘛。"

小道士在心里面补充道："顺便报个仇，想想就觉得屁股好疼。"

他把竹篓扔在地上，揭开破布，脑袋往里面一探，旋即缩了回来："呸呸呸，还以为是什么好东西，全是石灰。"

"不过也好，正好拿来保存海贼脑袋。"

叶萧还算是满意，至于那个斗笠男背着这么多石灰干什么，他就管不着了。

牛魔人迪迪也探过来瞅了一眼，显然对石灰也没有兴趣，只是好奇地看着小道士。

"小九，出来吧!"

叶萧手从腰间的道书上一抹而过，指尖多了一张符飞出去，半空中燃尽，小骷髅小九凭空而现。

"咔嚓咔嚓。"

从空中落下来的小九转着脑袋，空洞洞的双眼中闪着好奇的光，好像弄不明白发生了什么情况。

"咦?"

叶萧绕着小九转了几圈子,时不时还伸手在小九纤细的骨架子上摸摸。

飞快地,一抹粉红色染上了骨头。

"这就害羞了啊。"

小道士讪讪地收回手,好奇地上下打量:"几天不见,你好像变了一点儿哎。"

"好像是有点儿。"硕大的牛头又冒了出来,点了点,其实他什么都没有看出来……

叶萧没心情理会这憨货,在他眼里,小九身上的骨头更白了一点儿,更致密了一点儿,就好像一个人好吃好喝一段时间,自然而然地变得壮实了一样。

牛魔人这一插科打诨,小九身上的粉红色褪去了不少,静静地站在叶萧面前,无声地好像是在问:又没有敌人,叫我出来干吗?很忙的。

"嘿嘿。"

小道士贼兮兮地笑着,一指竹篓。

护法与道士本来就是心灵相通的存在,小九静默了一下,"咔嚓"一下脑袋垂下来,有点无奈地接受现实的味道,一步步走到了竹篓边上。

在叶萧和迪迪的注视下,小九跨入竹篓,蹲下去。

"不行啊……"

二人皆是失望。

小九蹲在竹篓里面,锃亮的脑袋依然冒在竹篓外,就是再把那块破布遮上去也挡不住哇。

好像是感受到了他们的失望,小九又站了起来,左看看,右瞅瞅,忽然做出了一个惊人的举动。

"咔嚓……咔嚓……"

它先是卸下了左腿,再卸下右腿,伴着骨骼响动,小九抱着两条腿蜷缩起来,整个儿矮了一截下去,脑袋顶部居然跟竹篓口平齐。

"这也行……"

叶萧和迪迪张大了嘴巴,下巴都要脱臼了。

尤其是小道士,脑袋里忽然冒出了一个极其不靠谱的想法:"下次或许可以弄个小箱子……"

他脑海里浮现出小九把身上骨头能拆的都拆掉,然后蜷身进入小箱子的画面。

小九这回似乎满意了不少，从竹篓里面伸出一条胳膊，把破布提了过来，自个儿盖了上去，嗯，严丝合缝，全无破绽。

"成了。"

叶萧没有解释要这么干的原因，踹了牛魔人一脚，喊道："背上，我们走了。"

这种力气活，当然是迪迪上。

"哦。"

牛魔人应了一声，背起竹篓，同样一脚踹在野猪王的身上，把躺在地上睡死过去的懒货弄醒，二人一起骑了上去。

伴着尘土飞扬，野猪王狂飙，叶萧两个人向着封魔谷深处走去。

一开始，他们还在野猪王身上大呼小叫着，越到后来，越是深入，两个人的声音就越少，最后彻底沉默下来。

他们，终于知道封魔谷为什么要封谷，知道悬赏告示为什么贴满了关隘。

"该死！"

叶萧从野猪王身上跳下来，一脚狠狠地踹在枯树上，脸上阴沉沉一片，惯有的灿烂笑容都看不见了。

三五步外，横七竖八，一具具尸体躺在那里，一只只手或是抠入土里，或是竭力地向前伸着……痛苦、不甘，显露无遗。

这不是他们看到的第一批尸体，从深入封魔谷开始，零零散散就有尸体出现，没几具是猪婆龙干的，身上全是兵器痕迹，明显是死在人的手上。

"海贼！"

叶萧深吸了口气，一步步地走了上去。

不远处的尸体有七八具之多，分散在百多丈的距离里，流出的鲜血汇在一起，好像是一条血色的溪流，尽头沁入黝黑泥土中不见了。

看到这一幕，总让人怀疑封魔谷黝黑的土壤，是不是每一寸都是鲜血染成的。

小道士走了一圈儿，最后在一具尸体面前蹲了下来。

他抱着侥幸心理，每一具尸体都查看过，想看看是不是还有活着的，结果全是失望，不过却也不是没有发现。

"尸体还是温热的。

"他们刚刚死。"

叶萧翻过面前的尸体，让他仰面朝天。

那是一个看上去只有十七八岁的年轻人，皮肤粗糙，五官粗犷，到死了眼睛都瞪得大大的，好像有什么不甘心。

"叶哥，他们都是被同一种武器杀死的，刀口很细，伤痕很怪。"

迪迪靠了过来，指着同样出现在年轻人胸前的伤口说道。

牛魔人一族是天生的战斗种族，几乎都是凭着力气和拳头在吃饭，关注点自然跟叶萧不同。

"嗯。"

叶萧点了点头，他也发现了这一点儿，补充道："这些人大多是护卫打扮，远一点儿的地方还散落货物，应该是商人雇了护卫，不顾'封谷令'要强行穿越封魔谷，结果遇到海贼，一路逃一路被追杀，然后在这里死绝。"

"我知道这一切都是谁做的。"

他从怀中掏出一沓封魔谷悬赏令，翻了翻，拣出其中一张来展开。

牛魔人凑过来一看。

悬赏令上画着一个人像，那是一个双目狭长如刀、眉毛直插入鬓的男子。

他手上还拿着一件奇门兵器，好像是头连在一起的"八"字，张开的两脚锋锐，往下滴着鲜血。

"海贼，回旋镖，曲力！

"原为海门城外活跃的小股海贼头目，后疑被大海贼收编，销声匿迹。"

叶萧一字一顿地念出悬赏令上的介绍，不知不觉就将悬赏令攥成了一团。

半晌，他将悬赏令胡乱地塞回到了怀里，抬起了面前年轻人尸体的一只手。

手攥得紧紧的，握成拳头，指节发白，看得出是何等的用力，到死都不放。

"里面有东西……"

迪迪小声地提醒。

他也不知道为什么要小声，就是本能地不想大声说话。

叶萧默默地点头，一声不吭地掰开年轻人的手，"咔嚓"一声，手指头都断了，终于露出了里面的东西。

那是一枚簪子，用银打造的，工艺粗糙，纹饰简单，再普通不过的货色。

就是这样一枚普通得不起眼的银簪子，年轻人却将它紧紧地握着，紧到簪子的一头都扎到了掌心里去。

深吸一口气，叶萧站了起来，同样把簪子攥在手心。

"哥……"

迪迪小声地唤了一声，憨憨的脸上有些许担心的神色。

"没事。"

叶萧摇了摇头，道："我只是想起了小时候老爷子跟我念过的一句诗，神龙帝国那边传来的诗。"

"诗？"

迪迪一脸茫然，这东西他听不懂啊。

"我只记得两句……"

叶萧没有心情去理会是不是对牛弹琴，带着叹息声吟道："……可怜无定河边骨，犹是深闺梦里人。"

吐字清晰，意味深长，牛魔人竟然听懂了。

他仿佛看到了年轻人死前攥着银簪子，喃喃地念着某个女孩子的名字；

某个女孩子，在封魔谷关隘或者是紫烟城里，自家闺房中，眺望着远方，等待着情郎承诺中的归期……

就是用牛魔人的脑子，迪迪都能脑补出某个年轻人，为了给心爱的女孩子送礼物，参加了很危险的商队护卫，并且用预付的钱财买了这枚银簪子，憧憬着回去的时候给女孩子亲手插到头上去。

他摸摸胸口，隐隐地觉得心有点儿疼，却不知道是为什么，茫然地看向小道士。

叶萧一言不发，将银簪子珍重地收到怀里，对散落的货物、其他人身上带着的更值钱东西看都不看一眼，大踏步地走向野猪王，翻身上去。

"迪迪，我们走。"

他声音里面没有了往常的轻佻，好像有一种沉重的东西，忽然加诸其上。

远远地，有声音从野猪王践踏出来的飞扬尘土中传来：

"哥，咱不把他们埋了？"

"不用了，后续入谷的封魔谷关隘的人会做的，我们有更重要的事。"

"什么事？"

"我饿了。"

"……"

生平第一次，牛魔人迪迪怀疑从叶萧口中说出来的"我饿了"这三个字。

第二三章　论如何被小瞧

傍晚时候，夕阳斜挂在天边，野猪王无力地趴在地上，只剩下吐舌头的力气了。

叶萧好像什么事情都没发生一样，脸上挂着灿烂的笑容，舌头舔着嘴唇，一副垂涎欲滴的样子。

他面前是一棵百年以上的枫树，身后是眼巴巴捧着一只木碗的迪迪。

枫树皮被剥开一部分，再用刀口划破，一根竹筒插进了树身里。

在两个人期待的目光中，浓郁的金黄色液体缓缓地从竹筒里流淌出来，伴随着浓郁无比的甜香味道，引得叶萧他们鼻子一抽一抽的，恨不得马上扑上去开舔。

"憨货，快接快接，枫糖流出来了。"

迪迪反应从来没有这么快过，叶萧话还没说完，木碗就伸到竹筒下面，很快就接了大半碗。

"造化啊，百年老枫树，还没有被采过枫糖，这味道，啧啧啧。"

小道士打开迪迪想要去蘸枫糖舔的手，得意洋洋地说着。

枫树能产枫糖，在合适的时节剥开树皮，插入管子，就会有枫糖流淌出来。这枫糖味道超好，比上等的蜂蜜还略胜一筹。

如果再加工一下，熬制成一块块的枫糖块，那就是放到比奇城里都是颇受欢迎的好东西。

即便现在这样，叶萧他们也很满足了。

接完了枫糖，他们在熊熊燃烧的篝火上面架了一只山鸡，再拿刷子把枫糖刷在上面，不住地在火上转动，肉香和枫糖的甜香混在一起，勾得人简直想把舌头吞下去。

"香吧？"

"香。"迪迪点头如啄米。

"这是我自创的名菜，小道士的枫糖烤鸡，只是……枫糖有很多，一只鸡好像少了一点，只够我自己吃。"

叶萧话音刚落，牛魔人直接蹦了起来，连踢带打地拖着野猪王就进林子里去了。

有急匆匆的声音从他背影处传来："哥，你慢慢烤，俺再去整几只鸡，要是不够的话，咱把这头猪宰了，枫糖蹄髈估摸着也好吃。"

"吱——"

野猪王尖声嘶叫，天知道是被迪迪赶的还是给吓的，转眼就背着迪迪冲入林中不见了。

"嘿嘿，真好骗。"

小道士得意地靠在竹篓上，手上转着枫糖烤鸡，自言自语道："不赶紧把那憨货支走，这烤鸡还不够他一口吞的，哥先吃饱了再说。"

"香……啊忍不住了。"

叶萧眼睛都要长出手来了，赶忙把枫糖烤鸡从篝火上取下来，顾不得烫就凑到嘴边，一口咬了下去。

恰在此时，一个凄厉的响声从不远处的林中阴暗处爆发出来。

那声音，像是夜枭在啼哭，像是寒号鸟的哀嚎，又像是山猫在发情……

小道士保持着张嘴要啃下去的样子，扭头循声望去。

刺耳的尖啸破空传来，最近的灌木丛一分为二，一抹寒光旋转着直切他的胸口方向。

寒光过处，树木断折，枝丫分散，这要是落在胸口处，鲜血迸发，刀入五脏完全是可以想象的，就像是那一具具倒毙在路上的尸体。

"回旋镖，曲力！"

叶萧手一滑，枫糖烤鸡落地，他的手急忙忙地伸向腰间道书，却是……来不及了……

几乎在枫糖烤鸡刚落地，回旋镖就到了他面前，小道士感到面皮刺痛好像要被风给割破，甚至还能够闻到回旋镖上从来没有洗去过的血腥味道。

来不及了……来不及了……

叶萧原本就张大的嘴巴，爆发出了一个声音，不是惨叫，也不是求饶，而是两个字：

"小九！"

"嘭！"

叶萧倚靠着的竹篓炸开，一个火红色的身影扑出来，直接扑到了回旋镖上。

"咔嚓，咔嚓"，小九被不知道从哪里飞来的镖伤了，纤细的双臂上留下深深刀痕，回旋镖撞开小九双臂后，切入了它的胸膛中。

"咔嚓，咔嚓，咔嚓"几个声响，几乎同时传了出来。

一声是回旋镖卡在小九胸膛当中的响动，一声是小九双臂抱着将要飞回的回旋镖锁住的声音，一声是没有腿的小九落到了地上发出的脆响。

小九跟被非礼了一样，双臂锁得紧紧地抱在胸前，通体火红，这是发怒的颜色。

它在生气，有人竟然想杀叶萧！

小九很生气，问题很严重。

"可惜我的烤鸡了……"

叶萧看了一眼落到地上的枫糖烤鸡，一脸可惜的样子。

他目光一转，落到小九身上，确切地说，是回旋镖的身上。

看到这支足足有手臂长短的大型回旋镖，小道士脑子里就浮现出年轻人的样子，还有他胸膛前深深的刀口。

"'回旋镖'曲力，你比我想的要没脑子。"

叶萧这话一出口，林中飞出回旋镖的阴暗处一阵晃动，似乎有人生气了。

"我说，你是不是在海水里泡久了，脑子也跟着进水了？"

"你没看到我死活靠在竹篓边上不离开吗？你就没想想这里面会不会有鬼？这么莽莽撞撞地出手，你也太小看我了吧。"

小道士伸出一根手指，在面前摇着，说道："我家老爷子说过，只要你做出一副混吃等死的样子，别人就一定会小瞧你。"

"果然！"

阴影一阵晃动，一个人缓缓地走了出来。

月色下，火光中，叶萧眯了眯眼睛，看清楚了对方模样。

来人的样子跟悬赏令上有八九分相似，狭长得跟蛇一样的眼睛，刀一样插入鬓角的眉毛，头上还包着头巾，正是海贼回旋镖曲力。

曲力一边走出来，一边弯腰从绑腿处摸出了一把小刀，在手里一抛一抛的，道："小道士你胆子不小，这么说，你是故意引我出来的？"

"不错。"

叶萧打了一个哈欠，道："你是不是还要问我怎么知道你在附近？还知道如何引你现身？"

曲力沉默，停下脚步，玩着手中小刀，做出一副你说我听的样子。

他完全没有将叶萧还有半残的小九放在眼中。

"我看到一些尸体，刚死不久，尸体温热，你那个时候应该还没有走远，甚至可能就在旁边看着我们。"

叶萧淡淡地说着，从怀中摸出银簪子在手中玩着。

曲力点头，示意他继续。

"那些只是商人加普通护卫，没有多厉害，尸体却足足散开了百多丈，这不对劲儿。"

叶萧拿着银簪子，一指曲力："你太小心了，小心到就是面对那些普通人还是用的偷袭手段，不肯正面出手。

"你跟在逃跑的人后面，一刀，跟着一刀……

"对付你这么小心谨慎的人，如果不把你彻底地引出来是杀不了你的，一看不对你就会跑得连影子都找不到，对吧？"

"啪啪啪！"

掌声响起，曲力鼓着掌，拿着小刀，重新开始一步步地走向叶萧，道："精彩，不过我更想知道，你为什么觉得我会对你出手？"

叶萧哂然一笑，好像对这个问题很看不起一样，"呸"的一声道："你好好的海贼不当，非要来当屠夫，你压根就是冲着杀人来的。

"我不知道你要杀谁，不过那些商人那些护卫身上的东西一样不少，值钱东西就那么散落在地上，你明显不是冲钱去的。

"既然是为了杀人，你又应该在附近，没道理放过我吧？哼，还不是被我料中了。"

叶萧话音落下，曲力的掌声再次响起："精彩，实在是精彩，小道士你很聪明，只是你想过怎么活下来吗？靠它？"

海贼瞥了一眼小骷髅，不屑一顾，小九浑身更红了，这是看不起骷髅吗？

"哈哈哈……"

叶萧忽然仰天而笑，将银簪子在手中转动，然后一指地上，道："你低头看看。"

曲力一低头，看到有庞大的影子从身后盖过来，拉得长长的，将他整个人笼罩住，脸色瞬间大变。

在他的身后，沉重的脚步声，粗重的呼吸声响起，同时响起的还有叶萧的讥讽："我家老爷子还说过，只要做出一副志得意满、爱出风头的样子，别人就会小瞧你。"

"果然！"

第二四章 杀！

"混蛋！"

"你阴我！"

曲力大吼一声，他全明白了。

敢情小道士在这儿跟他扯淡是故技重施，让他小瞧让他有恃无恐，拖延时间让牛魔人绕到了身后。

叶萧的嘴巴多毒啊，立刻补了一刀："错，是又阴你。"

好一个"又"字，这是他用同一个手段，第二次阴了曲力，同一个坑里跌倒两次，曲力这个海贼也够够的了。

两个人嘴上打仗，动作半点儿没停。

叶萧手上不知道什么时候夹着一张符纸，火苗"噌"地燃烧起来。

曲力在发现身后阴影笼罩下来的瞬间，反应甚快，头都不曾回过，直接弯腰向前俯冲，直冲叶萧。

"真是积年老贼，厉害。"

叶萧苦笑一声，对曲力的反应不得不佩服。

在这种情况下，曲力回头去不仅要面临牛魔人迪迪的当头一刀，还要面对被前后夹击的惨况。

他现在克制住回头的本能，直接向前冲，只要能冲破叶萧的阻拦，不管是杀人，还是挟持，乃至于是一冲而过，都能避免掉最坏的情形，甚至还有翻盘的可能。

曲力积年老贼不好对付，小道士也是狡猾狡猾的，早就做好了准备。

"杀！"

叶萧大喊一声，曲力身后一个闷声闷气的声音同时暴起："杀！"

沉重的脚步如暴风骤雨般加急，有刀锋撕裂空气的响动，曲力强行让自己无视了身后压力，向前疾冲。

不过数丈距离，一冲可过。

同一时间，叶萧以"射"的手法，射出手中燃烧过半的符箓。

"火！"

一声"火"字，在空中燃出一条火线，窜过两个人之间距离，直冲向曲力的胸膛。

曲力反应也是快，短刀平举，砍在火线上。

快，准，狠。

叶萧火符出手，立刻表现出了被他家老头子多年训练出来的发符手法之妙，曲力积年老贼的手段，也只够他做出那点儿反应了。

"哧"的一声，短刀飞起，与其说是被火线冲击导致，倒不如说是瞬间高温使曲力握持不住，主动脱手。

只见火星四射，落到曲力身上溅出火苗，噌噌噌地燃了起来。

现在拍打，滚动还来得及，要是放之不管，早晚会将海贼烧成一团焦炭。

"啊，啊，啊！"

曲力吼叫着，双臂挡在脸前，竟然对身上的火苗不管不顾，埋头蛮牛一样地冲过来。

"该死，我讨厌海贼。"

叶萧脸色一白，心中咒骂。

只要曲力拍打灭火，冲势定然会受到影响，后面的牛魔人就会追上当头一刀。结果海贼竟然一根筋。

他这么一冲，叶萧已经不可能拦得住了。

这个时候，小道士就又开始怀念早被放弃了的梦想：当一个能纵横星辰大海的屠龙战士。他要是一个战士，拔出刀来对砍，谁怕谁啊，看曲力还敢往前冲不？

小道士终究只是一个小道士，不是战士，但他有护法。

叶萧也不紧张，一步不退，眼中放着光望向冲到了近前的海贼。

两个人距离很近了，小道士甚至能透过曲力两臂间的空隙看到海贼扭曲的面容，仇恨的目光。

一步之遥，曲力和叶萧之间，忽然多出了一个小小的、纤细的身影。

——小九！

除了一直偷瞄着它的叶萧外，没有人知道它什么时候偷偷摸摸地把卸下来的双腿重新安了上去，然后适时地蹿了出来挡在了叶萧前面。

"咔嚓"一声，伴着小九的动作，有东西直射曲力。

"暗器？"

曲力谨慎，两条胳膊将脑袋挡得愈发严严实实的，高举的胳膊也露出锃亮的钢铁护臂来。

"啪"的一声，"暗器"打在护臂上又弹开，叶萧叹了口气，有捂眼睛的冲动。

哪里是什么暗器啊，分明是小九手上没有趁手的家伙，于是握住了它用胸膛夹住的回旋镖一拔，握在手里当兵器用了。

回旋镖早就卡在肋骨里了，一拔之下肋骨折断飞了出去，这就是那"暗器"了，不够丢人的。

断个把肋骨，这事小九早就习惯了，全无所谓地合身扑了上去，迎面撞上了曲力。

"嘶！"

叶萧倒抽一口凉气，有点儿不忍心看。双方吨位差太多了，要是真往上撞不是找虐吗？

"嘭"的一声，小九倒飞而出，半空中还有碎骨头漫天花雨一样地往下落，掉在地上嘎吱作响，让人怀疑会不会就这么摔散架了。

对面，曲力戛然止步，有鲜血飞溅，无力垂落下来两条胳膊，脸上尽是不敢置信之色。

刚刚那一瞬间发生了什么事情，只有两三步外的叶萧看得真真切切。

小九螳臂当车一样地扑上去，小身子骨刚要撞上曲力的时候，寒光一闪，再闪，回旋镖锋利的边缘先后划过曲力两边胳膊肘以上内侧的位置。

血光四溅，好像是什么筋被挑断了，曲力一直高举着挡住胸腹和头部的胳膊就垂落了下来。

这个时候，小九在半空中还有一个蜷缩的动作，趁着海贼两臂打开的空隙撞入对方怀中，再借着反弹之力两腿在曲力胸膛一蹬，反弹了回来。

电光石火之间，小九做了这么多动作，摔在地上的时候还一时半会儿动不了，要是真的一根筋往上撞，怕是在半空中早就彻底散架了。

曲力完全想不到看起来不堪一击的小九，竟然能在这个关键时刻玩出这么多花样来，一时间如被施展了定身咒一般，闷头前冲之势被破。

身后，利刃破空之声到了脑后。

现在再想前冲，已经来不及了。

"啊啊啊！"

曲力吼叫着，困兽犹斗。

他两条大腿发力一蹬，在半空中扭身，想要抬起双臂招架，却怎么也抬不起来，只能眼睁睁地看着一个牛魔人大踏步地冲上来，高举战刀过顶，然后劈落下来。

"哧！"

有鲜血喷薄而出，曲力好像破麻袋一样直接从空中被劈落下来，在地上连打了几个滚儿，仰面朝天，浑身抽搐，动弹不得了。

血在他身上洇开，顷刻之间成一泓血泊，若不是曲力的胸膛还在起伏，没有人会觉得这还是一个活人。

迪迪双臂垂落下来，两手握的破旧战刀滴着血，他吭哧吭哧地喘着粗气，闷声问道："哥，他死了没有？"

叶萧走过去，看着翻着死鱼眼睛的曲力，看着他扯着破风箱般地艰难喘着气，摇摇头道："没死，不过也差不多了。"

他蹲下来，手上握着银簪子，问道："曲力，你认得这个吗？"

第二五章　海贼的目标

"我猜你不认得。"

"为……为什么？"

曲力回光返照一样，眼中重新有了神，微弱地出声，同时艰难地抬手似乎要抓住叶萧的胳膊，却没能抬起来。小九的两刀，早就切断了他手上的筋。

小道士脸上再没有轻佻之色，将银簪子在手上转动，道："你是想问为什么大费周章地杀你，还是说你为什么会死？"

他摇着头，好像没有兴趣知道曲力的答案，两个一起回答了："杀你是因为你是海贼，是坏人。你杀无辜的人，总有人要杀你，很正常。

"至于你为什么会死？你就是笨死的。

"我拿自己做鱼饵，先让你小瞧我一次，引诱你现身出手；让那憨货假装离开，绕路回来，又怕他赶不上趟儿，只好让你再小瞧我一次，免得一不留神儿让你跑了。

"你太谨慎太小心也太不好杀了，只好费点力气。"

叶萧说到这里，站了起来，问道："还有什么遗言？"

曲力知道自己死定了，瞪大眼睛，上半身都弓了起来，身上从肩膀直到腰间的巨大刀伤绷裂，鲜血涌泉，撕心裂肺地喊道：

"海狗……海狗会给我报仇的，你们……跑不了！"

叶萧眼中寒光一闪，道："那你可以死了。"

话音落下，他手上转动银簪子的动作一停，用掷符的手法把银簪子射了出去，笔直地插在曲力的咽喉处。

顿时，嘶吼声戛然而止，曲力发出声声难听的、似乎是空气和血液冲入肺部的声音，身子弓到极致一挺，旋即不动了。

海贼，回旋镖曲力，已死。

没有人会想到，他会死在一根小小的银簪子下。

射出银簪子的一瞬间，叶萧松了一口气，眼前又浮现出年轻人紧握着银簪子到死不松手的样子，肩上一轻，好像是完成了什么承诺，有担子被卸了下来似的感觉。

"死了？"

迪迪拖着战刀走过来，探着脑袋问道。

叶萧点头："这回真死了。"

"哎，石灰洒了。"牛魔人左顾右盼了下，目光落到随着竹篓炸裂落满了一地的石灰上，很惋惜的样子。

看他那德行，似乎有过去拾掇拾掇，再把石灰收集起来的意思。

叶萧翻了翻白眼："你还真想砍头啊？"

迪迪挠着头，说道："这不是要换钱嘛。"

"呃……"

叶萧看着曲力的脑袋，拿脚踢了踢，又飞速地缩了回来。

杀海贼是一回事，割人头是另一回事，他真有点儿下不了手，还有，想想背着人头走一路也怪恶心的。

可悬赏又不能不要，指着吃饭呢，纠结中小道士也有挠头的冲动了。

这时候，小九终于从地上爬起来了，拖着半残的身躯，它一挪一挪地挪了过来。

看到它怀中抱着的回旋镖，叶萧眼前一亮，问道："小九，这刀你喜欢吗？"

小九低头用空洞的眼窟窿看了看回旋镖，旋即摇头如拨浪鼓，将回旋镖往地上一扔，嫌弃无比的样子。

"行了，就用它吧。"

叶萧喜滋滋地把回旋镖捡起来，塞给牛魔人，道："迪迪，带上它，换悬赏。"

"好嘞。"

迪迪可不管是用脑袋还是用兵器换，有悬赏就成，他也不嫌回旋镖上带血，接过来就往怀里揣。

他这个动作倒是提醒了叶萧，小道士心中想着曲力到底也是一个海贼，身上总会带着钱吧，或许还有点儿好东西，这生不带来死不带去的，不如便宜了自己。

只是一想到要摸尸体，叶萧心里就一阵硌硬，再想想摸尸这种事情都要自己亲自来，也忒丢人了，于是眼珠子一转，拍了一下迪迪的胳膊，道："迪迪，摸之，别浪费了。"

说完，他一甩头，到旁边一条小溪前双手抱膝，坐了下来。

迪迪还没有弄清楚状况呢，小道士就已经走远了，他只得憨憨地应了一声，一双大手在曲力的尸体上寻摸了起来。

不一会儿，就听到他欢呼一声，捧着一只黑色丝绸布料的袋子，跑到叶萧旁边一屁股坐了下来。

"就这么点儿啊。"

叶萧接过来掂了掂，再打开一看，一脸嫌弃，袋子里满打满算也就十几枚银币的样子，他忍不住撇嘴："就没见过这么穷的海贼，混得也忒惨了点儿。"

他一边嫌弃，一边用不带一丝烟火气息的动作把银币倒出来，塞进自家的钱袋子里。

叶萧刚要把曲力的袋子扔掉，动作突然一顿，借着月光仔细瞅了一眼，神色凝重了起来。

"迪迪，你看！"

他将袋子摊开，先看正面，赫然是一个人的剪影样子，绣得并不清晰，唯独右臂空荡荡的没有手只有铁钩这个特点鲜明无比；再看背面，什么图案都没有，只有一个"倬"字，绣在正当中。

迪迪有没有看懂，满脸疑惑。

"这不仅仅是钱袋，还是一个信物或者是身份证明啊。"

小道士改了主意，将袋子揣回怀里，分析道："悬赏告示上说海贼回旋镖曲力，原本是海门城外小股海盗，疑似被收编所以销声匿迹，现在看来是真的。

"他被收编后，估计隶属于这个名字里面带'倬'的人手下，这个人特征是右手铁钩。"

叶萧与其说是分析给迪迪听，不如说是借着说话，理顺自己的思路。

他越说思路越清晰，灵光一闪，猛地捕捉到了什么。

小道士狠狠地一拍大腿，"啪"的一声脆响，在寂静的夜里林间分外响亮，"我们忽略了，曲力这个笨海贼死前说的话里有问题。"

"疼……"

迪迪要哭了，叶萧那一巴掌可是拍到他腿上，敢情不是自家腿不会疼是吧？

小道士一挥手，抗议驳回，继续道："曲力说有一个叫海狗的海盗会给他报仇，怎么报仇？谁知道他是我们杀的？

"等我们交悬赏的时候吗？黄花菜都凉了。

"只有一个可能！"

叶萧竖起一根手指，语气肯定无比："他们——海贼，是冲着我们来的。"

"这样的话，那个叫海狗的海贼早晚会找上我们——都叫海狗了，鼻子能不灵吗，也就相当于是给他报仇了。

"一定是这样！"

迪迪一边揉着大腿，可怜见地绕着林子跑一大圈再厮杀一场，回头还挨一巴掌，不知道是给这一巴掌拍清醒了，还是脑子忽然灵光，他这回听懂了。

"冲咱们来的？"

他眨了眨眼睛，满脸疑惑，"是你，还是俺？"

第二六章　升华，洁癖

"呃……"

叶萧挠了挠头，迪迪的问题问到了点子上。

冲着谁来的？

他们两个，一个十六，一个十五；一个刚从苍月岛上来，一个才自白日门城出，别说仇人了，狗都没有见过几只。

再加上两手空空，吃饭基本靠混，东西全部靠蹭，有什么可以让人惦记的？

二人大眼瞪小眼半天，一起扭头，放弃了。

"算了，以后会知道的。"

叶萧一摆手，表示不想了。

他刚才为了躲避摸尸的苦差事，双手抱膝躲到小溪边上，迪迪过来后有样学样，摆出一般无二的姿势。

小骷髅挪了半天，也挪了过来，伴着浑身骨头"咔嚓咔嚓"要散架的响动，坐到了小道士边上，同样双手抱住膝盖面向溪流。

这条小溪兴许是流淌过这片封魔谷中少见的林地缘故，清澈了不少，不全是浑浊昏黄的，至少在月色下泛出清亮的水光来，时不时的水面上还会冒出一个个涟漪，应当有鱼儿在水下嬉戏。

两个人外加一骷髅，一时无话，就这么双手抱膝，默默地坐着。

好半天，叶萧突然开口了："刚才，我们……杀人了。"

兴许是太久没有说话的缘故，他原本清亮的声音显得有些艰涩。

迪迪晃着脑袋，牛角倒映在地上显得长长的，狰狞无比，应道："嗯，杀得好。"

叶萧一怔，没想到迪迪会这么回答，脑子里浮现出沿途所见的尸体，点了点头："对，该杀。"

于是释然。

第一次杀人的迷茫，在清冷月光和潺潺的流水声中，在一问一答里面，消散得无影无踪。

叶萧再也不说话了，心下轻松起来，继续双手抱着膝盖，目光从上到下，自左而右地扫过。

他看看没多少叶子的树，瞅瞅流淌的溪水，还有天上那一轮高悬着的、无论是在白日门城中看，还是在封魔谷里望，都是一般无二模样的月亮……

不管看什么，小道士都能看得津津有味，觉得什么都跟往常不太一样。

莫名地，他就想起有一次老头子喝醉了，扯着他说个不停……

"娃儿，你说这风吹幡动，是风动，还是幡动？"

"……"小道士在翻白眼，他饿着肚子呢。一个月的饭钱被老头子在酒馆里一声"全场都有"报销了，哪里有心情管是风动幡动的，他现在全身上下只有拳头想动一动。

"不知道了吧？上次我拿这个问一个老家伙，他说是'仁者心动'，我打了他一头包，然后呸他一脸，瞎啊，没看到是我摇动的吗？"

话说完，老头子就躺尸去了，呼噜声震天动地。

叶萧摇了摇头，咧嘴一笑，笑得很灿烂。

他明白是什么动了。

树还是那么丑，叶子都没几片，跟没穿衣服似的；溪水干净不到哪里去，全是天黑看不到昏黄……

只是他的感觉不同了。

小时候在酒馆里听故事，总觉得出去闯荡跟隔壁串门一样，说走就走，说回就回；长大了被老头子的不着调弄出了白日门城，还是带着游山玩水一样的心态，说是寻宝，不如说是玩耍。

一场战斗，斗智斗勇，敌酋授首；一枚银簪，路见不平，拔刀相助。

不知不觉中，叶萧有一种升华了的感觉，就像是做了一百遍吃饭的梦，总不如真吃饱了一顿，那种顶到嗓子眼儿的真切。

一扭头，他看到牛魔人正玩自家战刀呢，缺口的战刀被迪迪翻来覆去地摆弄，一会儿做横劈竖砍，一会儿高举过头，口中呼喝有声，玩得不亦乐乎。

"嘿，迪迪。"

叶萧一指他脑袋上牛角部位，提醒道："角上脏了，好像溅到血了。"

月光下，血痕在牛角上清晰无比。

他本就是顺口一提，话出口就不管了，没想到"噌"地一下，迪迪就蹦了起来，惊慌失措地问道："哪里？哪里脏了？"

"是血吗？完了完了，会不会洗不掉？"

迪迪整个人都不好了，两只手在牛角上来回摸，两条腿绕着圈子在走，一脸狂躁样子，眼睛都在冒着红光。

一旁的小道士都傻了，下意识地往旁边蹭了蹭，脑子里冒出三个字：疯牛病。小九浑身都在哆嗦，骨头架子上染上一层绿色，害怕的。

知道的这是牛角上沾了点儿血，不知道的还以为一个洁癖被浸粪坑了，迪迪这憨货可是能把带血的刀擦都不带擦就往怀里揣的主儿。

叶萧有点儿弄不清楚情况，就没吭声，迪迪等不及了，大踏步就往溪水里面冲，嘴里还嘟囔着"得洗洗，再洗洗"之类的话。

在迪迪和小溪之间有一块西瓜大小的石头隔着，往旁边绕一步的工夫迪迪都不带干的，走到石头面前一个大脚就开了出去。

"嗖"的一声，石头直接飞过了整条小溪，落进远方的黑暗里，落地之声那叫一个闷响。

叶萧嘴巴都张大了，这大脚开的，快有一里地了吧？幸好是踹石头上，这要是踹人身上能是一个大脚窟窿吧！

他还在震惊，迪迪就一头冲进小溪里，稀里哗啦地一阵洗，足足有一顿饭工夫，才看到牛魔人走了出来。

浑身湿透不说，他脱下衣服，在两根牛角上来回擦，恨不得擦掉一层的样子。

"好家伙。"

叶萧回过味儿来了，心想："迪迪这洁癖够奇怪的，浑身上下怎么脏都不怕，就一对牛角上不能忍，脏上一点儿就发狂。"

迪迪回来时候正常了，奇怪地看了一眼小道士，发现他眼睛里放着光，神情看起来贼兮兮的，与之前要算计回旋镖曲力的时候一模一样。

"哥，怎么啦？"

"没，没啥。"

小道士矢口否认，只是嘴角的笑容怎么藏都藏不住。

小插曲，过去就过去了，两个人和一骷髅又恢复了双手抱膝样子，只是叶萧和迪迪脑袋一点儿一点儿地很快埋进了胸膛里，呼噜声响了起来。

意识彻底迷糊前，小道士脑子里闪过一个念头，觉得他好像忘记了什么，不等他想起来就睡死了。

夜，很快就过去。

当第一缕阳光落在叶萧脸上的时候，他睁开眼睛，伸着懒腰，打着哈欠，醒了过来。

迷迷瞪瞪地，小道士左右一瞥，怔住了，再一瞥，惊到了。

他终于想起来忘记什么了。

叶萧一巴掌拍在脑袋几乎都要埋进土里、口水把地面都给打湿了的迪迪头上，急忙叫道："醒醒，快醒醒！"

迪迪一脸茫然地抬起头，口水挂着，眼睛半睁不闭地迷迷糊糊地道："吃饭了？"

"就知道吃。"

叶萧恨铁不成钢，大声地问道："咱的猪呢？"

第二七章 沈凡的林间小屋杂货铺

"猪……猪……"

迪迪还处在半睡半醒的迷糊状态，重复了好几遍才反应过来，把这个字跟自家坐骑对上号，瞬间眼睛瞪圆，喊道："对啊，咱的猪呢？"

叶萧拍着脑袋无力地道："我是在问你。"

迪迪缩了缩头，拉开安全距离，开始冥思苦想。

"昨天俺听哥你的话，把猪赶走，让海贼以为俺跑远了，再悄悄地摸回来，然后……"

小道士急切地问道："然后？"

他能不急吗？找不到自家的猪，他就得靠两条腿来走路了。

迪迪双手摊开，一脸无辜："然后，我就把猪给忘了……"

"忘了……忘了……忘了……"

叶萧指着牛魔人，嘴唇都开始哆嗦了。

就在迪迪双手抱头，做好了被打一顿的准备后，叶萧忽然无力地垂下手，叹气道："好吧，我也忘了。"

牛魔人抱头又蹲了好一会儿，看到叶萧开始收拾行李了，这才确定过关了，顿时就兴高采烈地过来帮忙。

小道士多会偷懒啊，本来堆在野猪王身上的行李，顺理成章地就全都到了牛魔人背上了。

足足有半人高的行李，迪迪背起来轻轻松松全不在乎，扭过头来就问："哥，那个早饭……"

"滚！"

"先找到咱的猪，找不到的话，就先饿着吧。"

牛魔人脸顿时就垮了，天不怕地不怕就怕没有饭吃，他哭丧着脸，背着行李，和小道士一起出发了。

封魔谷往南走，林木渐多，虽然大多都还是枯萎样子，但偶尔还是能见到如被割了枫糖的枫树一般，还苟延残喘的林木。只是概率不大，跟在沙漠里找绿洲差不多。

枯黄的树木，焦黑的土地，浑浊的河水，干涩的空气……

封魔谷这地方待久了真会让人疯魔的。

小道士和牛魔人的运气不错，沿着野猪王留下的痕迹前行了小半个时辰，前方郁郁葱葱的，竟有树木成林，隐隐地还有鸟语花香，随风飘来。

"迪迪，你昨天是怎么着咱家猪的，让它跑这么远？"

"哥，俺琢磨着要赶它走就得来点儿狠的。"

"然后？"

"俺往它屁眼里捅了一刀。"

"……"

小道士猛然止步，望向牛魔人迪迪，嘴唇有点哆嗦，很想说"你赢了"，忍住了。

"怎么啦？"

迪迪一脸茫然地问道。看他那样子，完全不觉得把刀往其他生物屁眼里捅有什么不对。

"这个道德观……"小道士无力解释，摆了摆手，觉得迪迪他老子怕是比老道士还要不靠谱一些，瞅瞅这家教。

不过想想能对未成年的儿子说你善骑好，这样能多生娃儿、开枝散叶的话，也不要对他的靠谱程度做多大指望。

"咦？"

迪迪个儿高，看得也远，小道士无语那会儿他就无聊地东张西望，还真让他看到了点儿东西。

"哥，你看那是什么？"

他向着前方林中一指，叶萧看过去，只见在稀疏的林间，有屋檐的一角歪歪斜斜地伸出来，看轮廓竟然是一幢小木屋。

在这鸟不拉屎的地方建个木屋？

这破地方连打猎的人都不愿意来，建屋子给鬼住啊？

还有这手艺，鬼都不敢住吧？半夜要是倒了看上去简直就是座坟啊。

叶萧在琢磨林间小屋出现得合不合理，那个牛魔人哈喇子都下来了，撺掇道："哥，咱们去串个门吧，在荒山野岭地遇到个活人也怪不容易的。"

这理由很充分，只是你能不能先擦擦口水？想蹭饭就直说。

叶萧一阵无语，想了想，还是向着林间小屋方向走过去。他也好奇。

片刻后,二人站在林间小屋前头,全都震惊了。

木屋前立个幌子,上面写着"沈凡的林间小屋杂货铺"。

不说在这鬼地方建杂货铺是要卖给鬼还是卖给谁呢,单单这招牌,写得满满当当的,好悬没能一口气读完。

这也就罢了,看着这间"沈凡的林间小屋杂货铺",叶萧就有种想死的冲动,一瞬间就想起了不久前站在白沙滩上仰天长啸,对自家老爷子发出的控诉。

"你还能更应付一点儿吗?"

林间小屋通体是用木头建的,连清漆都没有刷一层,站在面前迎面扑鼻的木香气,用手一摸居然还是湿润的。

这木头砍下来有没有一个时辰?

这是特意等着我们吧?

虽然用半个时辰左右伐木建造木屋,再立个幌子,关键还得出现在必经之路上,保证小道士他们能看到,免得抛媚眼给瞎子看。

只要想想,小道士都觉得还是挺难的,但是这改变不了那个叫"沈凡"的货极其应付了事,连遮掩一下都懒得做的恶劣本性。

叶萧站在门前,肚子里正在疯狂吐槽呢,忽然觉得胳膊被小心地动了一下。

他扭头一看,发现牛魔人矮着身子,憨厚的脸上非要做出一副贼兮兮的表情,怎么看怎么贱兮兮的,让人本能地就想往上抡一拳头。

"有事说事。"

叶萧觉得拳头痒,这要不是打不过他……

"哥,你听说过传说中的神秘商人吗?"

叶萧叹口气,道:"听说过,酒馆里每个传说故事里都有。"

他很想说,故事里的神秘商人都是骗人的,哪里有繁华地方不待非往穷山恶水里钻,赔不死他,还不够运费钱。

没来得及说,迪迪凑得更近了,低声说道:"哥,听说神秘商人什么都有,肯定有吃的,猪蹄髈、酱牛肉什么的,咱买上一些,备着,备着。"

备着?放你肚子里备着吗?

叶萧总算摸清楚了这憨货的重点在哪里了,敢情就想跟神秘商人买点儿吃的,这出息……

"哐当"一声,在迪迪说出目的的同时,林间小屋里传出来响动,这声音一入耳,叶萧脑补出了一个人从凳子上栽下来的样子。

迪迪有点儿想打人了,穷山恶水的地方还专门建一个林间小屋,真不是卖熟食的！

忍住笑，小道士拍拍牛魔人的胳膊，诚心诚意地夸奖："干得好。"

"俺做什么了？"

迪迪挠头，没听懂。

叶萧夸奖完他，走到林间小屋门前，也不敲门，直接一脚踹开走了进去。

迪迪很狗腿地背着行李，亦步亦趋地跟了上来。

一进木屋，一个热情无比的声音就迎了上来："人生何处不相逢，小兄弟，我们又见面了。"

"好巧呀！"

第二八章　新悬赏

"好巧……小兄弟……又见面……"

"他们很熟吗？"

迪迪的牛角上都要挂满问号了，好奇地望向说话的人。

林间小屋里面摆设可简单了，入门就是一个大柜台，一个中年人，连椅子都没有，盘腿坐在柜台上，一边说话一边往下蹦，敢情还缺个垫脚的。

除了柜台和中年人，林间小屋里空空荡荡的，坐都找不到地方。

中年人头戴斗笠，斗笠中间破个洞，鸟窝似的头发倔强地钻出来，平凡的五官上挂着懒洋洋的表情，眼角还挂着眼屎，怎么看都是一副刚睡醒的样子。

"怎么是他？"

叶萧第一眼就认出了这货，这样的怪大叔，看过了就忘不了对不对？

告示墙前撞自己一个跟头，面摊旁被自个儿偷了背篓，都是这货。

"这是讨债来的吗？"

小道士还没来得及心虚，他就看到斗笠男一手揉眼屎，一手挖鼻孔，然后两只胳膊一起张开，想要来个拥抱。

"停！"

叶萧金鸡独立，一手向前推，严正地表明立场。

看那模样，斗笠男只要再上前一步，他就会妥妥地一脚踹出去，以保清白。

"好吧。"

斗笠男很识时务，在刚要碰到叶萧手的时候停了下来，甩了甩手，一脸遗憾的表情，自我介绍道："兄弟沈凡，上次太匆忙没来得及介绍。"

叶萧撇了撇嘴，沈凡要不遗憾，他就恶心死了，随口回应："叶萧，迪迪。"

至于沈凡这个名字还用介绍吗？门口那么大的字写着呢。

"你怎么在这里？"

小道士调整了一下心情，打量着沈凡，认真地问道。

"我……"

沈凡一指鼻子，脸瞬间垮了下来，惨兮兮，苦巴巴的样子。

"哥原本是一个走街串巷的行商，全部家当往背篓里一扔，走到哪里生意就做到哪里。

"在城关的时候，不知道哪个天杀的竟然把哥的背篓给偷了，没了吃饭家伙，哥只好在这里开个杂货铺，苦啊。"

这回不仅仅是叶萧，连迪迪这么厚道的人都开始翻白眼了。

到底是弄个背篓简单，还是建个木屋容易？

睁着眼睛说瞎话呢！

叶萧深吸了口气，才把智商被侮辱了的感觉压了下来，不然没法交流了，只有拿拳头说话了。

他们白眼都要翻瞎了，沈凡视而不见，还在那儿控诉："要是让哥知道是哪个王八蛋偷了我的背篓，哥就……"

这是指着和尚骂秃驴吧？

叶萧什么都能吃，就是不吃亏，立刻打断道："背篓已经破了，昨天晚上的事。"

"吓！"

沈凡闭嘴了，拿手指着叶萧，哆哆嗦嗦，无言以对。

竟然就这么承认了？迪迪震惊了，用看大神一样的目光看着叶萧。

还有那一副"我就是告诉你一声"的理直气壮是怎么回事？

"借是我借的，破也已经破了，你要怎么着吧？"

叶萧开始耍无赖，"要不，我让迪迪去给你再拿树枝编一个。

"迪迪！"

沈凡还处在"没见过如此无耻之人"的震惊状态下，没有任何反应，叶萧就开始自说自话起来。

迪迪也没反应过来，他两只手都捂到脸上了。

无耻，太无耻了。

迪迪"耻度"不够，完全跟不上对面两个人的节奏，沈凡已经回过神儿来了，一摆手："忘记那个背篓吧。

"来来来，这么巧我们又见面了，坐下来叙叙旧吧。"

"巧？"小道士在冷笑。

第一次告示墙下面是巧，第二次面摊上是偶然，这第三次要是巧，叶萧宁愿把自个儿脑袋吃掉。

还有，坐？大家一起爬上去坐柜台吗？

"咳咳，坐就不用了，大叔你直接说事吧。"

叶萧清了清嗓子，想直入正题。

"大叔？"沈凡跟被马蜂蜇了一样蹦了起来，严肃地纠正，"叫哥，叫哥，我还没那么老。"

"……"

叶萧深吸了口气，忍下喷吐毒液的心思，道："好吧，沈哥。"

"好的小兄弟，咱们开始谈正事。"

沈凡满足了，一转身，手脚并用，连摔下来三次，终于成功地爬上了柜台，盘腿一坐，一脸正经。

要不是有前面一幕，叶萧和迪迪还会觉得这货还算有正形，盘坐在柜台上有点儿像当铺掌柜的，可加上前面那幕，他们只会觉得斗笠男像逗比。

"你们缺钱吗？"

沈凡一开口，直击要害，叶萧和迪迪注意力顿时就被吸引起来了，不知不觉就点起了头。

斗笠男很满意，接着道："那哥就给你们……"

说到这里，他顿了一下，望向柜台下，第一眼就看到一个硕大的牛头满脸期待地抬着蒲扇大的手掌，手指都快杵进他鼻孔里了。

"你要干吗？"

沈凡双手捂胸，一脸惊骇。

"拿钱啊。"

迪迪眼睛连眨，理直气壮地道："你不说要给俺们钱吗？想赖账吗？"

"呃……"

沈凡有泪流满面的冲动，心想："哥这是卖关子，卖关子懂吗？有下文的。哥又不是你爹，干吗送你钱……"

只是，这话没法接，被牛魔人拿住了。

那头，小道士已经抱着肚子开始乐了，迪迪憨归憨，无招胜有招，自己都没发觉无耻才是真正的大无耻。

他还想多看会儿沈凡的笑话呢，柜台上，沈凡憋闷了一会儿就探手入了怀里。

真给钱？

叶萧止住笑，好奇地探过头去。

下一刻，他一个趔趄，险些没撞到迪迪的背上去。

沈凡手伸出来，拿两根手指捏一枚硬币，还是铜板，万分不舍地放到了迪迪的掌心，然后一挥手，豪气地道："好了，钱给你了，继续说正事。"

迪迪托着一枚铜板，没人理会了，自个儿蹲旁边半天才回过味儿来，那个怒啊，竟然让人用一个铜板就打发了。

打发了牛魔人后，沈凡没敢再卖关子，对面两个人一个无耻一个憨傻，别再闹出什么幺蛾子来，急忙连珠炮似的说道："哥给你们一个赚钱的机会。"

"悬赏！"

"哥这里常年有悬赏的任务可以接，价格至少是外面的双倍以上，童叟无欺。"

一口气说完，沈凡从柜台下面拿出一大沓纸，翻找半天抽出几张来，在叶萧面前一扬，道："这次的任务是杀贼，杀海贼！

"海贼祸乱沿海，烧杀掠夺，又上得岸来，为'山海秘'大开杀戒，伤及无辜，特悬赏！"

小道士的眼睛多尖啊，沈凡一扬，他就瞄到了不少内容，其中就有回旋镖曲力的。

第一眼先看价码，嗯，的确是比城关衙门的悬赏高出两三倍；

第二眼看资料，大致跟他手上那份差不多，只是多出了几条来，说曲力是被海贼首领王倬所收编，归属于海狗手下，其人谨慎小心，风吹草动就远扬百里很不好杀云云。

"那个……"

叶萧眼睛开始放光，招呼迪迪就要他把曲力的回旋镖拿出来，先换点钱花花再说。

沈凡哗啦一下将悬赏告示拍在柜台上，提前禁止："接悬赏前完成的不算，曲力的你去找城关衙门结账，别找哥。"

叶萧和迪迪劲头全垮下来了，叹息一声，为没蒙到钱感到很失望。

迪迪是单纯的失望，小道士的眼珠子却转得飞快，心想："这货果然不简单，他早就盯上我们了，什么时候开始的？偷他背篓的时候吗？不然他怎么知道曲力已经死在我们手里了？"

一连串的问号冒出来，叶萧连验证的心都没有，问也没用，沈凡会答就出鬼了，丢了背篓所以建木屋在荒郊野外那么扯的话他都能说得出来，这人还有下限可言吗？

"迪迪。"

叶萧同沈凡大眼瞪小眼了半天，忽然招呼了一声牛魔人，掉头就走："我们走。"

"哎，别走啊。"

沈凡急了，从柜台上蹦下来，左脚绊右脚，脑袋先落地，"嘭"的一声闷响，灰头土脸地抱住叶萧的小腿，开始嚎："有事好商量，好商量，曲力的不行，咱接新的，海狗的怎么样？曲力的头头，价码是他的十倍，十倍啊。"

小道士拽了几下，愣没拽动腿，再一低头看到沈凡一把鼻涕一把眼泪地往他裤腿上抹，终于对他的无耻服了气。

"沈哥，你是我亲哥，我们不走了还不行吗？快起来吧。"

他为自家裤子着想，一着急，迪迪的口头禅都往外冒，只要沈凡不再糟蹋裤子就成，再蹭下去这裤子就没法穿了。

"好，我们继续。"

沈凡立刻放手，爬起来，转身，上柜台，盘腿正襟危坐，咳嗽一声一脸肃穆，脑后再来个光圈就能上道观冒充三清祖师了。

这些动作一气呵成那叫一个麻利，叶萧眼前一花，沈凡就又开始翻悬赏了，掏出一张扔了过来。

"五根金条？"

叶萧眼冒金光，牛魔人哈喇子都下来了。

"等等，怎么没有资料？"

小道士从金条的诱惑里艰难地拔出来，疑惑地问道。

沈凡咳嗽一声，道："我们没有海狗的图像，他几乎不公开露面，就是海贼首领王倬手下活跃在阴影里的一条狗，至于其他资料嘛……"

他伸出右手，拇指、食指、中指来回摩擦，一副"你懂的"表情。

"要钱免谈。"

叶萧哪会惯这臭毛病，拽着掉进金条里拔不出来的迪迪扭头又走。

"英雄留步……"

沈凡一声惨叫，然后小道士的腿再次被不明生物给抱住，噌……噌……噌……

"我给，我给。"

"早给不就完了嘛，说吧。"

叶萧立刻转回身，亲切地把沈凡拉起来，还不忘给他拍拍灰。

沈凡没骗到钱郁闷够呛，也就没有耍嘴皮子的心思了，掏出一张资料让小道士自己看。

"妈的。"

叶萧扫了一眼，破口大骂："怪不得曲力那么有把握海狗会给他报仇，原来真是只有取错的名字没有叫错的外号，海狗还真是属狗鼻子的。"

再仔细上下看了一遍资料，越看小道士的脸就越沉，声音更沉：

"这个活儿，我们接了，不过……"

第二九章　不能让好人没好下场

"不过什么？"

沈凡好像早就料到叶萧看到资料一定会接下来，于是提早把其余悬赏都给收了起来。

"怎么找到那只海狗？"

叶萧的声音里带着怒气，迪迪听在耳中，不由得脑海里就浮现出小道士蹲在尸体面前，一根手指一根手指掰开，取出银簪子握在自己手里的情景。

"你不用找他，他会来找你的。"

沈凡优哉游哉地说着，叶萧抬头看了他一眼，脸上露出恍然之色。

不错，不用他去找，海狗会自己找上门来。

叶萧想起曲力死前的话，皱着眉头又问："他们是冲着我们来的？"

沈凡无聊地玩着斗笠，仿佛能猜到叶萧在想什么似的，淡淡地说道："你想多了，他们是冲着'山海秘'的宝藏来的，只是在清场和剪除对手而已。

"你们也好，封魔谷里死的人和以后会死的更多人，全都是为了宝藏而杀的，跟你没关系。"

小道士不知道是听进去了，还是没有听进去，深呼吸了几下，平静下来，他将手中攥得皱巴巴的资料拿起来又看了一遍，似乎要牢牢地记在心里一样。

资料上写着海狗其人，他是海贼首领王倬的左右手，特长就是他的鼻子。

据说，海狗年轻时候被人一拳头闷脸上，把鼻子给打歪了，整不回来毁容了。谁也没想到，这一拳头竟然给他打出了特异之能来。

从那之后，海狗的鼻子比真的狗还灵，能远远地闻着味儿跟踪到人，成为海贼首领王倬手下得力干将，专门帮他做一些需要追踪的事。

海狗干得最多的事，就是报复。

海贼在海上漂，来无影去无踪谁也奈何不了，但人不是鱼，总是要上岸的。喝酒、找女人、销赃什么的，只要跟岸上扯上关系，就有了问题。

不管是有人举报也好，海贼团伙里有人出手也罢，事后都会被海狗带着人，循着味儿找上门来血腥报复，满门皆杀，鸡犬不留。

几番下来，王倬和海狗雄威大振，内部的、外面的人全都噤若寒蝉，不敢再去招惹他们。

资料里面还具体地写了不少海狗曾经干的灭门绝户，最让叶萧愤怒的那些事。

出手的海贼就算了，狗咬狗一嘴毛，既然干上了这个行当，谁的手上没染过无辜人的血，权当是报应吧，关键是那些看到蛛丝马迹举报的普通人，依然被找上门去报复。

每看到一桩这种事情，叶萧就觉得字里行间，血迹斑斑。

"确定要接这个悬赏？"

沈凡玩味地问着。

叶萧沉静地点头，平淡但坚决地道："是，不能让好人没好下场。"

"不能让好人没好下场"，这句话被沈凡喃喃地重复了几遍，看小道士的目光登时就不同了，赞赏道："说得好，海狗这样的人活着，好人就会没有好下场，长此以往，谁来当这个好人？"

"没想到小兄弟你小小年纪，就看得很深远。"

以叶萧的脸皮，在沈凡的吹捧下都有些经不住了，浮出些红晕来，摆手道："这不是我说的，是我家老头子教的，他跟我说过一个故事……"

故事很简单，就是古时候有个地方经常出现贩卖人口的恶心事情，不知道多少家孩子被人贩子拐了卖到外地去。

当地人就发悬赏给本地商人，让他们外出行商时留意此事，要是看到有本地孩子被发卖，就劳烦买回来，只要买回来一个孩子，衙门就会奖赏一头牛。

有个富商真就这么做了，他在行商过程中买回了被拐的孩子，却推掉了衙门的悬赏，反正他也不差这仨瓜俩枣的。

他得意洋洋地回去，把这事跟自家婆娘一说，结果好悬没被扫帚打出门去。富商就喊冤了，他这是做好事，把奖赏留给更需要的人，家里也不差这一两头牛。

富商夫人就在床上给他教育了一晚上，归纳起来就是自家不差一头牛，其他人家就不一定了。本来是好事，结果富商把标准定得高高的，其他人要想效仿难度太大，不效仿又会被戳脊梁骨，这样以后本地商人外出行商，还会不会把被拐的孩子买回来？

总结一句话，富商的行为乍看是好事，却让好人没好下场，长此以往，好人就没人做了。

沈凡听完，竖起大拇指："小兄弟，你爷爷真是智者。"

"智者？"

小道士嘴角一抽一抽的，在心里想：有那么不着调，假死都应付成那样的智者吗？求不黑智者。

只是家丑不可外扬，他就没吐槽。

"这个……那个……"

停了停，小道士忽然扭捏了起来，一咬牙，还是问了出来："还要割头不？"

对割人脑袋这事，他实在是有些硌硬，虽然有些丢人但不能不问，不是谁都有回旋镖这样醒目的奇门兵器，可以拿来当作证明的。

"不用。"

沈凡乐了，刚刚豪气干云，颇有几分天不惩罚我来给惩罚的气势，这就被割脑袋给吓到了？

叶萧和迪迪皆是一脸好奇地看过去。

沈凡双手抱胸，昂着脑袋，幅度实在有点儿大，斗笠直往后掉，道："哥信得过你们。"

"切。"

小道士和牛魔人一起撇嘴，骗鬼呢。

这事没法往下说了，问了沈凡也不会老实讲，天知道他用什么手段能知道。从曲力的事就知道，这家伙鬼精鬼精的，哪里有那么简单。

"好，那只海狗，我们来宰，准备好金条吧。"

叶萧说完，挥挥手就想走，身后传来一声急呼："英雄请留步。"

话音刚落，小道士条件反射地一缩腿，不过这回没有不明生物抱上来了，扭头一看，沈凡将柜台整个翻了过来，琳琅满目各色货物满满当当的。

首先映入眼帘的就是迪迪提到的猪蹄髈、酱牛肉，让人很是怀疑沈凡这话是不是事先听墙脚了，这也忒有备而来了吧。再往下看，锃亮的盾牌，锋利的钢刀，成沓的符纸，紫毫的符笔，陈年朱砂……这些都算是正常的，可那些比奇城老字号的胭脂水粉是怎么回事，还有什么是这里没有的？

一番讨价还价后，叶萧气呼呼地摔门而走，迪迪怀抱着猪蹄髈等一些吃的，背着崭新的钢刀，心满意足地走了。

在他们身后，沈凡热情的声音追着背影不放："欢迎再来啊。"

再来个鬼！

叶萧一肚子火，从曲力身上收获的十几个银币全都贡献出去了，这简直就是黑店。

迪迪可不这么看。

走出林子没多远,这憨货已经消灭第三只猪蹄髈了,正在转移目标消灭酱牛肉,塞得满口含混不清地道:"沈哥真是好人啊。"

叶萧气不打一处来,正要教训一下牛魔人,一扭头,看到林间火光冲天,烧得半边天都红了。

"啊,是林间小店。"

迪迪辨认了一下,惊叫出声:"走水了,哥咱们快回去救人。"

"回来。"

叶萧喝止一声,观察一下,撇着嘴巴道:"迪迪你可长点儿心吧,看看这都烧成什么样了?就林间小屋那新木头,都能拧出水,不是那个怪大叔有意放火能烧成这样?"

"啊呸,什么林间小屋,狗屁的行商变坐商,就是专门等着我们的。"

他捏着钱袋子欲哭无泪,又开始心疼起还没焐热的十几个银币。

"哦。"

迪迪乖乖地点头,继续对付酱牛肉。

叶萧最后望了一眼起火处,摇了摇头,踹了迪迪一脚,循着野猪王留下的痕迹继续找去,这都耽搁半天了。

只是,小道士的心中,隐隐觉得有些不对:

"我好像忘了点儿什么?"

第三〇章 猪婆龙

"咱的猪……"

在离开林间小屋小半个时辰后，一声惨叫，从沼泽边缘传了出来。

叶萧哭丧着脸，手扶着矮树，痛不欲生。

他旁边的迪迪缩着脑袋，躲在连他腿高都不及的灌木后面，极力要将自个儿藏起来，生怕小道士注意到他。

封魔谷之南，他们现在所住的地方，距离潦水沼泽已经很近了，成片成片的沼泽地开始出现，有不少猪婆龙不知道是什么原因，循着贯穿沼泽的浑浊河流进入了封魔谷肆虐。

城关衙门所说的猪婆龙吃人，大致都发生在这一带，导致封魔谷的另外一头关隘封起，进出都不能。

兴许是除了叶萧他们这些冲着赏金来的，以及少数不怕死的商人外，其他人不是被堵在谷外就是绕行封魔谷，那些猪婆龙也是饿得够呛，愈发张狂了。

这回倒霉的，就是可怜的野猪王。

叶萧他们两个循着野猪王留下的痕迹来到了河边，看到岸边一片凌乱，猪毛满地，鲜血成片，大片河泥被冲带起来，散落在附近地面上。

小道士扶着矮树，看着眼前痕迹，脑海里面立刻补完了一个画面——

野猪王夹着尾巴，两条后腿都在哆嗦，在迪迪惨无人道的伤害下惊恐地跑到了此处。它渴了，蹒跚地过来喝水，然后河中冲出一个庞然大物，一口叼住了它大半个身子往里拖。

在"吱吱吱"的惨叫声中，野猪王奋力挣扎，留下一地猪毛，还是被拖进了河里……

"真是叔叔能忍，婶婶也不能忍了。"

"婶婶能忍，道爷也忍不住了。"

小道士想到以后要靠着两条腿跋涉，整个人都抓狂了，连老道士被他逼着戒酒时说的话都开始往外冒，最后一声大吼：

"迪迪！"

牛魔人摸着脑袋，憨厚地笑着，猫着腰就过来了。

要不是他长得实在是太高，弯着腰都比叶萧高不少，还真有些点头哈腰的味道。

小道士面无表情，一指浑浊河流，迪迪脸都白了，头摇得跟拨浪鼓似的。

"哼！"

叶萧冷哼一声，心想："我还治不了你了。"

"啪"的一声，他翻开了神龙道书，示意牛魔人过来一起看，只瞥了一眼，迪迪的脸就煞白煞白的……

片刻后，小道士坐在地上，倚靠着矮树，悠然地翻着道书，看得津津有味。

河边上，牛魔人脱得只剩下一条裤衩，手上提着钢刀，纠结着下去还是不下去。

叶萧瞥了他一眼，对着神龙道书念出声来，抑扬顿挫："神龙帝国有一名菜，叫作五号菜，又称金钱肉，滋补养身，味道绝美……

"啧啧啧，这本菜谱真是不错，早就听过五号菜的大名，原来是材料特殊啊。"

他一边说着，一边将目光落在迪迪身上，慢慢移动到牛魔人两腿之间。那眼神儿，就像看着砧板上的肉琢磨着怎么下刀一样犀利。

迪迪全身恶寒，激灵灵一个哆嗦，两条腿不由得夹紧了。

开什么玩笑，他刚刚可是被叶萧拉着一起观摩了菜谱，深深地知道五号菜的材料是什么，他还想传宗接代呢，这个原材料是怎么都不能贡献的……

迪迪一捏鼻子，握着钢刀，哇哇哇地冲进了水里，一阵扑腾过后，水花四溅，河水浑浊，动静之大，远不是野猪王饮水所能媲美的。

这样的动静，连河里面的鱼都给吓跑了，却有其他东西过来了。

在岸上，叶萧清楚地看到有一截枯木，忽然盘旋了一下，向着迪迪的方向而去。

"这么大！"

小道士眼睛都瞪圆了。

那截"枯木"越漂越近，随着河水渐浅，暴露出来的体积就越大。如果真是枯木的话，那树没有一千年也有八百年，不然长不出这么大的块头来。

河里面，迪迪也感觉到不对了，停住了哇哇叫，双手紧握钢刀，左顾右盼，却没有将注意力放在渐渐靠近的枯木上。

"靠！"

叶萧忽然咒骂一声，猛地蹦起来，手上拿着迪迪退役下来的那口布满缺口的二手钢刀，抡圆了砍向旁边的一株小树。

小树弯成了弓的样子，上面绑着麻绳，看那不堪重负的样子，好像随时都可能绷起来弹回去。

突然——

"嘭！"

水花四溅，一条长约十丈的大鳄鱼瞬间从枯木化身巨兽，张开血盆大口，仿佛夹带着整条浑浊长河的威势，要把迪迪叼进口中。

牛魔人浑身汗毛竖起，扭头一看，他都没能看到大鳄鱼的全貌，满眼睛都是一根根三角形、犬牙交错、锋利的如同大排匕首似的牙齿。

"哥……"

迪迪都快哭了，眼睛一闭，高举钢刀准备劈落下去，口中惨叫着，声音凄切。

"嘣！"

叶萧一刀落下，砍断麻绳，却不承想狠狠地剁在树身上，原本就布满了缺口的钢刀直接绷飞了半截出去，断了。

好在麻绳也断了。

弯曲如弓的小树"嘣"地弹回，地上有另外一条麻绳随之瞬间绷紧，将迪迪从河中直接拽得倒飞了起来。

出水了就能看清楚了，在迪迪的腰间赫然也绑着一条麻绳，连在小树上，这条保险麻绳就是牛魔人敢下水，而不是抱着叶萧双腿嚎的倚仗。

伴着迪迪倒飞之势，大鳄鱼一口咬空，庞大的身量重重地砸在浅水区域。

"去死。"

迪迪大吼着，高举过顶的崭新钢刀狠狠地劈落下来，人往后而刀向前。

刀光一闪，火花四溅。

"咦，那个奸商卖的东西还可以啊。"

叶萧睁着眼睛，清楚地见到钢刀破开大鳄鱼厚得吓人的鳞甲，切进了肉里去，拔出时血涌如泉。

他再低头看看自家手里砍在小树上都能断了的旧刀，撇了撇嘴，一扔了事，这完全不能比。

牛魔人"噔噔噔"地退到了小道士身边，握着钢刀的手都在抖，大口地喘着粗气，刚才那一幕实在是太惊悚了。

二人对面浅滩处,大鳄鱼吃痛,大张着血盆大口咆哮,嗷嗷嗷地叫着。

"嘶……"

迪迪也好,叶萧也罢,都齐齐倒抽了一口凉气。

站在这头大鳄鱼前面,感受着庞大身量的压力,他们才知道这货为什么好好的鳄鱼不叫,要叫作猪婆龙。

真是大啊。

十几丈的身长,一甩尾巴整条河都在翻腾,粗壮狰狞的四肢一步步地向前,感觉就好像是一座小山在逼近,地面都在震动。

一步,两步……

第三一章　翻滚吧，牛宝宝

"嘭！嘭！嘭！"

沉重的脚步声，大地在震动，猪婆龙摇头晃脑，涎水并着血水流淌下来，盯视着紧挨在一起的牛魔人和小道士，目露凶光。

"上！"

叶萧连退三步，手在腰间神龙道书上抹过，两手各夹住一张符纸在指间。

"我？"

迪迪指了指自己鼻子，然后就看到小道士坚定无比的目光，好像在说：看什么看，就是你了，上！

"啊啊啊啊……"

一咬牙，一跺脚，迪迪吼叫着高举钢刀就扑了上去。

对面，猪婆龙"嗷嗷"吼叫着张着血盆大口咬了过来。

"轰轰轰！"

迪迪别看在后头时候哆嗦，一上前对阵倒是勇猛得很，钢刀都被舞成刀花，难为那么大个儿，时不时地就猫着腰躲过剪刀尾，翻滚着闪开当头咬。

方圆十余丈范围内，一猪婆龙，一牛魔人，翻来覆去地冲撞、撕咬、刀砍尾巴甩，一块块磨盘大小的石头被撞飞，一棵棵单人环抱的树被拔起，滚滚烟尘似乎都要将他们埋在了里头。

"好家伙，疾疾疾。"

叶萧的一张张符飞了出去，烧焦了地面，也在猪婆龙身上灼烧出了大片大片的焦黑，但没太大作用，谁让这大鳄鱼皮糙肉厚，而且不是在地上滚就是在水里面翻。

"这是你逼我的！"

小道士脸色涨得通红，耳朵里尽是牛魔人的大呼小叫，深吸了几口气才稳定下来，郑重地翻开神龙道书，从中挑出了一张符纸来。

符纸有两个巴掌长短，一样的是黄纸做底儿，不同的是上面不是朱砂鲜红，而是碧绿碧绿的，新嫩竹叶一样的颜色。

"啪"的一声，小道士将碧绿符纸夹在两掌中间，手指交叉，只余下食指和中指并成剑指，在面前一阵摇晃，嘴巴里还念念有词。

"毒！"

叶萧双手并成的剑指瞅准了机会，冲着一丈外的猪婆龙点了出去。

"刺……"

墨绿色的火燃烧成一条线，疾射在猪婆龙身上，好死不死地直入口中。

猪婆龙的吼叫声戛然而止，紧接着有"哧哧哧"的声音从它嘴里传了出来，就是猛地紧紧闭上都止不住，更有一股股墨绿色的烟气从它鼻孔里开始往外冒，像个烟囱似的。

"啊打。"

牛魔人趁着机会跳起来，骑到了猪婆龙身上，拳头如雨，刀光如风，疯魔一样一阵狂殴乱砍。

猪婆龙疼得满地打转，四处打滚，打又打不到，叫也叫不出声，只有迪迪怪叫连连，有鲜血四溅，泥土乱飞，怪石如雨，横飞出去的树跟稻草似的一飞十几丈。

"我去，憨货，你是不是有意的？"

小道士顾不得夸奖他的毒符有效，屁滚尿流，缩头缩尾，恨不得给自己撅到地里面去躲起来。

乱飞的石头、树木什么的，比猪婆龙和牛魔人加起来还厉害，一不留神儿擦着碰着，他可没有那么厚的皮，十之八九要嗝屁。

"什……什么？"

迪迪没听清，口齿更不清，他嘴巴上叼着钢刀，两手都抠进了猪婆龙脑袋里，两条腿更是夹得紧紧的，任猪婆龙翻来覆去地折腾，愣是弄不下他。

真不愧是善骑，这么大家伙也降得住。

叶萧在心里赞叹着，然后整个人又都不好了，就那么一句话的工夫，一颗西瓜大小的石头被猪婆龙尾巴抽过来，擦着他脑袋上的汗毛就飞了过去。

这要往下挪个几寸，小道士的脑袋就变成西瓜了，还是炸开的。

"这日子没法过了。"

叶萧直起身来，"噌噌噌"地后退，吓得小心肝扑通扑通的，鬼使神差地大喊出声："翻滚吧，牛宝宝。"

"咩？"

迪迪这回听得真真的，脑子里乱了，这什么意思？

翻滚吧好理解，牛宝宝也能明白，老娘就是这么叫他来着，可是连在一起就弄不明白了。

"就是……"

叶萧定了定神，手按在小腹上，气自丹田起，大吼："滚犊子！"

这就简单明了了。

还没有成年的牛魔人不就是小牛犊子嘛。

"哦哦哦……"

迪迪应着，两腿一夹，双臂抱着猪婆龙硕大的脑袋，来了个生扳硬扭。

一牛一鳄纠缠着，一路破坏，渐渐向着西边去了，留下一地的狼藉，以及气喘吁吁的小道士，他靠着矮树滑着坐到了地上。

这倒不是累的，纯粹是吓的。

天知道那两个货再折腾下去，他会是个什么死法？被压扁进土里，一尾巴抽晕了落水淹死，还是被天外飞石砸死？

小道士觉得，他更可能是被牛宝宝气死的。

"这憨货。"

他扯着风箱喘气，神龙道书在手里摇动着当扇子扇风，嘟囔有声："骑都骑上去了，还不知道到远一点儿的地方折腾，这是要来个误杀，然后分行李的节奏吗？"

叶萧放下道书，手在上面抚摩着，想起刚刚出手的那道毒符，顿时眉飞色舞起来，心想："虽然还不是很熟练，好歹多掌握了一个手段。

"不至于有事没事就让小九上，猫一边儿放火。

"知道的是道士，不知道还以为是在厨房里烧火的。"

他有些贪心不足地想着："可惜毒符初学乍练，刚刚能用，不然那一下，就能把猪婆龙毒死，省了后面麻烦。"

不等叶萧的思绪继续发散下去，一阵窸窸窣窣的声音传进了耳中。

"嘎吱嘎吱"，声音渐近，像是脚踩在枯枝上的响动——经过迪迪和猪婆龙那一场乱斗，附近每一寸土地上都少不了枯枝散落。

"谁？"

叶萧"嗖"地一下蹿了起来，一边喊着，一边循声望过去。

"呃……"

他本来神色有些紧张，在看到声音源头的时候，整个人突然愣住了。

那是一只脚丫子，不着鞋袜，点着蔻丹，颜色鲜艳似乎是凤仙花之类调出来的颜料。脚丫子纤细匀称，白净细嫩，盈盈可握巴掌大小，上面若隐若现着沁出鲜血的划痕，似乎它的主人赤足走了有一阵子了。

叶萧敢拿脑袋担保，这一定是女孩子的脚，还肯定是位美女。

他视线不由得上移，看到一个双手抱胸的女孩子，战战兢兢地从灌木丛中挪了出来，身上原本是比奇城今年流行款式的丝绸衣服，结果被剐得一条一条的，都快掩不住身子了。

"啊。"

她惊呼一声，是衣服挂在了断折的树枝上，发出"刺啦"裂帛的响动，整个人趔趄了一下，斜斜地趴到了地上。

"哎……"

小道士上前两步刚要扶，正好看到女孩子抬起头来，一看之下不由得在心里惋惜一声。

她，戴着湖绿色的三角形面纱，掩着大半脸，只露出如画的眉眼与叶萧四目相对……

第三二章　窈窕淑女，道士好逑

"好好的姑娘家，学什么盟重那边坏习惯戴面纱，也忒扫兴了。"

小道士郁郁地想着。

他喜欢盟重的土城烤肉，却对沙漠中姑娘们往脸上戴面纱的习俗深恶痛绝。按叶萧的话说，如果是美女的话，遮遮掩掩的，多暴殄天物啊；要是丑女的话，呔，这不是害人嘛。

想归想，小道士还是关心地问道："姑娘，你没事吧？"

"没……没事……"

面纱姑娘低头，秀气的黛眉蹙了起来，额头有细密的汗珠子沁了出来，手按在脚踝上不放，一副痛苦的样子，这没事就见鬼了。

"别怕，我不是坏人。"

叶萧安慰着，走上前去，在距离面纱姑娘一步距离的地方停了下来。

他作势欲扶，随口问道："姑娘，你怎么一个人在这里，不知道附近有猪婆龙出没吗？"

小道士做出搀扶动作的时候，面纱姑娘却下意识地往后缩，引得叶萧在肚子里又疯狂吐槽起来："碰一下又不会怀孕，也忒小气了。"

她只是缩了一下，在听到"猪婆龙"三个字时候，"哇"的一声就哭了出来："呜呜，我……我跟爹爹一起出来，结果南边不让过，我……我们就回来了，路上遇到了猪婆龙……哇呜………"

呜呜咽咽的，好歹是把话说清楚了，然后面纱姑娘哭得更是伤心，眼泪像断了线的珠子似的往下落，面纱都打湿了大半。

她好像觉得哭成这样也太丢人了，把剐出许多划痕的胳膊挡在眼睛前，猛地站起来就要往原本藏身的地方奔走。

结果，人刚站起来，"哎哟"一声，又软了下去。

这回面纱姑娘没能摔倒，叶萧手疾眼快，一把搀扶住了她。

他动作那叫一个顺溜儿，先是抓住人家面纱姑娘光光的胳膊，另外一只手顺势就揽住了她的小腰，连个磕绊都没有，往怀里一带，齐活儿了。

呜咽，痛呼，戛然而止。

面纱姑娘忘了疼，忘了哭，呆呆地看着叶萧的脸。

两个人的脸凑在一起，连一个婴儿拳头的距离都不到，只要稍微有偏差，那就是"嘎巴"一声啃上去的节奏。

要不是面纱姑娘上半身后仰到极致，两个人不啃上就奇怪了。

面纱姑娘震惊了，世上竟有如此无耻、急色之人？

"你……你……你……"

她惊吓得有些语无伦次了，连挣扎都忘了。

叶萧抽了抽鼻子，似乎在闻香识女人，又在脸上现出遗憾之色，好像在惋惜没有啃上，随后露出灿烂笑容来，做出一副关心模样，问道："扭到脚了吧？"

面纱姑娘怔怔地点头，眉头又蹙了起来，似乎是触到了痛处。

"来，我帮你揉揉。"

话音刚落，叶萧扶着，不，应该是半抱着面纱姑娘坐到旁边的树墩上，自说自话地俯下身去抓面纱姑娘的赤脚。

面纱姑娘跟木偶一样全无反应，好像是被小道士的无耻和急色给吓呆了，傻了一样。

叶萧蹲在她身前，抓起她的小脚，手掌滚烫一个劲儿地揉，脸上露出诡异的笑容，怎么看怎么像是乐在其中享受得不行的样子。

他拿后脑勺对着面纱姑娘，自然看不到他抓住小脚的神情，面纱姑娘的表情忽然变了。

什么疼痛，什么震惊，全部消失得一干二净，如水般的眼眸里一片清澈，面纱晃动，似乎是被轻蔑的笑容扯动。

她一只手虚按在叶萧的肩膀上，似是在扶着，又好像是在推拒，另外一只手一翻，一根足足有一尺长、闪着寒光的尖刺握在了掌中。

尖刺朝下，一点一点地不带起丝毫风声地向着叶萧的后背中间刺下去，而面纱姑娘的口中还在呻吟出声："公子，不……不要……疼。"

语带哭腔，声有惶恐，如小白兔之于大灰狼口中，欲拒还迎，更引人暴虐。

声音如此，面纱姑娘露在外面的神情一片平静，只有讥诮之色愈浓。

"没事，马上就好。"

叶萧浑然不觉，一边揉一边往上摸，两只手跟抹了油一样，竟然攀到了人家小腿上，还恬不知耻地问道："这里疼吗？我再给你揉揉。"

天知道扭伤了脚关小腿什么事？

"不……不疼。"

面纱姑娘一边应付着，一边将握着尖刺的手悬停，然后猛地发力要向下刺去。

这个距离，这般发力，压根不会留下半点儿反应时间。尖刺入背心，以其锋利立刻会穿胸而出，内脏出血，即便不立时死，也会流失尽一身力气，任人随意宰割。

伴随着她的动作，雪亮的锋利尖刺疾鸣一声，仿佛压抑了许久的破空呼啸一起爆发了出来。

同一时间，原本叶萧倚靠坐着的那株矮树上"噼里啪啦"地作响，有浓烟和火苗"噌噌噌"地往上蹿，更有以拇指为首的一众小人，五指抱着树干忙不迭地往下出溜。

拇指向来以小人中的老大自居，第一个落到地上，小指和大拇指连连拍在掌心，浑身颤动，好像在说"吓死宝宝了"。在它的旁边，一根燃烧过的火折子扔在那里，显然矮树起火就是拇指和它的小兄弟们干的好事。

这个时候，叶萧也动了。

几乎在面纱姑娘手握尖刺骤然发力的同时，叶萧原本抚摸的双手一紧，伴着什么东西入肉的闷响声音，他扭着面纱姑娘小腿，整个人往旁边侧翻了过去。

"嘭！"

一声闷响，面纱姑娘被扭倒在地上，尖刺一击理所当然地落空了。

从她的樱唇中，更是传出闷哼一声，这一回是真切地带上了痛意。

"你……"

她满脸震惊之色，望向几步开外那个飞快地爬起来，连连后退拉开距离的小道士，不敢置信的样子如同在入洞房时候掀开盖头，发现相公是母的压根没那方面功能一样。

"你什么你？我去，那是什么玩意儿，好歹毒。"

叶萧看着闪着寒光的尖刺，觉得后背发麻，隐隐作痛，纯粹心理作用，给吓的。

刚才最近那一刻，尖刺距离他背心就是头发丝那么长的距离吧？

面纱姑娘缓缓站了起来，光着的小腿上一道道鲜血流淌下来，瞬间将白玉染成了朱砂，她沉着声音问道："你是怎么发现的？"

叶萧摸着胸口压惊，带着庆幸道："我家老头子说过，窈窕淑女，道士好逑，求之不得，便宜占够。简单说就是：只要你表露出一副色眯眯的样子，别人就会小瞧你。

"说得太对了。"

第三三章　飘飘何所似

"你……"

面纱姑娘胸膛剧烈起伏，面纱一扬一扬的似乎随时可能被吹飞起来。

"这个反应怎么这么眼熟呢……"

叶萧嘀咕了一下，没想起来。

回旋镖曲力这是才死没多久，不然幽灵都得飘回来冲着他吼：你个小道士忘性太大了吧，这个反应哥做了两次才被你阴得嗝屁，能不眼熟吗？

"至于怎么发现的？"

小道士这才想起正面回答面纱姑娘的问题，他拿一根手指在面前摇着，满脸轻蔑，嗤之以鼻到了极致，"我说，荒郊野外，猪婆龙出没，一个姑娘衣裳都不齐整地出现，难道很正常？"

面纱姑娘拖着还在流血的小腿，向前挪了两步，争辩道："可是……"

"没什么可是。"

叶萧手一挥打断道，"你想说就算是这样也不能武断下手，稍稍迟疑就被你达成目的了是吗？"

"啊呸。"

他真"呸"了一口，只是刚刚太过惊险吓得口干舌燥，愣是啥也没呸出来。

"咳咳。"叶萧干咳一下掩饰着窘态道，"刚刚借着靠近你我闻了一下，香。"

说话时候，小道士的鼻翼抽动，那叫一个回味无穷。

"我就纳闷了，在封魔谷这种烟瘴之地，还遇到猪婆龙险象环生，跋涉逃命，你身上竟然香喷喷的，连点汗臭味都没有，骗鬼呢？"

美女身上永远是香香的，不是梦里就是小说里，叶萧这点儿常识还是有的。

当然，他不会告诉面纱姑娘，这是一次次去风月场所把乐不思家老道士拖回家锻炼出来的嗅觉。

叶萧似乎是说上瘾了，完全不给面纱姑娘插嘴的机会，连珠炮似的说道："你是看到迪迪那憨货被猪婆龙拖走了，我一个人在这儿，就跑出来想把我拖住，等后面的人上来，再里应外合吧？

"只是没想到小瞧了我，想自己把我解决掉，结果捅人不成反被捅了一刀，我说得对不对？"

小道士一边说话，一边不进反退，任凭面纱姑娘艰难地拖着伤腿向前，在身后留下鲜明的血痕，愣是没让拉近一点儿距离。

他退过了烧着的矮树，趴在地上的小人们一个拽着一个爬上了小道士的道袍，飞快地钻进衣服里，又偷偷地露出头来，好像在好奇地观察着面纱姑娘。

姑娘看看小人符，再瞅瞅燃烧着的矮树，眼中精光一闪，反而停下了脚步，淡淡地说道："我的确是小看你了，小道士，我跟你道歉。

"另外，你有资格知道我的名字，我叫飘飘，飘雪的飘。"

"飘飘吗？"叶萧很像那么一回事地点头，"飘飘何所似，天地一沙鸥。好名字。"

飘飘眼中恍惚了一下，仿佛被小道士装有文化念的诗给触动了，旋即回过神儿来，神情冰冷声音更冷地说道："小道士，你这是点火为号吧，这么说你那个同伴骑鳄而去也是早就安排好的喽，就是为了引我出来？很好，飘飘就想知道，你能不能撑到那头牛犊子回来。"

"唰"，寒光一闪，尖刺激烈地颤动着，仿佛似一条毒蛇从盘蛇阵中飞弹而起，锋芒毕露。

叶萧咽了口唾沫，将视线从尖刺上移开，目光下移落到飘飘红白相间的小腿上，问道："我想知道，你腿上插了东西这么久，不疼吗？"

飘飘低头，视线落到小腿伤处。

在她匀称雪白的小腿上，一根鳄鱼尖牙差不多齐根没入，有鲜血顺着伤口汩汩而下。

叶萧笑了，笑得有些腼腆："对不住哦飘飘姑娘，小道士是穷道士，没钱买个好匕首防身，只好随手捡了根鳄鱼牙应付了一下，惭愧惭愧。"

这倒是真的，一片混乱时，他瞅着猪婆龙撞在石头上绷掉的牙齿还算锋利，就捡了一根暗藏在袖子里，关键时刻捅进了飘飘的小腿，这才让这姑娘偷鸡不成反倒蚀把米，吃了大亏。

"小伤罢了，何足挂齿。"

飘飘冷笑一声，竟然倒转尖刺，眼睛都不眨一下地插进伤口，一撬之下鳄鱼牙飞射而出。

同时飞射出的还有带出来的一股血柱，"哧"的一声听着就好疼。

叶萧狠狠地又咽了口唾沫，真切地感受到了自己跟这等悍匪的差距，他们是对别人狠，对自己也不手软哪。

不过看到这一幕，他反而不再保持距离，一挺胸膛，符箓在手，陡然就有了底气。

"哼，你以为小小的伤势……"

飘飘冷哼出声，话说到一半，脸色陡然一变。

"你……"

她低头看伤口，只见周遭红肿，流出来的血已转暗，疼痛全转化为麻木，隐隐地竟然还能闻到腐臭的味道。

"有毒？"

飘飘震惊地看着一脸得意的小道士。

"喏。"

叶萧一努嘴，方向正是被挖出去的鳄鱼牙。

飘飘连忙看去，看到鳄鱼牙歪歪地落在地上，尖锐部分的半截上竟然裹着一张符纸。符纸早就被血浸透，也正因为如此，竹叶般颜色的符文愈发地鲜明。

"还好还好，毒符来不及激发，撕破了也能将就发挥作用。"

小道士的嘀咕声是有意的吧，清清楚楚地传进了飘飘耳中，她听得整个人都开始晃，敢情不扯破毒符就没事了。

"毒符，你竟然在鳄鱼牙齿上裹了一张毒符？"

飘飘又惊又怒，不同于之前的伪装，这回是真的震惊于小道士的无耻和歹毒，这是生怕她不死啊。

叶萧腼腆，小声地说道："我本想裹两张来着，结果没有了。"

这是一张两张的事吗？

飘飘深吸了数口气才将惊怒压了下去，知道小道士还是生怕她不死，除了想毒死她之外还想气死她。

"小道士，想我死，没有那么容易。"

她恨恨地看着叶萧手上火符激发，一条火线如蛇疾射而来，倒转过尖刺接连在大腿上连刺数下，每一下都入肉一寸，见血而出。

飘飘的动作其快无比，尖刺在手就好像女儿家持针般娴熟，止住了白皙腿脚上黑气的蔓延，旋即尖刺横扫，"哗"的一声火光四溅，火蛇溃散。

"厉害！"

叶萧瞳孔骤缩，看向挺刺而立的飘飘，目光顿时就不同了。

这哪里是一个靠美色惑人的祸水，分明就是见血封喉的女杀手啊。

他的目光再落到飘飘僵硬的一条腿上，露出轻松笑容来，大咧咧地说道："飘飘姑娘，你一条腿不能动了吧？风水轮流转，现在该轮到我了吧？"

小道士一边说着一边摸神龙道书，盘算着他手上的火符没有个五六十也有个二三十，堆也堆死个不能动弹的。

"是吗？"

飘飘嫣然一笑，隔着面纱依然风情万种，"小道士，你可以试一下，你不是有一只小骨头护法吗？招出来吧。"

"出来吧，小九。"

叶萧从善如流，一道符飞出，小九闪亮登场，落到两个人中间。

这回出现小九又有不同，浑身上下骨头似乎白了一些，更细密了一些，没有那种一碰就散架了的孱弱感，只是它出现时候的姿态古怪了一点儿，不管是叶萧还是飘飘，眼睛都为之一怔。

小九是蹲着出场的，两只纤细的小手握着一柄骨刀，正在一上一下地动作着。

这个动作再清楚不过了，它这是在磨刀呢，只是磨刀石没有跟过来。

看到这一幕，小道士顿时对小九在九幽世界里的生活好奇了起来，能弄到兵器，还能磨刀，真是奇哉怪哉，没听说过。

不过现在明显不是纠结这个问题的时候，叶萧郑重地取出火符在手，小九反应也是奇快，擎着刀就蹦了起来，作出戒备状来。

"小九，就是她，上！"

叶萧一边命令着，一边引燃火符又是一道火蛇疾射出去，虽然没啥用，但也算是为自家护法布个阵。

小九这回是紧急出现，连情况都没弄明白呢，更别说变色了，难得的一身本色就往前冲。

"呵呵。"

飘飘轻笑出声，全身重量都压在完好的那条腿上，再用它一点地。

的确，叶萧判断得没错，她另外一条腿是不能动了，问题是单凭一条腿，一点之下，飘出一丈这是什么鬼？

在叶萧眼珠子都要瞪出来的时候，飘飘先是轻描淡写地一刺击溃了火蛇，再一个横扫，小九"咔嚓咔嚓"地就被扫飞了出去，以半蹲的姿态重重地落在了地上。

这灵活，这速度，这力量……

小道士整个人都不好了，他发现，他竟然犯了跟曲力、飘飘一样的错误，小瞧别人了。

"打不过。"

叶萧作出判断的同时改进为退，额头冒出一颗颗汗珠，挤出笑容来，道："飘飘姑娘，我觉得我们之间有些误会……"

"误会？"

飘飘冷笑，一样单腿点地，飘飞向前，一掠一丈，尖刺上寒光吞吐，好像毒蛇在吐芯子一样。

"对，就是误会。你看这天高气爽……山清水秀……鸟语花香……我们何必打打杀杀呢，不如坐下来聊聊人生……"

天高气爽——封魔谷里灰蒙蒙一片，哪里有高有爽；

山清水秀——山是秃的，水很浑浊；

鸟语花香——鸟瞎啊在这里筑巢，别说花了，连片叶子都不好找……

"我去，编不下去了。"

叶萧词穷，再看飘飘冷笑声声不为所动，只好使出了最后一招。

"救……命啊……

"迪迪，再不来你亲哥就要归位了！"

第三四章　霸海涛

"俺来了！"

在叶萧技穷、救命都喊出来的当儿，从飘飘的身后传来隆隆之声，以及一声憨憨的叫唤。

小道士从来没有觉得迪迪的声音这么动听过。

齐刷刷地，叶萧也好，飘飘也罢，全都望向声音的源头方向。

一棵棵矮树被撞倒，猪婆龙吼叫着将悲愤全都发泄到那些可怜的树上，愣是横冲直撞闯出一条路来，直冲向飘飘。

在它背上，牛魔人仅凭着两条腿驾驭着猪婆龙，解放出来的双手高举着钢刀，口中嗷嗷叫唤着。

"牛犊子来得倒快。"

飘飘眉头一蹙，冷笑道，"那就一起上路吧！"

她想先顺手解决了小道士，结果只是一分神的工夫，小九持着骨刀已经拦在二人中间，没法速战速决了。

机会一闪而逝。

猪婆龙驮着牛魔人，已然杀到了近前。

想那猪婆龙有多倒霉，平日里没事交个配、吃口荤的，要多惬意就有多惬意，没承想口滑，多吃了只瘦骨嶙峋的野猪王，就遭了大罪。

先是被一顿揍，头破血流，再来被骑一路屈辱地驯服，现在竟然连一个一口气就能吹跑的小娘儿们都敢站在它面前！

猪婆龙的眼睛红了，在迪迪拿刀柄敲后脑勺的极力督促下，它张开血盆大口，冲着飘飘就咬了过去。

它的背上，牛魔人长身而起，寒光一闪就是当头一刀。

上下夹击。

这么大的阵仗叶萧看着就觉得妥了，不枉他又是出卖色相又是点火为号，连救命都喊出来了。

只是凭着谨慎，他又退了两步，这才低着头从神龙道书中取出火符来准备打落水狗。

在这猪婆龙一咬，牛魔人一刀，小道士一退的短短时间里，飘飘动了。

"哼！"

她先是冷哼一声，弱柳扶风般地单足点地向着一侧飘飞过来，同时没有骨头似的腰肢一折整个人后仰，一直仰到了后背与地面平行的地步，恰好避过了猪婆龙和迪迪的上下夹击。

与此同时，飘飘手上的尖刺递出，"哧啦"一声响，猪婆龙痛叫出声，疯狂地扭动，就是迪迪这个号称善骑，短短工夫就将十几丈长猪婆龙驯得服服帖帖的家伙，在它背上都立不住了直接被甩落了下来。

飘飘调转尖刺，猛地一甩手，尖刺化作一道寒光，"嘭"的一声，飞过十余丈距离钉到了地上。

"嘶……"

叶萧倒吸一口凉气，直凉到尾椎骨去。

尖刺扎在他身前两步的地方，没入小半，露在外面的部分剧烈地颤动着，好像是一条银蛇要从土里面拔出来，再给他来一下更狠的似的。

"差点就嗝屁了……"

小道士咽了口唾沫，后怕不已。

尖刺扎着的地方不是别的，就是他原本站立所在，他要不是谨慎小心多退了两步，尖刺正好可以从他两腿中间扎下去，再钉到地上……

只是想一想就觉得好疼，心里凉飕飕的，叶萧不由得夹紧了双腿。

他算是逃过一劫，那边猪婆龙却吃了大亏。

猪婆龙的一只大眼睛只剩下个血窟窿，眼珠子不知道被挑飞到哪里去了，疼得满地打滚，仅剩下的一只眼睛通红通红的，庞大身躯转着圈儿直扑向飘飘。

迪迪也没好到哪里去，硬生生的屁股落地，爬起来的时候脸都绿了。

"你好毒……"

叶萧控诉着，心里无数念头转过，竟是一筹莫展。

"她太强了，要不是废了一条腿……"

小道士激灵灵地打了个寒战，现在半残的飘飘都厉害到了这种地步，完整状态下岂不是想怎么虐就能怎么虐他们？

"上！"

叶萧冲着迪迪吼着，手上火符胡乱扔了出去，另外一只手推在小九的背上让它一起上。

"保护我有什么用，打不过就死定了。"

小九顿了一顿，还是持着骨刀扑了上去。迪迪愣了一下神，大吼一声就往上扑。

叶萧火符出手后，看着地上尖刺，略略松了口气，心想："还好，还好，这算是鱼饵缴械吗？"

一个念头没有转完呢，只见得飘飘素手一翻，竟是又有一把一模一样的尖刺在手，敢情人家原本就是双刺，只是腿脚有伤不能平衡，才以单把对敌。

下一刻，叶萧眼睛就直了。

他看到，猪婆龙状如疯魔，庞大的身躯碾轧方圆数十丈，却连飘飘的衣角都摸不到，空费力气；

他看到，小九一触即飞，不管是从哪个方向，用什么办法杀到近前，全都是被拍飞的节奏；

他看到，牛魔人一把钢刀力量十足，与尖刺碰撞火花四溅，一步不能近前。

飘飘单足而立，来回飘飞，每一个动作都充满着力量与迅捷的美感，竟是以一己之力，压得猪婆龙、牛魔人、小九三个抬不起头来。

这还没算叶萧在短短时间里，接连出手的十余道火符。

"咔嚓"一声，小九右边胳膊被卸了下来，飞出去十余丈远，一起飞出去的还有它的骨刀……

"嗷呜"一声，猪婆龙仅剩的眼珠子被挑在尖刺上，再被飘飘甩在地上，一脚踩爆……

"刺啦"一声，迪迪上半身的劲装撕裂成两半，胸膛上一道伤痕从肩膀一直延伸到腰间，差点儿就被开膛破肚。

伴随着飘飘雪花飘散般的乱舞一击，形势向着最差方向滑落。

"太弱，我太弱了……"

叶萧不知道什么时候，连嘴唇都已经咬破了而不自觉。

他脑子里不可控制地浮现出了一个画面，那是老道士某次难得没有喝醉，对吊儿郎当应付训练的小道士说道：

"娃儿啊，你名字叫作叶萧，可是不能把所有的敌人都当夜宵看，总有靠着机灵啃不下的，到时你怎么办？"

"我可以更机灵。"小道士犟嘴。

老道士词穷，脱下鞋子开始追杀："我打死你个更机灵。"

"没太多时间了。"

叶萧强迫自己冷静下来,仔细观察。

力量不是从天上掉下来,也不是随手可以捡到的,这个节骨眼儿上只能是更机灵。

"嗷……"

猪婆龙彻底疯了,不知道是凭着嗅觉什么,吼叫着直冲向飘飘,看那架势,就是靠碾也要把弄瞎了它两只眼睛的仇人碾死。

它这是凭借一时血气,一击不中,后面血气退去,猪婆龙这个主要战斗力不是瞎子般乱转就是掉头就跑。

时间,真的不多了。

"这是你逼俺的。"

"霸……海……涛……"

迪迪将胸前流出的血舔进嘴里,眼睛红了,双手举刀大吼一声,大步向前,与猪婆龙的最后一击成犄角之势,夹击飘飘。

他脚踩平地,凭空却踩出起伏来,如踩在大浪起伏的甲板上,又如蹈海而行,破浪向前。

酷烈、霸道、凶猛……一往无前。

迪迪喊出霸海涛后,整个人气势一变,恰如大海咆哮,犹如牛头巨人般践踏海浪,仰天咆哮。

飘飘一直游走、飘忽的身形忽然一僵,惊呼出声:"霸海涛架势,你是苍月岛……"

第三五章　鏖战，盲区

苍月岛什么？

飘飘话没说完，猪婆龙便一头撞上来。

她原本只要一个旋身飘飞闪开就是了，偏偏迪迪施展开霸海涛架势，如蹈海而行，速度快了数倍，赶上来当头一刀，封死了退路。

"当！"

一声金铁交击，迪迪钢刀脱手，飘飘闷哼一声，第一次被劈得倒飞而起，猪婆龙又至，血盆大口咬了过来。

飘飘一咬牙，单手按在猪婆龙的头上，空中翻转数丈，眼看就要跃过去了，"啪"的一声，猪婆龙布满鳞片钢鞭似的尾巴甩了出来，连空气都似乎给抽碎了，准准地抽在了飘飘的身上。

"噗"，她还没落地，一口鲜血就喷了出来，在空中化作血雾。

迪迪一跨步跳过猪婆龙，身后猪婆龙"嗷"的一声倒地，头顶上一根尖刺破脑致死，可以说在甩出尾巴的时候，它就已经死了。

一个重伤，一个丢了兵器，一个死了，三败俱伤。

迪迪连钢刀都顾不上捡，扑过去举起钵大的拳头当头就冲着飘飘捣了下去。

"嘭！"

"砰砰！"

连续两声同样的闷响，只见迪迪脸上涨得通红，两臂肌肉一块块突起，要向中间合拢。

在他两臂之间，飘飘两只手分别架住迪迪的一条手臂，一寸寸地向外掰。

"这什么鬼力气？"

小道士眼睛都要瞪出来了，要不是亲眼见到，只听别人说有这么一个小胳膊小腿娇滴滴的姑娘，能跟迪迪比力气，他肯定能糊对方一脸。

震惊归震惊，叶萧还是手忙脚乱地扔出两张火符，化作两条火蛇从地上游走过去，留下一路焦痕。

同时，他大叫一声："小九，趁她病，要她命。"

激战到现在有一点儿机会，整个过程中飘飘游走如飘飞，这还是第一次能将她固定在一个地方不动。

喊出声来后，叶萧才觉出不对来。

激战太紧张，他都忘掉刚刚亲眼看到小九整条胳膊连带着大半个肩膀，还有那把不知道哪里弄来的骨刀，一起被卸了下来飞到哪里去了。

小九还能做什么？

叶萧扭头一看，险些被自己的唾沫给呛到了。

小九艰难地撑起来，半跪在地上捡起了一样东西，两头锋利，呈八字形，寒光四射——回旋镖！

迪迪险些被开膛破肚拿下，怀里的东西落了个干净，这把回旋镖也不例外。

"拿它有什么用？"

"走都走不动了，还能上去砍吗？"

叶萧脑子里刚刚冒出一个问号来，就见到小九将身子扭成了麻花状，然后狠狠地一甩回旋镖。

"我去……"

小道士被惊到了。

回旋镖是奇门兵器，没练个十年八年的别说伤人，不砍死自己就不错了。

"迪迪应该不会那么倒霉吧？"

叶萧心里面打着鼓，目光不由得随着回旋镖而去。

"嗖！"

破空回旋之声入耳，其势如电，其去如龙，瞬间掠过十余丈距离，带起一道优美的弧度切向飘飘的脖子。

"不是吧，这么准？"

叶萧眼中冒出希望之光来，连呼吸都下意识地屏住了，紧紧地盯着。

另外那头，正在一寸寸地凭着力气打开迪迪胳膊的飘飘，脸色大变，连面纱都掩盖不住她脸上的惊骇之色。

从小九出手回旋镖，尖啸声破空，到回旋镖眼看就要切开飘飘的脖子，加起来就是一眨眼的工夫罢了。

这么一点儿反应时间，飘飘竟然还是动了，她艰难地一仰脖子，仰到了极致，甚至发出了一声"咔嚓"脆响，好像脖子脱臼了一般。

差一点儿，就差一点儿！

在飘飘仰头到极致的时候，回旋镖擦着她雪白如天鹅般的脖子一掠而过，留下一道浅浅的血痕沁出鲜血，在她脖子上戴上了一圈儿红丝带。

她那一仰头的瞬间，面纱飘动，似要脱落，又刚好挂住了。

"啊啊啊啊……"

迪迪吼叫着，趁着飘飘一分心，又将双臂合拢不少，好像要生生将飘飘在怀中断成两截。

可惜飘飘在躲过那一刀后立刻反手发力，爆发出来的力量比起之前还要凶猛，迪迪的双臂一寸寸打开，他自己都可以听到肌肉在撕裂，手筋不堪重负就要绷断的声音。

"嗖嗖嗖……"

破空声音回旋，由远及近，再度袭来。

"回旋镖！"

叶萧惊喜，整个人一蹦三尺高，连他扔出去的两条火蛇窜到飘飘脚下，点燃了她的裙裾都没有这么开心过。

火蛇易灭，只要摆脱了迪迪，飘飘顶天豁出去两腿烧伤，绝对可以灭火，所以她闪的是回旋镖，而任凭火蛇灼烧。

"小九真棒。"

叶萧喜色上脸，恨不得去把一扔回旋镖就摔倒在地上的小九抱起来啃一口。

不管是小道士，还是牛魔人，亦或是飘飘，都齐刷刷地望向回旋而来的回旋镖。

下一刻，三个人的脸色全变了。

叶萧和迪迪是喜，飘飘是惧，从开打到现在她第一次叫出声来："这他妈的是什么骷髅？"

看回旋镖的轨迹，不上不下，不左不右，正好可以切下飘飘的脖子。

回旋镖曲力即便从地底下爬出来，养精蓄锐，亲自出手，也不过如此吧。

"给我，开！"

飘飘只失态了一瞬间，立刻开始自救，全部力量爆发出来，任凭迪迪连吃奶的力气都使出来了，愣是快要锁不住对方了。

更可怕的是，火蛇灼烧双腿，渐渐化作烈焰熊熊，"哧哧"声烤肉般响动，飘飘竟然纹丝不动，不曾散去半点儿力气。

"不行，还是差了一点儿。"

叶萧看回旋镖去得快，回得慢，怕是赶不及在飘飘逃脱出迪迪锁定前到位了，不由得大急。

"怎么办……怎么办？"

他脑筋狂转，好像有一万头猪婆龙从河中蹦出来，每一头脑门上都刻着一个主意，再被一一否定重新敲回水里一般。

"等等！"

叶萧灵光一闪，隐约抓到了什么，又一时把握不住。

"尖刺好像是水里面常用的分水刺——海贼。

"厉害得不像人，曲力活着连给她提鞋都不配。

"第一个追踪上来！

"我去！"

叶萧想到了什么，脸上立马爬满了震惊之色。

"海狗，她就是海狗！

"妈的，谁说海狗一定是男人？"

第三六章 "看，歪鼻子"

"海贼又不是和尚，里面怎么就不能有女人？

"我怎么早没想到！"

叶萧猜到飘飘身份的同时，回旋镖呼啸着飞近纠缠着的双方，迪迪双臂被迫打开，飘飘只要一缩身就能脱出锁定，眼看就要功亏一篑。

千钧一发之际，判定飘飘就是海狗这一点，叶萧终于捕捉到了关键，脑海里浮现出了他八岁时候的一个场景……

"爷爷，你老说弱点弱点，那么怎么找到弱点，怎么利用弱点呢？"

八岁的小道士托着下巴问道。

老道士鼻头火红，酒气熏人，大着嗓门道："越是遮掩越是弱点，要用弱点，先用遮掩。"

他说得深奥，萌小道士不太明白，于是决定实践一番。

"爷爷你喝醉了。"小道士蹦起来指着老道士的酒糟鼻子大叫。

"谁……谁醉了，我清醒着呢。"

"不信，你走个直线给我看看。"

"走就走，谁怕谁？娃儿，爷爷走得直不直？"

"还将就，继续走，前面就是咱家了。爷爷你早说啊，我就不用掩着你走那么远，学到了。"

小道士表示很得意……

"面纱……面纱……面纱……是遮掩，也是弱点。

"我知道了，死马当活马医吧。"

叶萧想好了，便梗着脖子，用惊讶无比的语气叫出声来：

"看，歪鼻子！"

这声音叫得这一个大，惊讶的语气怎一个浮夸，不远处小九扭头看过来，好像在看一个疯子。

没头没尾，无缘无故，叶萧四个字喊出来，正常情况下除非收获一堆看疯子的目光，再不可能有其他效果了。

然而，奇迹出现了。

火烧双腿、焦臭扑鼻的剧痛不能让飘飘分一下心，哪怕动弹一下，这简简单单的四个字却让她浑身一颤，一只手闪电般地抽了出来捂在脸上，好像是要挡住什么东西，又似乎是在确认面纱还在不在。

"还在……"

飘飘松了口气，紧接着双肩一紧，彻底被迪迪锁住，动弹不得。

迪迪虽然弄不明白到底发生了什么事情，但不妨碍他将所有力气都用出来，将飘飘跟钉子一样牢牢地钉在地上。

"嗖！"

回旋镖一掠而过。

"哧——"

鲜血狂喷而出。

迪迪一头一脸被喷得全是血，放开双臂，退后一阵狂抹。

叶萧一步步走过来，拍拍他的肩膀，道："好了，干净了。"

"嘭"的一声，迪迪直接给跪了，明明是头牛来着，可舌头吐得比狗还长，汗水跟不要钱似的往外冒，顷刻之间，连裤衩都湿透了。

"死……死了吗？"

迪迪问出声来时，语气颤抖，心有余悸。

"没死也差不多了，血喷成那样，是人就活不成了。"

叶萧一边说着，一边看着火蛇缓缓地在飘飘两条腿上熄灭，她的身体一抽一抽的，渐渐不动了。

迪迪反问："她也算人？"

"呃……"

小道士摇了摇头，不太确定。两个人面面相觑，全都从对方的脸上、眼睛里看到了心有余悸。

飘飘，不，是海狗，顽强得完全不像一个人。

叶萧心里面毛毛的，靠近过去，低头一看，与瞳孔正在涣散的飘飘四目相对。

明明知道瞳孔涣散，这个人差不多就是死了，再说流出来的血在身下不断地摊开，都已成了血泊。

小道士看着飘飘，这个他到现在遇到的，给他带来最多凶险，也是最危险的敌人，总觉得浑身怪怪的，好像不说点儿什么就很难受的感觉。

"咳咳。"

他清了清嗓子，道："飘飘，你差点儿就要了我们的命，就是被我暗算，被我们围攻，你还是那么强，强得令人可怕。

"那个啥，还有，这次，我们赢得不够光彩。

"你不是输给了我们，是输给了你自己。

"我爷爷说过，凡是遮掩，便是弱点。"

叶萧深吸了一口气，平静了下来，说话也通顺了，"你以前一定是一个美丽的女孩，被人打歪了鼻子毁了容，但女孩子爱美的本性没有变。

"所以你戴上了面纱，你几乎不露面，外人连你是男是女都不知道。

"你太在意你的容貌，已经变成了心魔，这才给了我们可趁之机。"

他说到这里，飘飘忽然停止了抽搐，整个身子从地上弓了起来，腰肢都离开了地面。

这个动作，像极了要蹦起来，奇怪的是这回叶萧全无反应，没有什么紧张害怕的情绪，只是淡淡地看着，淡淡地说道："我不知道你为什么要为了那个海贼首领王倬无恶不作，原因不重要，你该死！

"不过……"

小道士看着飘飘，只见她瞳孔完全涣散，一口气绷着，苦苦熬着，好像在等着什么，又在害怕什么。

"……你放心，我不会揭开你的面纱，以后也再也没有人能看到你的模样了。"

话音落下，"嗝"的一声粗重无比，分不清楚是吸气还是呼气的声音响起，飘飘缓缓地闭上了眼睛，紧绷的身子松软下来，再无半点儿活着的迹象。

"嘭"地一下，叶萧一屁股坐到地上，声音之大让人怀疑他屁股会不会裂成了八瓣儿。

在他旁边是迪迪，好壮实的一条汉子，坐下来就爬不起来了。

两个人默默无言，对坐喘着粗气，一直到小九找到了自家胳膊，步履维艰地走到他们身边，同样坐了下来。

"小九，好样的。"

叶萧伸出手来，在小九的脑袋上抚摸着，肉眼可见，从小九光溜溜的脑袋上开始，一抹粉红色开始全身蔓延，它害羞了。

迪迪也过来凑热闹，一边伸出蒲扇大的手要去摸小九的脑袋，一边好奇地问道："你怎么会使回旋镖的？对了对了，你的动作好像还有舞技的痕迹。"

"舞技……"

叶萧想笑，一个小小的骷髅，能会什么舞技？

没等他笑出声来，小九一歪脑袋，用仅剩下的手拍掉迪迪之爪，明显是不让摸，嘴巴上下翕动发出"咔嚓咔嚓"的骨节碰撞声音，好像在抗议他动手动脚。

迪迪讪讪然地收回手，本想继续再问，只见小九身形渐渐模糊，似乎随时就要消失不见。

"它消耗太大了。"

叶萧叹口气，飞快地将回旋镖塞到小九的手上，叫道："带上它，将来还能用得着。"

小九连个反应都来不及做出来，就从他们身旁消失了。

叶萧扭过头，目光炯炯有神地看向迪迪。

牛魔人吓坏了，"噌噌噌"地挪着屁股，从小道士身边移开。

在早先，叶萧借着让迪迪看菜谱的时机，偷偷把计划跟他说的时候，就是这样发光的眼神，此时此刻一模一样。

什么假装驾驭不住猪婆龙向着远处去，然后看到点火为号就赶紧回来，内外夹击消灭敌人……

说得挺好的，谁想到引来的敌人强得不像样子，能活下来是实力、脑子、运气，缺一不可的事，迪迪完全不想再来一次。

叶萧怎会惯他这个毛病，一把攥住他的牛角，一把捏起地上的泥土，威胁道："过不过来？"

看那个架势，迪迪只要敢说一个"不"字，他就能把泥土往牛角上抹。

小道士算是抓住迪迪的死穴了，他哭丧着脸，重新把屁股挪了回来。

小道士拽着他的耳朵，嘀嘀咕咕，如此这般一阵吩咐……

片刻之后，诡异的一幕上演了：

"呔，海狗你也有今天。"

"你作恶多端，俺非要替天行道不可，给俺死来！"

迪迪闷声如雷地大吼着，同时一手将飘飘摁在地上，一手高高举起钢刀，狠狠地劈落下来……

第三七章　哥只能帮你到这里了

　　林间静悄悄，唯有迪迪的吼叫声在回荡。
　　钢刀"咔"的一声，砍到了地面上，牛魔人保持这个姿势僵住了半天，偷偷地扭过头来望向叶萧。
　　演技太浮夸……叶萧腹诽着，从藏身的灌木丛中猫腰站起来，恶狠狠地瞪了过去，瞪得迪迪一缩脖子。
　　"继……续……"
　　小道士做着口型，满脸威胁。
　　迪迪哭丧着脸，想抗议来着，却没敢，怕一抗议就把一顿好肉给抗议没了。
　　他也就只敢在心里面嘀咕着："这……这都第十遍了，俺嘴都说干了，胳膊挥酸了，什么时候才是个头啊？"
　　无奈之下，迪迪捏着鼻子继续。
　　"呔！"
　　又是一声吼。
　　"海狗你也有今天。"
　　"你作恶多端，俺非要替天行道不可，给俺死来！"
　　钢刀再次高高地举起，兴许是手麻了，迪迪这回没有再摆个姿势什么的，软软地就往下砍。
　　恰在此时，一声声怒吼，伴着窸窸窣窣穿林之声传来。
　　"住手！"
　　"找死！"
　　"放开头领。"
　　"杀……"
　　吼叫声中，几个人影分开灌木，跳了出来。
　　迪迪不惊反喜，总算还记得叶萧的吩咐没有放开飘飘的尸体，依然用一只手摁着，扭头循声望去。
　　只看了一眼，他脸上的喜色便凝固了，紧接着面如土色。

"俺就知道，俺就知道……

"叶哥的话就不能信，俺还是太年轻了……"

迪迪看着足足有七八人往外蹦，每一个人脖子上都系着条红巾，手上还拿着各色兵器，脸上恶形恶状，呼呼呵呵地就冲着他杀了过来，这是一不留神儿就会被分尸成八九块的节奏哇。

眼前的情况跟叶萧忽悠他的话一对比，迪迪就有以头抢地的冲动：不带这么忽悠人的……

叶萧是怎么说的来着？

"迪迪，海狗是王倬的左右手，那也是一个小头目，曲力不就是她手下吗？

"她明显是冲着我们来的，不管是曲力死前的话，还是沈凡那货的提醒，都说的是这件事。

"你说，她会一个人来吗？

"一定还有人！

"飘飘之所以会出现，只是被我们引出来的，她想的是拖住我们，换句话说，后面的援手很快就会赶到。

"来，我们给他们来演一出戏。

"什么？你害怕，安啦安啦，有哥在呢，不会太多人的，最多三四个，轻轻松松搞定。"

屁的三四个，翻了一倍有没有？

迪迪顾不上继续在心里吐槽叶萧，人家七八个海贼跟被杀了亲生父母一样暴怒地冲杀过来了。

要不怎么说牛魔人听话呢，就是刚刚被忽悠了一下，他还记得叶萧千叮咛万嘱咐的，除非海贼刀子砍到身上，不然不要动，等着听口令。

五丈、四丈、三丈……

双方距离飞速地拉近，眼看就剩下三丈多远，迪迪已经能清楚地看到一众海贼嘴脸。

"等等，那家伙想干吗？"

迪迪缩了缩脖子，他看到一个海贼好像有把手里的铁钩子飞过来的冲动。

"这算不算刀子砍到身上？"

牛魔人纠结着，没等他想明白，突生异变。

"隆隆隆隆……"

一声闷响传来，就在七八个脖子系着红巾的海贼距离迪迪三丈远的位置，跑在最前面的两个人脚下忽然一空，一个方圆丈许的大陷坑就将他们吞了进去。

后面人收不住脚，又有两个人跌了下去，来得及刹住车的只有四个人。

一人使铁钩，一人使单刀，一人跟飘飘一样双手使分水刺，最后一人敞开的衣襟里排了满满的飞刀。

"迪迪，上！"

叶萧的声音适时地传来，迪迪解脱般一蹦而起，直扑向想要解救掉进陷坑海贼的四人。

迪迪吼叫着上前，心里面美滋滋的，连挖陷坑时累成狗的辛苦都给忘记了，心想："叶哥真是俺亲哥，厉害，他是怎么知道海贼们会掉进去的？一下子就少了一半人，轻松。"

叶萧想着给他解释来着，什么海贼们最可能出现的方向就是飘飘出现的方向，假装要杀海狗引他们没有时间观察考虑，沿直线最短距离扑过来救人，正好掉进陷坑，等等。

说了半天，小道士终于明白什么叫作对牛弹琴，于是彻底放弃了。

说来话长，当时就是一眨眼工夫，陷坑刚刚出现在地面上，迪迪就扑上了第一人。

单刀对单刀，迪迪一把拽住单刀海贼的武器，然后一刀砍下去，单刀海贼捂着脸满地打滚，好死不死地又滚进了陷坑里。

牛魔人还没开始得意，就听到"嗖嗖嗖"数声，数道寒光冲着他就飞过来了，速度那叫一个快。

"哇哇哇"，迪迪怪叫着，跟苍月岛上跳祭神舞一样扭动，要害虽然是避开了，但身上多出了三把飞刀扎在胳膊上、肩膀上，最倒霉的一刀就在屁股蛋上。

这是飞刀海贼的手笔。

还没等迪迪反应过来呼痛或暴怒，分水刺海贼在左，铁钩海贼在右，对面飞刀又摸出来了。

"嘶，海狗的手下也不好对付。"

迪迪倒吸一口凉气，同时连飞刀都顾不上拔，两腿分开摆出霸海涛架势，然后就陷入了狂风暴雨的攻击中。

"叶哥，救命啊！"

六月债，还得快，迪迪这声救命叫得比叶萧面对飘飘时候还要销魂，其情甚是凄惨。

"疾！"

叶萧从灌木丛中冒了出来，三步并作两步跑到大陷坑旁，一张火符以落雁式的"落"字诀，几乎是用"拍"的方式落进了大陷坑中。

他动作算快了，即便如此，陷坑中还是有一个海贼差点儿就要爬出来了，一只手背上长着黑毛的手都搭到了陷坑边上了，距离叶萧的脚也就一尺距离。

这还有什么好说的，小道士连想都不想就上前一步，用脚将那只黑毛手踩住，然后……

"我踹……我再踹……我还踹……"

"啊，你大爷的。"

黑毛手海贼惨叫着，咒骂着，哪里来就又跌回到哪里去。

紧接着，"轰"地一下，整个大陷坑被火焰吞没，气浪滚滚而出，裹挟着至少十余张的火符残片掀飞了出来，在半空中燃尽化作灰飞。

叶萧被热浪冲了一个跟头，再抬起头来时脸都黑了，他连退数步，用手捂着鼻子那叫一个紧，都快窒息了。

陷坑中火焰冲天，焦臭味不住地传来，"呲呲呲"的烤肉声掩盖在惨叫声中，不留神几乎听不到。

只是几个呼吸工夫，铁钩海贼等悲愤的惨叫声渐渐衰弱了下去。

这就是先铺陈了小道士身上所有火符在坑下，再引燃后的结果。单独的一张火符奈何不了他们任何一个人，集中在一起就是一头猪婆龙都能给烤熟。

这是叶萧从飘飘身上得到教训后的权宜之计，是自家手笔，但他自己都没敢往下看，并且下了重大决心：宁愿那些海贼身上的东西不要了，他也不会往里面瞅上哪怕一眼！

"对不住了，死就死了还死得这么惨，下次我一定改进。"

叶萧闭着眼睛不忍心看之外，心里面默默地想着："谁叫我太弱了呢，这样的事情不要出现第二次，我要强大起来。"

经过飘飘事件，体验过那种无能为力后，小道士第一次萌生出了想要强大的心。

干出了这等天怒人怨的事情，当然是要遭报应的，叶萧一个走神儿的工夫，十余把飞刀、一根分水刺就飞了过来，分分钟就要变成刺猬的节奏。

叶萧机灵机灵的，怎么可能没有防备？

在漫天呼啸声中，他身后的灌木丛中忽然飞出一面木板，结结实实地挡在了小道士的面前。

木板粗糙得不行，一块块木头丑陋地拼接在一起，怎么看都是现砍下来随便一拼了事、粗制滥造的货。

叶萧的身子刚刚被木板挡住，"嘭嘭嘭"的声音接连响起，飞刀、分水刺牢牢地插在上面，整块木板被冲击得摇摇晃晃，偏偏就是不倒。

声音一止，木板轰然倒下，后面冒出一个浑身闪着火红光的小小身影，"嗖"地一下就是一阵破空尖啸。

小九！

竟然敢打小道士，小九很生气，回旋镖很狠。

"哧"的一声，飞刀海贼脖子上鲜血狂喷，双手捂住脖子，连回旋镖也一起捂着，重重地砸落在地上，眼看是活不成了。

小九一回旋镖出去，残破的还没有修理好的身子摇摇晃晃的，差点儿就跌进了陷坑里，好在关键时刻叶萧伸手扶了一把。

这小骷髅一根筋，刚刚站稳就又想冲上去，目标直指分水刺海贼，明显是怒火未消，没看到光溜溜的脑袋上火红一片，都要冒烟儿了吗？

叶萧可不舍得小九拖着残破身躯再去让人踩蹋一圈儿，一把拽住，摸着它的脑袋，代表着怒火的火红色飞速褪去，粉红色嚷嚷嚷地浮了上来。

"哥，你是俺亲哥，快来帮俺啊！"

迪迪以一打二，扯着嗓子在叫。

叶萧双手一摊，回道："迪迪，我身上一张能用的符都没有了，不过……"

还有不过？

迪迪一边应付着两个海贼的拼命攻击，一边竖起了耳朵。

"你的牛角脏了，啧啧啧，都黑了。"

话说完，叶萧就看到迪迪怔了一下，百忙之中伸手摸头顶的牛角，然后两只眼睛就红了，头顶上开始冒白烟，那个怒啊。

"俺砍死你们！"

迪迪怒吼着，海贼惨叫着，那场面太惨，叶萧都不忍心看，心想：

"哥只能帮你到这里了。"

第三八章　烦，烦死了

"哥，干净了吗？"

迪迪可怜巴巴地站在河里面，不住地搓着牛角，洗得光亮光亮的，伸长了脑袋等回音。

"干净了。"

叶萧声音有气无力。

"真的干净了？算了，我再洗洗。"

河里面扑腾扑腾的水声传来，叶萧背靠着一株大树，用最舒服的姿势坐着，一边跟迪迪应付着，一边连翻白眼，以手捂额。

"哥，我的角……"

迪迪消停没一会儿，声音又传了过来。

叶萧这回连白眼都翻不动了，吼道："干净，你都问八百遍了，你再问试试，信不信哥拿黄泥糊你一角？"

迪迪秒信，立马就　了，两只手都捂在嘴巴上，怕一不留神惹一误会又得洗八百遍。

叶萧还不解恨，拍着身后大树道："过来，先说好，不准提你的角，不然给你锯掉喽。"

迪迪是猫着腰过来的，极其狗腿地坐到叶萧的边上，讨好地笑，可惜天生的憨厚模样，笑得一点儿都不真，看着让人想打一顿。

好半天，他才想出得说点儿话，干巴巴地笑道："哥，这里风景不错啊。"

这倒是，水清澈见底，都是从石头缝里流淌出来的山泉，不然迪迪也不会一蹲水里就是半天，洗角洗得不亦乐乎。

左边有大树苍天，称不上枝繁叶茂也难得有树叶挂着，给封魔谷灰沉沉的天点缀上了鲜活的绿色。

从泉水边上一直延伸到叶萧他们坐的地方，全都是毛茸茸的，好像婴儿皮肤上绒毛般的细嫩青草，不太绿，有一种淡到透明的嫩黄色，踩在上面坐在上面都是软软的，迎面都是扑鼻的青草香。

在外面寻常的景象，在封魔谷里是那么难得，置身其间，叶萧几乎就要忘掉了之前发生不过一个时辰左右的激战。

连续两场激战，有面对海狗飘飘时的先扬后抑再惊险逆转，有布局其他海贼时的运筹帷幄压倒取胜，叶萧脑子里的弦一直绷得紧紧的，以至于到了这个地方，放松下来后，竟然半点儿不想动弹。

这就不能不说牛魔人迪迪简直就是牲口一样的存在了。

小道士连毛都没有弄断一根，还一副精疲力竭、有进气没出气的样子，迪迪倒好，上上下下伤口不少，竟然活蹦乱跳，屁事没有。

"战斗的种族啊。"

叶萧叹息一声，从牛魔人身上收回了羡慕的目光，问道："迪迪，咱们的收获呢？"

"收获？"

迪迪一愣神儿，下意识地回道："什么收获？"

叶萧哆嗦一下，颤抖着声音问道："海贼身上的东西啊，迪迪你不要告诉我你没去摸一下，信不信我把你的角掰弯了扔进沼泽里？"

猪婆龙皮倒不用问，迪迪第一时间就剥下来小小处理了一下，用麻绳绑着一路背过来的。

"有有有。"

迪迪点头如啄米，眼珠子乱瞟，琢磨着是不是弄个东西把角给套起来，不然老有人惦记着不是个事啊。

他连忙从怀里掏出一个粉红色丝绸的钱袋子，递了过来。

迪迪什么人啊，还指着这些收获吃饭呢，怎么能忘记？只是刚刚洗角洗得太专注，没想起这茬来而已。

"飘飘的……"

这样的钱袋子自然是女孩子用的，粉红俏皮的颜色上染上暗红，好像是干涸鲜血留下的痕迹，像极了一个美丽女子脸上不能见人的歪鼻子。

钱袋子除了很女性的粉红色外，其余部分跟曲力的钱袋子几乎没有差别，一样是一个"倬"字，一样是铁钩森森的刺绣图案。

"海贼首领王倬吗？"

叶萧沉吟了一下，心知这钱袋子不仅仅是装东西那么简单，十之八九还是他们这个海贼组织的一个身份证明。

"迪迪，看来咱们惹上了一个不得了的家伙啊。

"或者说，一个不得了的家伙盯上了我们。"

叶萧说着，迪迪哼哼地应着，这憨货的心思明显没有在"惹上"还是"盯上"转，眼睛似乎都要长出手来去扯开钱袋子。

去掉了牛角脏了的担心，他立刻恢复吃货本色，琢磨起来里面的收获能够吃几顿大肉。

叶萧又翻起了白眼，深刻地反省跟迪迪讨论这种深奥问题的正确性，然后一拉线头，打开了飘飘的钱袋。

在他身边，迪迪脑袋探过来，鼻孔都要凑到钱袋口了，那眼巴巴的样子惹人发噱。

叶萧心里也痒痒呢，伸手进去一掏……

"呃……"

他缩回来的手上多出了一条粉色面纱，薄薄的，朦胧通透，一看就是好材质，就是飘飘脸上挂着的那种。

再掏……

这回换湖绿色的。

继续掏……桃红色……不停地掏……

到得后来，叶萧跟迪迪两个人都无语了，面前堆了七八条面纱，各种颜色都有，缤纷多彩的，看得眼晕。

"她是开面纱铺子的吧？"

叶萧怒，也是无奈，心里明白海狗飘飘对她的鼻子执念得疯魔了，不然不会备着这么多条面纱才安心，也不会被他抓住弱点翻盘。

"不会全是这些东西吧？"

小道士抱着仅存的希望，将整个钱袋子翻转过来，使劲儿地倒。

这些面纱材质是真好啊，小小的钱袋子里足足装了不下二十条，不知道是怎么塞进去的，总之蓬松起来在小道士他们面前堆成了一堆。

一直到最后，叶萧都要绝望了的时候，几点金光从钱袋子里倒了出来，落在地上发出极轻的闷响，好像是风摇松树有松塔落到腐叶上的声音。

听起来是那么动听。

"是金币！"

迪迪欢呼一声，满地那个捡啊，最后摊开手心，蒲扇大的手掌铺满了一层金光闪闪的金币。

叶萧顾不得形象，钱袋子一揣，凑过来欣赏。

那些金币全是椭圆形状，两面没有图案，打造得也是粗糙，上面还可以看到敲打的细小凹痕斑斑驳驳。

"这是私铸的金币，真漂亮。"

叶萧拈起一枚，掂了掂分量，很是满足。

这种金币他也只是听说过，还是第一次见到。

据说比奇城里的有钱人出门都是要带赏钱的，备着赏人用。用铜板丢不起那人，用银币不够场面，带多了还重，金条的话那个手面就太大了，这种椭圆形私铸金币刚刚好。

"啧啧啧，这里有十三枚，赚了。"

叶萧喜滋滋地把金币翻来覆去地数了好几遍，仔细地收了起来，憧憬着："不知道什么时候我才能拿这玩意儿赏人，想想就充满自豪感啊！"

迪迪手上空空，两只手掌来回地搓着也不难过，他心里有数，这些金币小一半还得被他吃到肚子里。

他正想得开心，想得肚子里都开始叫唤，耳边忽然传来叶萧的疑惑声："没了？"

迪迪连忙正色："没，没了。"

"那些海贼……"

叶萧狐疑，摸着下巴，上下打量着迪迪。

"都是穷光蛋。"迪迪"呸"了一声，很是不屑。

演技还是很浮夸嘛……叶萧想了想，还是算了，就当让这憨货攒点儿私房钱吧，怪可怜的。

放过了迪迪私藏的事情，小道士好奇心冒了出来，问道："迪迪，那个霸海涛挺厉害的样子，你平时怎么不用？"

战斗时候太激烈，没来得及问。

"那个……"

迪迪摸着脑袋，不好意思地道："哥，俺还没有成年礼，用了霸海涛饿得快。"

……饿得快，这是什么理由？

叶萧在脑子里飞快地转了两圈儿，凭着对牛魔人的了解，大致猜到是怎么回事了。

迪迪因为还没有完成成年礼，用"霸海涛"消耗太大，坚持不了太长时间，事后还需要大量食物来进行补充。

"不错不错。"

叶萧算是明白为什么一打完架，迪迪三下五除二就能将猪婆龙肉烤个半熟来个狼吞虎咽，明明一点儿都不好吃。

"换句话说以后要让迪迪用'霸海涛'还得计算下钱够不够给他买吃的，不然还是上牛角吧，这个经济实惠些。"

叶萧在心里打着主意，算计着钱的事，猛地一下灵光一闪，想起了什么。

"迪迪。"小道士重新靠在大树上，唉声叹气，"我想起我忘记什么了。"

"啥？"

迪迪正心虚着，没听清楚。

"沈凡！"

叶萧咬牙切齿道，"我离开林间小屋时就觉得不对劲儿，好像忘掉了什么，刚刚才想起来……"

他悲愤地叫出声来："我忘了问怎么找到他！"

"该死的，架我们打了，该领钱了不知道怎么找人……"

叶萧都快哭了，飘飘的悬赏那可是以金条为单位的，找不到沈凡那厮就要打水漂儿了。

迪迪顾不上他那点儿小九九了，跟着干着急。

"沈凡那货不地道，我忘了他也不知道提醒一声，哼，怪不得要烧房子，他是想赖账吧？"

叶萧不想用最大的恶意来揣测沈凡，迪迪已经开始摩拳擦掌了，竟然敢赖他们兄弟的账，这还了得？

"烦！烦！烦！"

小道士烦躁得不行，要不是怕疼，他恨不得把脑袋往树身上撞。

"谁叫我？"

声音入耳，叶萧本能地扭头问迪迪："你说什么？"

牛魔人一头雾水，还在心疼打水漂儿的金条，本来就不灵光的脑筋处于停摆状态，一脸痴呆，完全不能给出反应。

"烦死了！"

小道士不理他，继续哀叹。

"你才死了！"

这回叶萧听清楚了，惊道："谁在说话？"

话音未落，"哗啦啦"的声音从头顶上传来，枝叶晃动，在叶萧和迪迪抬头看的空当，一个人影以屁股朝下的姿势掉了下来。

"嘭！"

树上飞人硬邦邦地砸到地上，生生砸出一个屁股坑来，看着样子和听着声音就觉得好疼。

看清楚那人的奇葩样儿，叶萧和迪迪齐齐惊呼出声：

"沈凡！"

第三九章　苍月圣血

"谁叫我？"

硕大的斗笠，乱糟糟鸟窝头在叶萧他们两个眼皮底下晃来晃去的，沈凡晕头转向好半天也没能爬起来，还不忘问个不停。

"谁在咒我？"

沈凡扶了扶斗笠，眼睛总算能对焦了，怒视着叶萧，问道："是你在咒我死吗？"

"还是你？"

他一指迪迪，吓得牛魔人两只手都举了起来，连连摇头表示不是。

任谁脑袋上突然掉下来一个人，还是个熟人，脑子都会转不过来的，连小道士都刚刚回过味儿来，整明白了沈凡这厮在说什么了。

"烦……凡。"

"烦死了……凡死了……"

"我去，真没叫他，也没咒他死的意思，虽然挺想让他死来着。"

"这倒霉名字是谁取的？"

叶萧脑子里一个个念头不可抑制地冒了出来，然后又被他狠狠地压了下去，脸上很配合地浮出灿烂笑容，随手一指道："不是我们，是那个……是它。"

沈凡狐疑地顺着他手指看过去。

"窸窸窣窣"的响声从那个方向传来，别说是牛魔人，连叶萧都惊讶地看了过去。

天知道他随手一指，都还没想好怎么往下编呢，怎么就有响动了？

在三双六只眼睛盯视下，不远处草丛分开，一只肥大的兔子钻了出来，一蹦一蹦地就要逃窜。

"那个啥……"

叶萧讪笑，对着沈凡一脸狐疑"你在侮辱我智商"的神情，快速转移话题道："沈哥好久不见，最近在哪里发财啊？"

"小弟刚才还想着到哪里去找沈哥呢，太久没见还怪想的。"

他跟沈凡勾肩搭背地回到树下，嘴巴里说着没营养到连自个儿都不知道在说什么的话，用一只手在身后冲着牛魔人猛摇。

迪迪会意，一个箭步冲出去，再回来时手上已经拎着一只肥大的兔子，看那耷拉着脑袋的样子，像是被拳头给揍晕的。

沈凡已经被叶萧完全给绕晕了，早都忘记了刚刚在怒什么，哥儿俩好得肩并肩地坐在树下。

"那个……"

沈凡一指兔子，叶萧怕他再想起什么来，连忙打断，拍着胸脯道："难得遇到沈哥，小弟决定亲自动手，给沈哥整顿好吃的。

"烤兔子，就它了，这兔子肥美，指定好吃。"

"来，沈哥你先看着它，我们哥儿俩去准备下其他东西，等我们啊。"

叶萧抢过兔子往沈凡怀里一塞，拉着还没有弄清楚情况的牛魔人就往林子钻，留下晕头转向的沈凡在树下一个人抱着兔子呢喃：

"发生什么了？"

"哥，好巧哎，沈哥竟然就在树上睡觉，这下咱们的钱有着落了。"

迪迪开心地晃着洗得油亮亮晃眼睛的牛角，对着在草丛中忙碌的叶萧说道。

"呵呵。"

叶萧冷笑，直起腰道："我说迪迪，你还真信啊？这货嘴里的话能信一成就不错了。

"他当什么商人啊，明显是入错行了，没去当个骗子真是骗子界的一大损失。"

迪迪把他的话在脑子里绕了几个圈儿才算整明白了，惊讶道："哥你说他是在骗咱们，他在装傻，是在有意等着咱们？"

"嗯。"

叶萧这一会儿在草丛里忙碌，偶尔还伸手从树上摘下几个无名的大果子什么的，该准备的东西都准备完了，一边往回走，一边说道："要不然呢？

"他就是装傻充愣，倒打一耙，好让我没时间想清楚质问他海狗的事儿，哼哼，不知道前面还有什么大坑等着咱们往里面跳呢！"

牛魔人摇头表示不解，想想酱牛肉、猪蹄髈什么的，他还是觉得沈凡是个大好人。

叶萧恨铁不成钢，用拳头捶了迪迪一下，问道："还疼不疼？"

"嘶——"

迪迪龇着牙，"疼。"

"知道疼就好。"叶萧叮嘱道，"等会儿跟他说话时候，记得摆出一副很生气的样子，咱们才能好讨价还价。

"啊呸，海狗的情报太离谱了，早知道她那么强，我们多大脑袋啊往石头上撞？

"早晚要给奸商一个苦头吃吃。"

叶萧都说到这里了，迪迪深以为然，立刻扯着嘴巴绷着脸，摆出一副怒不可遏的样子，还别说，估摸着是种族天赋的缘故，还真挺像那么一回事。

"好，我们回去吧。"

叶萧表示满意，掂着手上拳头大小的果子，紧了紧怀里的各种野草，带头往回走，身后跟着昂首阔步、胸肌都要顶到下巴上的牛魔人。

"沈哥你久等了，你看我们找到了什么？"

叶萧一回到树下，立刻在脸上绽放出灿烂笑容，跟身后一脸凶相的迪迪形成了鲜明对比。

沈凡恢复了精明奸猾模样，一张平淡无奇扔进人堆里就找不着的脸上挂上了职业笑容，殷勤道："小兄弟你要不要买些调料？哥这儿可是什么都有啊。"

不等他继续广告，叶萧连忙表示不用，支使绷着一张脸的牛魔人去给兔子来个开膛破肚，他自个儿则开始解裤腰带。

"呃……"

沈凡咽了口唾沫，遮着眼睛不敢看，战战兢兢地道："那个，不买不要紧，没钱可以先赊账嘛，哥实在是不好那口，你把裤子穿上吧？"

"你说什么？"

叶萧拎着腰带一头雾水。

"呃？"沈凡小心翼翼地挡住眼睛的手裂开一条缝儿瞄了一眼，看到叶萧把腰带平铺到地上，露出内衬里一个个小口袋小格子，打开里面是各种调料，这才知道是误会了。

"咳咳咳……"

他清了清嗓子，一脸正经地面对叶萧不解的目光，道："没，没什么，小兄弟你年纪再大一点儿就知道了。"

"年纪再大一点儿……就知道了……"

叶萧脸色古怪，想起小时候第一次在青楼里面找到老道士，问他来这里干什么的时候，老道士依稀也是这么回答的，顿时觉得貌似被占了便宜，又弄不清楚到底发生了什么。

这时候牛魔人拎着洗剥干净的肥兔子回来了，叶萧只好暂时把疑惑放下，三个人一起在树下生起了篝火。

噼里啪啦……噼里啪啦……

篝火渐旺，火苗蹿起舔在兔肉上，烤出油汪汪和浓郁的肉香来，叶萧还不住地往篝火里面扔东西。

他左手一把草，右手一些籽，时不时扔几颗拳头大小的果子进去，一股奇异的香味引得沈凡和迪迪的鼻子一抽一抽的，差点儿没有栽进篝火里。

叶萧一脸专注，拿着平时不知道塞在哪里的小刷子，蘸上腰带调料包里的各种调料刷到兔肉上，味道更香了。

他一扭头，就看到迪迪馋得口水都在身上滴出水洼来了，连忙轻咳两声以示提醒。

想起叶萧的交代，迪迪连忙正襟危坐，强忍着不去看烤兔肉，绷出一脸凶相来恶狠狠地看向沈凡。

"我说沈哥，海狗的情报也太……"

叶萧一句囫囵话还没说完呢，沈凡忽然露出严肃之色，冲着牛魔人就是一拱手，连声道："失敬失敬，没想到迪迪兄弟你竟然是苍月圣血族人。"

"苍月圣血？"

虽然不明白什么意思，但似乎很厉害的样子。

叶萧竖起耳朵，把到口的质问生生地又咽了回去，好奇了起来。

迪迪再也绷不住凶相，咧开嘴巴笑："也没有什么啦。"

还没有什么？你嘴巴都要咧到耳朵那儿了……叶萧算是对他这没出息的劲儿服气了。

沈凡竖起大拇指，道："只有牛魔人中的王族，号称元初血脉的苍月圣血才能学习'霸海涛'，而且每个圣血都有天赋特长，并且在举行过成年礼后，还会觉醒出神降的能力来，真是让人羡慕的尊贵血统啊。"

迪迪这个样子竟然还是尊贵血统？

因为太熟，叶萧实在没法把牛魔人平时的模样跟"尊贵血统"四个字联系在一起。

可要是想想沈凡口中的苍月圣血代表的那些能力，别说还真是挺尊贵的啊，天生的占便宜有没有？

叶萧深刻怀疑这头憨货才是真正的主角，不过他倒没有怀疑沈凡的话。

小道士依稀记得，在迪迪施展出"霸海涛"时候，海狗飘飘立刻认出来脱口而出，震惊得不行，想来也不是寻常东西。

天赋特长更好说了，迪迪不是善骑嘛……

"等等，"叶萧忽然神色古怪，目光瞥到迪迪的牛角上，心想，"迪迪还没有成年，当然不会什么神降，只是牛角上这反应，我估摸着也差不离了。什么神降啊，叫狂化还差不多，一弄脏角就发狂。"

再怎么苍月圣血，还不是他兄弟，小道士稍稍满足了一下好奇心就打算回归正题，几次提起话头：

"海狗……"

"那个情报……"

"沈哥你坑我们呢？"

"……这个损失怎么算……"

任凭叶萧找什么样的空子，用多大的声音，截话头外加轻咳嗽，统统没用。沈凡和迪迪聊得那叫一个开心，愣是连个见缝插针的机会都不留，最后叶萧算是服了气，不得不在心中给沈凡竖起大拇指，他岔开话题不接茬儿的能力远在他小道士之上。

这么一会儿工夫，迪迪这憨货的底子就都被沈凡给掏空了，什么不想普通的成年礼啊，什么独木舟离开苍月岛中间遇到海啸，骑在一头鲨鱼的背上横渡大海来到白日门城，中间还遇到被流放的老海盗，等等。

其中不少经历，比如骑着鲨鱼渡海这样的丰功伟绩，连小道士都是第一次听说。

"咦？"

叶萧忽然回过味儿来，一蹦三尺高，质问道："你怎么知道迪迪会'霸海涛'？"

沈凡一愣，又要施展"顾左右而言他"的绝技，那边迪迪过足了嘴瘾，想起叶萧的吩咐，连忙绷出一脸凶相，配合小道士的质问。

就在叶萧认为奸商这回总该没跑了吧，不承想一山更比一山高，沈凡脸上浮现出茫然之色，喃喃自问：

"对哦，我是怎么知道的？"

第四○章　头顶的星空，心中的道德

"……"

叶萧嘴唇颤抖，迪迪一脸震惊像看到了大神一样，比起无耻度，别说牛魔人了，就是小道士也得对奸商甘拜下风。

折服了两个少年，沈凡高昂着头，恰有阳光透过树枝罅隙挥洒在他身上，整个人好像沐浴在金光之中，闪闪发亮。

突然——

"噼啪"一声响，头顶树枝不堪重负折断，有不明物体坠落下来，好死不死地砸在了沈凡头顶，直接给他砸了个大马趴，什么胜利姿态，什么通体发光，只剩下一个脑袋上肿起大包在呼疼的中年大叔。

"报应，老天也看不过去这货了。"

叶萧一挥拳头，大感过瘾。

沈凡哼哼唧唧地老半天才爬起来，鸟窝头乱发当中肿起一个包，看上去要多滑稽就有多滑稽。

这厮脸皮着实太厚，爬起来就跟没事人一样，将把他砸成这个样子的罪魁祸首捡起来，爱惜地抚摸着，得意洋洋地介绍道："小兄弟，来来来，看看哥的新作。"

他拍着怀里的东西解释道："刚在上面写生来着，一不留神儿睡着给忘在上面了，好在老天爷看不下去杰作蒙尘，怕哥忘了又给送了下来。"

叶萧肚子里腹诽"老天爷是看不下去你的无耻吧"，但还是好奇地凑了过去。

那东西，赫然是一捆厚厚实实的画布，绑在一起硬邦邦的跟闷棍一样，这都没能砸死沈凡也算他祸害遗千年了。

沈凡抓住画布一头，猛力一甩，伴着布帛猎猎作响，长达数丈的画卷展开在小道士和牛魔人面前。

画面分成一幅幅，隐隐有浮雕的感觉，着色鲜艳冲击力十足，勾勒线条夸张荒诞，仿佛从中要伸出一只只手，将观看者抓进去体验画中世界一般。

"这……"

"这是……"

叶萧动容，迪迪震惊，第一眼，他们两个就认出了画中蒙着面纱，孤零零地抱膝坐在地上埋头饮泣的少女。

"海狗——飘飘！"

画卷上的一幅幅画面，赫然是飘飘从天真少女到杀人无算女魔头的一生经历的浓缩，尤其是其荒诞夸张笔触，将她内心的变化勾勒得淋漓尽致。

沈凡的声音变得沙哑，随着画卷的展开娓娓道来：

"飘飘本是一个老海贼的女儿，在生下她后老海贼决定结束朝不保夕的生活，寻了一个小渔村隐居下来，教育她长大……"

"老海贼会教育什么？当然是最拿手的打架本领。

"飘飘十三岁时候身手就非常好了，但从来没有跟人打过架，没人知道好到了什么程度。她天天在沙滩上捡贝壳翻海龟，在海里追逐大鱼，快乐得像一只无忧无虑的海鸥。

"她十五岁时小渔村被路过的海贼血洗，老海贼和全村人都死了，飘飘发狂地来杀海贼，付出的代价就是被一拳头打歪了鼻子毁去容貌。

"她的嗅觉从此远超常人，心思更发生了天翻地覆的变化，原本天真少女跟小渔村一起死了，活下来的是一心只相信强大疯狂的海狗。

"飘飘后来为王倬收编，成为杀人无数、臭名昭著的海贼，最常干的事情就是循着味道，杀绝所有目标。

"在她手下，一个个渔村燃烧，一个个普通人哀嚎，不知不觉中，她成了原本自己最厌恶的那种人……

"她每战必争先，依仗着天赋只身去追踪，往往手下赶到的时候，杀戮就已经结束，只有一个落寞的背影在血火中远去。"

沈凡用说书一样的语气在说着飘飘生平，手指处仿佛有一片烧穿了天穹的大火，衬托出远去的女子背影愈加孤单柔弱。

"她是在寻死。

"死在某个强大得可以保护自己，反过来杀掉海贼的人手上——她曾经很想成为的那个人。"

沈凡的声音戛然而止，后续一幅幅画不需要解说，那是女子和小道士紧紧地挨在一起貌似缠绵，是骤然分开血溅五步，是迪迪的霸海涛，是小九的回旋镖，是犹自带着面纱永恒的解脱……

叶萧和迪迪一起沉默着，两个人脸上难得的正经与沉重，明明是生平大敌，害得多少次险象环生，此时此刻却有着不可遏制的怜悯涌上心头。

好半晌，叶萧喃喃自语，只有他一个人听得见的声音："飘飘，我们都需要力量，但并不是只有施暴才能慰藉自己，不是只有别人的恐惧才能证明力量的存在。

"你害怕了，你屈服了，你成为了自己最厌恶的那种人。

"老头子曾经说过，除了头顶的星空和心中的道德律令，世上再无可敬畏者，我会一天比一天强大，却绝不会屈服。

"我，比你强。"

叶萧长长地吐出一口气来，曾经久久在他心目中盘桓不去的、属于飘飘的身影，在这一刻彻底地散去……

沈凡似乎达到了某种炫耀的目的，哼着小曲儿将画布重新卷了起来。

叶萧看着他得意的模样怎么看怎么不顺眼，猛地想起了什么，一把抓住他的领子怒吼："死奸商，你还说没有偷窥？"

迪迪也反应过来了，画卷里面连他们跟飘飘激战的细节都有，没有偷窥就见了鬼了，也忙做出凶神恶煞的样子。

"那个……"

沈凡艰难地抬起一只手来，摊开有金光冒出，"……悬赏金……咳咳，轻点轻点，断气啦。"

叶萧看清楚了，沈凡手上分明是金条，不多不少，正好五根，就是飘飘的悬赏金额。

有金条谁还记得他是谁啊，小道士一把绰过金条，随手将奸商一扔，喜滋滋地抚摩着，要不是嫌弃沈凡拿手碰过脏，叶萧都有放嘴巴里咬一口试试真假的心。

这可是金条啊，头一回看到实物。

沈凡拍拍屁股爬了起来，抱怨道："你叫哥奸商可以，能不能不要加一个'死'字？"

"好的，死奸商。"

叶萧过着嘴瘾，来回数了几遍，确认数字没有错，才小心地将金条给揣了起来。

沈凡张了张口，没说出话来，估摸着是知晓自己形象不怎么样，扭也扭不回来，干脆就自暴自弃了，道："死奸商就死奸商吧，小兄弟，我这里有一个好生意……"

"嗯？"

叶萧扭头一看，沈凡手上有一张全新的悬赏令。

下一刻，小道士脸就白了……

第四一章　沈凡和狗都蒙了

"王倬？"

叶萧不想看来着，但只是一眼，上面东西就尽收眼底，印象深刻，想忘掉都难。

悬赏上有一个人剪影占去纸面大半，呈半侧面地站立着，举起右手铁钩在嘴边，似乎正在伸出舌头舔掉铁钩上的鲜血。

剪影后面一片影影绰绰，高举着双臂，仿佛是在为剪影的胜利而欢呼。

悬赏的最下方，用血红的大字写着：

"海贼首领：王倬。倬者，大也！"

每一个字都是墨汁淋漓，挂落血线条条，好像是饱蘸了人血写就。

"倬者，大也……"

"他大不大我不知道，麻烦一定是很大。"

叶萧想到怀里还舍不得扔的"倬"字钱袋，想到曲力，想到海狗飘飘，他的脸色就愈发地苍白，跟悬赏上血红的字迹恰成鲜明对比。

"真的是好生意哦。"

沈凡热情地推销，开口就要报价钱："足足有……"

"停！"

叶萧两只手一起推到沈凡的面前，近到手指头几乎都要插进他的鼻孔里，逼得斗笠怪大叔不得不把到口的话重新咽了回去。

小道士不等沈凡开口，就严词拒绝，回答就两个字：不干！

"为什么，王倬可是条大鱼……"

沈凡在继续努力。

"不干！"

叶萧坚定得像石头一样。

"他很值钱……"

"不干！"

"他其实很弱的……"

"不信，不干！"

这回叶萧好歹加了两个字，额外还附送了一个"信你就有鬼了"的表情。

曲力就不太好对付了，回旋镖纵横来去杀人如割草，小心谨慎得跟土拨鼠一样，不用点儿计策都看不到真容。

海狗飘飘更是厉害得不像人，要不是她性格乖戾有自毁倾向，稳扎稳打地追踪下来，估摸着这时候叶萧和迪迪不是被逮住就是亡命得跟狗一样了。

叶萧刚想到"狗"，耳中就听到"汪汪"的叫声，竟然真有一条野狗瘸着一条腿，小心翼翼地探出头来。它看到三个"庞然大物"在那里，野狗呜咽一声，夹着尾巴就要跑。

"抓住它。"

小道士被沈凡纠缠烦了，看到野狗眼前一亮，冲着迪迪喊道。

牛魔人是什么存在，无论是野猪王还是猪婆龙都得臣服在胯下的主，抓一条野狗还不是手到擒来的事？要不是野狗太过瘦小，他估摸着能骑回来。

迪迪手上提着野狗，回来放到叶萧面前，脸上全是茫然之色，不知道小道士要它干吗？这用来吃也没两口肉，只够塞个牙缝儿。

叶萧在野狗面前蹲下来，两根手指捏着它的下巴，很是那么回事地问道："汪，我问你，他说的话你信吗？"

两根手指一捏，可怜的野狗生生被整出一个无法形容的表情来。

表情一出来，小道士立马解读出来了"不信啊"，于是他扭头对沈凡道："你看，连狗都不信。"

"嘿。"

沈凡轻蔑一笑，伸手把野狗提到手上，有样学样地捏着它的下巴整出一个表情来，然后就开始自说自话："现在信不信？小兄弟你看，它信了。"

说话的时候，斗笠怪大叔的表情那叫一个丰富，感情那叫一个饱满，简而言之就是："你跟我玩儿这套还嫩呢。"

叶萧冷笑："狗信了。"

"呃……"

沈凡这才觉得好像哪里不对，也就是说他的话也就能骗骗狗吗？

叶萧走过去，点了点野狗的脑门，再问沈凡："沈哥，你说它现在是信，还是不信？"

沈凡进退两难了，信或是不信都他妈的不是好词儿，他觉得自个儿是给绕进去了，一咬牙决定耍无赖，两手一摊道："半信半疑。"

迪迪眼睛瞪得溜圆，觉得此人的无耻算是到一定境界了。

"呵呵。"

叶萧冷笑，吐出来的话跟刀子一样："哦，狗蒙了。"

沈凡的话说出来，狗都听蒙了，人还能入耳吗？

斗笠男站在树下，身边有风卷着落叶飘过，他自个儿也有种风中凌乱的感觉。

想了想，沈凡收拾情绪，准备再次开口……

"停！"

叶萧再次打住，抢先道："价钱就不用说了，免得我听了心动。"

"反正就是：不干！"

小道士做出"你再开口我就要堵耳朵"的动作，沈凡只好讪讪地放弃努力。

他一边要把悬赏重新卷起来，一边嘴巴里嘟囔着："就是要找个能破坏王倬为首的海贼们的行动之人，怎么就这么难呢？"

"等等。"

沈凡忽然手上一空，卷到一半的悬赏被叶萧劈手夺了过去。

他吃惊地抬起头，看到小道士招呼牛魔人过来把悬赏收好，一边动作着，一边还吐槽道："你早说啊，原来只是破坏他们的行动不是杀王倬，早说就没那么多事儿了，折腾。"

沈凡有种泪流满面的冲动，很想说你一口一个"不干"，手指头都戳到脸上来，我倒是想说，得有那个机会不是？

"他们是冲着海贼王的宝藏来的吧？"

叶萧装作没看到沈凡的郁闷，有点儿不放心地求证。

沈凡郁闷着呢，没好气地道："是，里面有他们要的东西。"

"那就好。"叶萧放心了，冲迪迪说道，"这回可以真的收起来了。"

"哦。"迪迪很听话地掖了掖衣襟，表示已经收得妥妥的了。

沈凡眼珠子都要瞪出来，敢情他要是回答"不是"，小道士还打算把悬赏重新塞回来不成？想了想，他觉得以小道士能跟他媲美的无耻程度，这事是干得出来的。

"这次悬赏的价钱是……"

他准备例行公事地报下价钱，不承想话说到一半，叶萧一声"停"再次将其打断。

这回不仅仅是狗蒙了，沈凡也蒙了，一人一狗表情相当神似。

你这是闹哪样啊？

叶萧很快接话道："别告诉我价钱，不然我怕受不了诱惑。"

嗯？不是接了吗……沈凡脑子狠狠地转了几个圈儿，想到了一个可能，嘴唇都开始哆嗦了，"你……你……你该不会是想：要是王倬他们太狠你随时准备撂挑子？"

叶萧理所当然地点了点头："不然呢？"

牛魔人迪迪双手抱胸，动作同步，明显是深以为然。

"你……"

沈凡觉得自己是完全低估了小道士的无耻程度，这哪里是能跟他并列啊，分明是青出于蓝了有没有？

"呼呼呼。"

他深吸了好几口气，勉强平复下来，好悬没有给气出毛病来，心灰意冷地道："你们随意，随意。"

"嘿嘿。"

叶萧还有点儿不好意思，缩回到火边上加把劲烤兔子。

他转动着穿过兔肉的扦子还没两下呢，耳边忽然听到迪迪"哇哇哇"的惊呼声，跟看到女牛魔人洗澡一样大惊小怪。

叶萧扭头一看，顿时眼前一黑，脑子里有一个念头闪过：

"卧槽，敢情在这里等着我呢……"

第四二章　乾坤一掷

"姜还是老的辣。"

叶萧只是看了一眼,立刻知道沈凡打的是什么主意。

两三步开外,迪迪爱不释手地挥舞着一把寒光闪闪的长刀,地上有更多闪闪发光的东西引得他眼睛也在放光。

沈凡盘坐在树墩上,那架势跟在林中小屋坐在高高柜台上没有差别,面前是他的披风展开铺到地上,天知道他原本将东西藏在哪里?总之现在披风上琳琅满目地铺了一地。

"这把虎鲨刀好吧?迪迪兄弟,你看这锯齿,跟鲨鱼牙齿一样,取的是其材质特殊,锋利跟坚硬全都不逊于凶猛的虎鲨之齿,所以取这个名字。"

沈凡热情地介绍着,引导着迪迪摸摸青色刀口的锋利,再摸摸刀背锯齿的狰狞,落在叶萧眼中,这简直是引人犯罪的行为。

"迪迪,别摸了,再摸剁手。"

小道士扔下烤兔子,一个箭步走上前一把扯住迪迪要摸向一件精致皮甲的手。

叶萧刚松了口气,再看迪迪把那把虎鲨刀抱得紧紧的,跟抱孩子一样,就知道完了,这把刀还非买不可了。

"算了,反正是……"

他把迪迪原本的钢刀拿在眼前瞥了一眼,见到上面豁口处处,的确是不怎么好用,买就买了吧。

叶萧郁闷地在心里想着:"奇了怪了,传说故事里的那些英雄就没有见他们坏过兵器的,随便拿一把都跟永不磨损似的用好久,怎么到我们手上一场激战就报废一把呢?"

他是不知道当初神龙帝国先遣军刚来到玛法大陆激战连连的时候,有大将一场战斗报废数十口兵器的事,不然就不会觉得奇怪了。

传说故事也能当真,只能说叶萧还是太年轻了。

沈凡看到小道士护食一样扑上来,只好遗憾地放弃了,其实再给他几句话的工夫，他就能把迪迪给忽悠瘸了。

"啧啧啧，可惜小道士太机灵，不好对付。"

叶萧看着沈凡也是心生忌惮无比："这老狐狸，狡猾狡猾的，不是善茬儿。"

二人目光碰撞，几乎擦出火花来，颇有几分棋逢对手、将遇良才的感觉。站在他们中间的迪迪却浑然不觉，满足地抱着虎鲨刀，看他爱不释手的样子，要不是还有外人在，他能舔上去。

叶萧挽起袖子，气势逼人地问道："这把三手没有质量保证的破刀多少钱？"

"是顶级材料名家手笔仅此一把精品虎鲨刀。"沈凡针锋相对，斗鸡模样。

突然——

沈凡将抬起的屁股又坐了下去，意态悠然，声音舒缓，神情安宁，温和地道："小兄弟莫急，不如等全部看完，再一起结算，岂不方便？"

什么叫一起结算，这是吃定一定会再买吗？

叶萧先是冷笑，再是心中咯噔一下，暗叫不好，"死奸商说话都开始文绉绉的，不对劲儿，这是有恃无恐啊，到底是什么在等着我呢？"

谨慎起见，他没有把话说死，免得打脸太快承受不住。

果不其然，看到叶萧没有接茬，沈凡脸上露出失望之色，摇了摇头好像没打成脸很是遗憾的样子，缓缓地从披风摊位上挑出一件东西托在掌心。

"小兄弟，这件宝物你一定会感兴趣的。"

叶萧死死地盯过去，严阵以待地以为会看到什么炫目华丽的装备，不承想竟然是一个破破烂烂的羊皮卷轴。

羊皮卷轴只有手掌长短，两根手指粗细，破旧昏黄，像是在烟火里熏了很久，充满了历史的尘埃感觉。

"看起来不便宜……"

叶萧第一反应竟然不是好奇这是什么东西，而是一看就好贵。

他心里跟明镜似的。

这种卖相的东西，要么便宜到只能买回去垫桌角，要么贵到得卖血，没有中间路线可言。从沈凡脸上"我吃定你了"的表情来看，怎么都像是后者。

"是什么东西他吃定我会买呢？"

叶萧给自己做了一百八十遍的心理建设，心里想着："总不能是失传不知道多少年，我们道士界的神技召唤神兽吧？其他的，我扛得住。"

小道士的心猿爬了一林子树，意马跑了无数圈，终于沉着声音问道："沈哥，这是什么东西？"

沈凡眉头一挑，用当铺掌柜的卖死当，吹得牛都能飞上天的语气道："道士施符的手法千变万化，各有传承，其中又以六种最为出名，号为秘传，就是传说中的

——六合符箓！"

"……六合符箓，你怎么不说是九天符法，反正都是吹——牛！"

叶萧在心里面吐槽，他有八九成的把握确定沈凡就是在现编，什么六合符箓，他怎么从没有听说过？

老道士虽然不靠谱，实力也从来没有展现过，不过见识可是顶呱呱的，听他吹牛吹了十几年的小道士既然没有听说过，那个所谓的六合符箓估摸着也靠谱不到哪里去。

他想归想，沈凡接下来的话他还是听着的，可越是往下听，小道士的嘴巴张得越大，暗叫糟糕了。

沈凡是这么说的——

在神龙帝国派遣过来的远征军中有一个将领，以穷闻名，大号叫作令东来，口头禅就是"东来是个穷东来"，动不动就说：哥儿几个有口热乎的没有，三天没吃了。

堂堂一个将军穷成那个鸟样自然是有原因的。

这个令东来有一个独门绝技，叫作"乾坤一掷"。

这是一门暗器手法，比较坑爹的是用来当暗器的不是其他东西，而是铜钱，一撒还就是一把。

每次出手，穷东来只要一使"乾坤一掷"就能放倒敌人，同时也能放空自家钱袋子。战后不管怎么找，他永远也别想找回哪怕十分之一的铜钱来。

谁傻啊，地上有钱还不捡？

听到这里，小道士已经在心里"糟糕糟糕"地叫唤了一百遍又一百遍。

这个故事他听过，下文不用沈凡说，老道士喝醉时候翻来覆去地讲过好几遍。

神龙将军令东来横行一时，也穷困潦倒得够呛，一直到后来，他痛定思痛，弃武从道，成为一个道士，事情才有了转机。

"乾坤一掷"的暗器手法够坑爹，却也够给力，令东来不舍得放弃，多番研究，竟然让他另辟蹊径，将其变化为一门秘传的施符手法。

每当令东来用出"乾坤一掷"符法时，呼啦一圈子的符箓跟不要钱似的砸过去，愣是能量变引起质变，将对方淹没在低级符箓的海洋里面，憋屈得不要

不要的。

叶萧还记得老道士惋惜过不止一次："可惜令东来晚年不知道跑哪疙瘩猫着去了，再没有露过面，也没收过什么徒弟，一门绝技，就此失传。"

当然，以老道士的尿性，惋惜的自不是绝技失传什么的，而是这个"乾坤一掷"符法是最适合叶萧使用的。

老道士是这么说的："娃儿你又不爱当道士，还好吃懒做能躺着不坐着，最大的优点就是人够灵醒，聪明的八岁过后爷爷就玩不过你了。

"一个破馒头你能弄出八十种吃法来，'乾坤一掷'要是落在你手里，估计你也能玩儿出个花来，真真可惜了。"

叶萧当初还不以为然，经过跟海狗飘飘一战后，他深刻地意识到了手段不足到底有多么的悲催，几次差点儿就嗝屁了。

在这当口，"乾坤一掷"符法摆到了面前来，小道士越想越是狐疑，斗笠男怪大叔你是故意的吧？

沈凡说完故事后，将羊皮卷在手上一抛一抛的，引得叶萧脑袋一上一下，恨不得眼睛里伸出爪子来抢，他自个儿则笑得跟偷了鸡窝的黄鼠狼没有两样，声调拉得长长的，道：

"想要吗？"

第四三章　两个消息

叶萧磨着牙，看沈凡得意的样子就觉得拳头痒痒，恨不得一拳头抡到他脸上，然后抢了羊皮卷就跑。

他深吸一口气，强行将目光移开，冷笑道："你以为吃定我了是吗？"

"想要吗？"

"我是个有原则的人……"

"你就说想不想要吧？"

"……要！"

小道士的原则就是没有原则，一个"要"字从牙齿缝里面迸出来，伸手将沈凡掌心跟过山车似的上上下下抛着的羊皮卷抢到了手里。

他连打开看一看的心思都顾不上，心里的罅隙都被滴出来的血给占满了，真是心都在滴血啊。

"以死奸商的无耻程度，狠狠挨一下宰是免不了的了。

"'乾坤一掷'在我这边用处很大，要是落到普通道士手上却未必有用，对他们来说更高深的符箓才是最终追求。

"这到底要多少钱呢？"

叶萧才不会承认他已经做好了要是买不起，就要无赖满地打滚也绝不会将羊皮卷还回去的决心。

"还真就不要脸了！

"哼，大不了跑了让他追。"

抱着这般想法，小道士死死地盯着沈凡，脸上挤出笑容来，道："沈哥，你是我亲哥，你看咱都这么熟了，我们谁跟谁啊……"

"说重点。"沈凡稳坐钓鱼台，态度那叫一个高冷。

"东西多少钱？"

叶萧无奈，只好一闭眼，把自个儿搁砧板上了。

"叶哥，别冲动，好贵的样子。"牛魔人看了半天戏，这时候抱着虎鲨刀冒头说话。

小道士翻着白眼,心想:有能耐你倒是把虎鲨刀放下再说这话啊。

懒得跟这憨货计较,他四处偷看退路,想着要是势头不对该往哪边跑?

沈凡吊够了胃口,报了之前被耍的仇,终于松口报出了价钱来:"加上虎鲨刀,一共五根金条十三枚金币十一铜钱。"

"多少?"

叶萧眨了眨眼睛,又问了一遍,这数字听着有些耳熟。

沈凡淡定地重复一遍:"五根金条十三枚金币十一铜钱。"

真是难为这么长一串,他竟然能用同样语调一个字不差地再念出来。

小道士心算了一下,有些郁闷地想道:"怪不得我觉得这个数字怎么那么耳熟呢,敢情只差十一个铜板。"

飘飘的钱袋子里十三枚金币,她的悬赏五根金条,这就是叶萧的全部家当了。

之前从曲力身上收获的那点银币早就贡献给死奸商了,换成的酱牛肉之类的东西也早进了迪迪的肚子里去了。

"这……"

小道士有些犹豫,差得多就算了,没二话一拳打晕了死奸商,抢了东西就跑路,只差这么一点儿,不值当啊。

叶萧自己都没有发现这个数字让他完全忘记了衡量这东西有多贵,心里有多滴血,纠结在值当不值当跑路上。

"这个……"

小道士迟疑了一下,还是开口道:"……沈哥,打个商量,就差十一个铜板……"

他一边说话,一边将还没有焐热的金条,和前面存下来准备到封魔谷关隘那儿吃一顿好的私铸金币,一股脑儿地贡献了出去。

没等他把赊账啊,打折啊等想法说出来,沈凡抄手接过钱,打断道:"小本经营,概不赊账。"

"我觉得还是可以商量一下的嘛。"

叶萧赶忙又撒了一层用不知名草籽调出来的香料在烤好的兔肉上,屁颠屁颠地整个给沈凡递了过去。

为了区区十一个铜板,小道士也是蛮拼的,心里一把辛酸泪:人穷志短马瘦毛长,这日子是没法过了。

沈凡大爷似的盘着腿,心安理得地接过兔肉扯下肥美的后腿,啧啧有声地三两口啃完，随后把烤肉往眼巴巴看过来的迪迪怀里一塞，义正词严地说道："商量是没得商量的，不过……"

听到前半句，小道士已经有恶向胆边生的趋势了，等后半句入了耳，他便觉出味儿来了。

沈凡是这么说的："……再找找，会有的。"

"咦？"

叶萧觉得死奸商话说得意味深长，怎么好像是若有所指呢？

想半天，小道士猛然转身，望向迪迪，一言不发，目光中充满了审视，来来去去不离这货习惯藏钱的地方。

"……"

迪迪被他看得浑身发毛，结结巴巴地道："哥……哥，你是我亲哥，咱有事说……说事，别这样看了成不成？"

"成。"

叶萧很干脆，竖起两根手指，"两个选择：一、你放下虎鲨刀。"

迪迪摇头如拨浪鼓，将虎鲨刀抱得更紧了，颇有刀在人在，刀没人亡的架势。

"二、掏钱。"

在叶萧灼灼目光的注视下，迪迪哭丧着脸，从腰带，从鞋底，从裤裆……总之各种可能和不可能的地方往外摸铜板。

兴许是藏得太隐秘，这憨货自个儿都不知道有多少，翻来覆去地找一圈子，就差脱光了以示清白了。

"呃……"

叶萧看着掏出来放在地上的铜板——他没敢拿手碰，怪恶心的，隐隐觉得好像有什么地方不对。

"一、二、三……"

"……正好十一枚。"

这憨货私藏得不是很多嘛，可怜见的，这就全掏出来……只是缺口是补上了，小道士总觉得不太对头，茫然地抬头，满脑子里全是问号。

不多不少，叶萧加上迪迪打扫战场时候隐匿下来的钱，正好够买"乾坤一掷"加上虎鲨刀，有这么巧吗？

没等他琢磨明白，沈凡"哗啦"一下收拾好东西，将披风往身上一披，再一个饿虎扑食地扑向地上将十一枚铜板一扫而空。

他动作那叫一个麻利，散落一地的铜板一个都不带落的，也不嫌脏，尽数揣到怀里，掉头就走。

叶萧和迪迪两个人全看傻了，这是卖东西吗？抢劫都不带这么利索的吧？

没等他们两个人回过味儿，沈凡头戴斗笠、身披披风的背影在林中几个闪跃，便消失得无影无踪。

"不对！"

叶萧一拍大腿，大叫出声，其声切齿，让人怀疑沈凡跑得慢一点儿就会弄出人命来。

远远地，沈凡的声音随风飘了过来：

"合作愉快。

"免费送你们两个消息，第一个，想要山海主的宝藏，往遗人村去看看。"

叶萧原本迟疑着是追呢，还是不追呢，听到"山海主的宝藏"，下意识地就停住了脚步。

"遗人村吗？"

他在心里将这个古里古怪的村名记了下来。

虽然现在沈凡要是出现在他面前，不是被打一顿就是被啃一口，但沈凡给出的线索他还是相信的，这一点从海狗飘飘的经历他都能如数家珍，不难看出奸商归奸商，还是有底子的。

沈凡身影渐远，传到叶萧耳中的声音也显得飘忽了起来：

"最近有一些……'好朋友'也来了封魔谷，自求多福……"

尾音缭绕，人影渺然，只有牛魔人在伤心他的小金库，叶萧在咬牙切齿。

"死奸商，你一定是算好的吧？

"哪里有那么巧的事情，要的价钱正好是我们的全部家当，我去，连一个铜板都不带留的。

"别让我再遇到你。"

叶萧生着闷气，还是将沈凡的话听了进去，迁怒地想着：

"'好朋友'？哼，要是遇到我，算你们倒霉。"

第四四章　抬头望城，低头拔草

一处篝火旁，两个茫然人。

叶萧把玩着"乾坤一掷"的羊皮卷，迪迪抱着虎鲨刀，全都有一种怪怪的、说不出的感觉。

明明都达到目的了，可那过程怎么回想都觉得不对味儿。

牛魔人到了这会儿，算是反应过来了，咋咋呼呼地道："哥，好像不对劲啊，沈凡是算着我们身上钱开的价，他怎么知道我们有多少钱？"

天地良心，别说叶萧不知道他们两个加起来有多少钱，就是迪迪自己都算不清楚到底小金库有多少钱，沈凡开价竟然能开得一分不差？

叶萧到现在说话还有一股从牙齿缝里往外迸的感觉，这是跟沈凡较量落下的毛病，他说道："这人神神秘秘的，我不关心他是怎么知道我们有多少钱的，我就知道他是有意的。"

"有意的？"牛魔人表示没有听懂。

"有意让我们一个铜板没有，这样才有动力去完成悬赏嘛。"

叶萧握着拳头，把指节捏得咔嚓咔嚓地响，恨恨出声："这货真是奸死了，我打赌他到现在还是处男，一辈子光棍。"

"嘶。"

迪迪倒抽一口凉气，脸上全是"你好毒"的神情，不自觉地挪了挪屁股，离暴怒中的小道士远点儿。

等叶萧气呼呼地诅咒完，貌似正常了，他才把虎鲨刀放一边，拿着烤兔肉又靠了过来，觍着脸道："哥，肉有点凉，咱再烤烤……"

迪迪有些迟疑，又补充了一句："……还是就这么对付着吃？"

叶萧一阵无语，对吃货来说果然只有吃东西诱惑才最大，这时的迪迪才知道放下虎鲨刀了？

等他目光落到烤兔肉上，一直生闷气抿着的嘴角弯起，坏笑道："任你如奸似鬼，还不是要喝小爷的洗脚水？"

"什么鬼，什么洗脚水？"

迪迪一边问着，一边撕扯下仅剩的兔肉后腿，管什么凉不凉先垫巴垫巴吧。

他刚把兔肉凑到嘴边，张开一口白牙要啃下去，"啪"地一下，旁边伸过来一只手拍在他手背上，猝不及防下兔肉直接飞了出去，迪迪上下两排牙齿咬了个结实，震得牙床都酸了。

"哥……"

迪迪哭丧着脸，看着落在地上滚满尘土的兔肉，很有捡起来的心思。

叶萧缩回手，道："你要是想跟死奸商一样，猫到不知道什么角落拉个一天一夜的，你就吃。"

"……"

关乎到吃的，迪迪向来是很灵醒的，立刻听出味儿来，问道："哥，你是说这肉……有问题？"

想到沈凡现在的惨状，叶萧顿时觉得胸中憋闷气下去了一半，跟占了多大便宜一样开心起来，得意地道："我不是采香料嘛，正好看到一种草，长得跟千里香很像，名字也差不多，叫作千日泻。

"我就采了点儿，想着死奸商上次给情报说一半藏一半的，害咱们吃了好大亏，不能便宜了他。再说要是不给咱钱，先下点儿药收利息，打起来也不怕他跑了。

"所以我就……"

叶萧说完在那儿得意地笑，迪迪脑子里则浮现出叶萧跟沈凡讲价钱时，往兔肉上殷勤地撒上香料的画面，顿时心头一阵恶寒，手一哆嗦，把剩下的兔肉全给扔了出去。

早先被逮来给叶萧和沈凡两个人抖机灵的野狗似乎觉得现在没什么危险了，"嗖"的一声就蹿了出来，在兔肉上一阵嗅，接着打了个喷嚏扭头就走，一副很不屑的样子。

"哈哈哈……"

叶萧捧腹大笑，气都要喘不上来了，"狗都不吃，沈凡……哈哈哈……乐死我了。"

迪迪看了一眼野狗，目光绿油油的，吓得野狗夹起尾巴来跑得比什么都快，噌噌噌地就没影儿了。

"狗肉就算了，这你也惦记，没二两肉的。"

叶萧扫开渐熄的篝火，拿树枝从里面拨拉出好几个黑乎乎的东西，正是他早先摘回来的奇怪果子，早早就扔到了篝火里面烧。

"来，吃这个。"

小道士递过去一个给迪迪，牛魔人开始还很嫌弃的样子，鼻翼忽然抽动了几下，闻到了一股扑鼻异香，再仔细一看，只见烧得黑漆漆的果子裂开几道缝隙，露出里面一片棉花状的雪白，也是香气的源头。

"这叫奇香果，烤熟了入口绵软，奇香扑鼻有肉味，听说在比奇城里卖得可贵了……"

叶萧还没介绍完呢，迪迪便狼吞虎咽一阵啃，转眼手上就空了。

"好吃吗？"

"……不知道。"

"什么情况？"

"太滑口，囫囵就滑下去了，没品出滋味来。"

"……"

一夜无话，月色下有篝火重燃，万籁俱寂里有牛魔人如雷的鼾声起起伏伏，好像潮汐般来回地打破沉静。

叶萧借着火光打开羊皮卷，手指在上面一行行地移动，一字一句地看着，那些字字句句同如水的月色一样，从眼睛里流淌到心里。

时不时地，他就停下来，托着下巴沉思片刻再翻看。

偶尔小道士还会翻出神龙道书，取出几张符纸在手上把玩。

奇怪的是，叶萧不再是如往日里一样将符纸夹在指尖，而是用指肚在符纸上一寸寸地摩挲，好像在抚摸着少女细嫩的皮肤一般。

渐渐地，随着停下来越来越多的思考，小道士再看羊皮卷的时候，空着的另一只手也不闲着，用指肚带动符纸飞速地旋转着。

开始转没几圈儿就飘落下来，到后来符纸在他的手指上就好像粘住了一样，从这头抹到那头，带出一道道昏黄中泛出红光的残影来。

叶萧越看眼睛越亮，渐渐听不到迪迪震耳欲聋的鼾声，感受不到月落日出，夜在不知不觉中过去，彻底沉入了物我两忘之中……

一天之后，叶萧和迪迪两个人拖着疲惫的腿，终于远远地看到了封魔谷另外一头的关隘。

越过此关隘便是潦水沼泽，潦水沼泽中的特产全要在此处中转，故而这个关隘的繁华程度远远超过前头他们去过的关城，人称"下关城"。

"太好了，哥，咱还能赶得上到城里吃午饭。"

迪迪一边说着，一边拿手背擦着口水，垂涎欲滴的模样。

"望山跑死马没听过吗?"叶萧懒洋洋地回答，"啪"的一声合上神龙道书，眼中放出贼亮贼亮的光来。

他东张西望地四下寻觅着，时不时快走两步到草木茂密地方，拔几根草放在手心察看。

迪迪"哦"了一声表示失望，旋即又好奇地凑过来，问道："哥，你在干吗?草俺可不吃。"

"啊呸，你才吃草呢，就知道吃。"

叶萧招呼他走到跟前，口中解释道："我看这里的草长得旺盛，生机勃勃的，迪迪你快帮我一起摘一些，等下用来画新符。"

"新符?"

迪迪丈二和尚摸不着头脑，可还是在小道士威逼的目光下乖乖地拔草去了。

第四五章　新符箓，食人花

"唔！"

"哥，这就是你的新符？"

迪迪大手把嘴巴和鼻子一起捂得严严实实，闷声闷气地说道。

"没错。"

叶萧得意洋洋地说道："要不怎么说有心栽花花不开，无心插柳柳成荫呢，'乾坤一掷'我还差点儿火候，倒是无名道书里悟出了一种新符。"

无名道书里面记载的符箓千奇百怪，具体的只要看看小人符之奇葩就能想见一二了。

叶萧口中的那道新符原本一直没法理解，不承想在研究"乾坤一掷"累了，翻翻无名道书换个脑子时，竟然豁然开朗起来。

这会儿，在他面前有一块磨盘大的石头，表面正中有凹陷，好像是天然的捣药臼一样，小道士寻摸半天才找到它。

捣药臼中间的凹陷处，大片绿绿的东西呈糊状，叶萧还有一下没一下地拿着石头捣着。

片刻前，这些绿乎乎还是长得好好的青草，捣成这般模样自然有股很呛鼻子的刺激味道，迪迪在旁边捂住口鼻还不够，趁叶萧没注意，不住地往旁边哧溜过去。

"好了。"

小道士满意地收手，随手将捣药的石头一扔，扭头一看发现迪迪都哧溜出了好几丈远，不由问道："喂，有那么难闻吗？"

"嗯嗯嗯。"

迪迪点头如捣蒜，又往外退出一丈远，才松开口鼻大口呼吸，跟在被子里闷了一晚上一样。

他拿着蒲扇大的手在鼻子面前扇着，说道："哥，你是不知道，俺最怕这青草味儿了。小时候俺一生病，俺娘就拿草药捣成这个样子，捏着俺的鼻子就灌，不吃都不行，吊起来打。

"后来俺娘不在了，再没人逼俺吃草药，可就落下一毛病，闻到这味道就受不了。"

牛魔人越到后面说得越慢，眼眶有些红，闷闷地蹲在一边，青草味道飘过去他都没有察觉，怔怔地想着心事。

"这是想他娘了吗？"

叶萧看着神经大条的迪迪露出多愁善感模样，不由得有些羡慕，心想："我就没见过我娘，不知道她长什么样子？一定跟小结巴她娘一样好看吧？"

两个人，各自想着心事，一时沉默了下来。

片刻之后，"哇"的一声，一个没心没肺，一个神经大条，什么伤春悲秋早就抛到脑后去了，一个心疼草药快干了，一个捂着鼻子跑得比兔子都快。

叶萧飞快地铺开符纸在捣药臼所在的青石上，执笔蘸草汁为墨，笔走龙蛇，少顷，一张崭新的符箓就画完，摊在石头上晾干。

符箓上符文青翠欲滴，仿佛是一丛丛歪歪扭扭长着的竹子，随时可能随着一阵春雨节节升高，长出符纸外来。

符箓上笼罩着淡淡的青色光，给人的感觉就好像是二月春风吹拂过去后，新生出来嫩嫩绿叶的光泽，清新扑鼻。

一张，两张，三张……

趁着草汁还有剩余，小道士干脆一气呵成，足足画了十张才意犹未尽地停手。

每一张青符都摊开晾晒在青石上，青光融合成一片，远远望去就好像是水落石出，青石上长出了嫩绿青苔一般。

"咦？"

叶萧站起身来，心满意足地环抱双手欣赏，忽然闻到一股味道，好像是肉放久了的腐臭味道。

"唔唔唔……"

小道士以手捂口鼻连退数步，"嘭"地一下撞在了什么东西上，又踉跄地反弹回去，好悬没直接趴在刚画好的青符上。

这触感……这弹性……没跑了。

叶萧转身，怒吼："迪迪你在搞什么？"

他身后刚充当了肉墙的不是迪迪这憨货又能是谁？

"呃？"

等叶萧看清楚了迪迪模样，不由得眨了眨眼睛，目光下移，落到牛魔人的胳膊上。

迪迪两条胳膊全没闲着。

一条胳膊拽着一根粗壮的花茎，下面还带着粗壮根系，看着就是被他连根拔起的；一条胳膊弯曲着，小臂以下部分全塞进一朵大花里面。

诡异的是花虽大却不是绽放的，是以花骨朵儿模样包裹着迪迪的胳膊。

要不是有根系有花茎的，看那花朵架势，怎么看都像是缩小版的猪婆龙叼住了猎物。

叶萧抽了抽鼻子，确认刚刚闻到的腐臭味道就是从迪迪身上，确切地说，是从这大花朵上面传出来的。

"哥，快看俺找到了什么？"

迪迪得意洋洋地扬了扬被大花朵含住的胳膊，带出的腐臭味道让叶萧连退三步。

"这时候他就不嫌味道重了？"小道士被熏得晕头转向，只好承认报应这回事有时候还是存在的嘛。

迪迪正在兴头上，跟着上前几步，乐道："这花好奇怪，把手伸进去它就会合上，好好玩儿，里面暖乎乎的，连牙都没有还想咬人。"

叶萧上下打量了一下那花，脸色忽然古怪了起来，语气更怪地问道："迪迪，你就让它咬着？"

迪迪本来跟找到玩具似的轻松的表情顿时一变，他跟叶萧相处久了，能立刻听出话里面味道不对来。

"哥，这是什么花？"

牛魔人有些忐忑地问道。

"呵呵。"叶萧笑着吐出三个字来，"食、人、花！"

"妈呀！"

迪迪一蹦三尺高，甩胳膊都甩出了残影来，叫声那叫一个惨烈。

什么没有牙，什么暖乎乎的，搭配上"食人花"三个字，越想越恐怖有没有？

一个时辰后，叶萧在前面哼着"有一个小道士"，脚步轻快；迪迪跟在后面垂头丧气，一脚深一脚浅的。

"快到下关城那边关隘了，迪迪你打起点儿精神，有吃的哦。"

叶萧笑着打趣，迪迪有气没力地应着，望向小道士背影的目光中满是哀怨。

他是被吓的。

迪迪在肚子里嘀咕一路了:"叶哥真坏,吓死我了,原来俺是活的,块头又大,食人花根本吞不了俺,不早说就知道看俺笑话。

"竟然还拿食人花果实和叶子去画了符……"

他还想接着在心里控诉来着,说出口是万万不敢的,但腹诽一下还是可以的嘛。

叶萧心情可好了,懒得去理会这憨货是腹诽还是控诉,哼着歌手有些痒痒,心想:"新的青符,还有拿食人花叶子和种子做原料炼制出来的新毒符,效果不知道怎么样,真想试试呀。"

别说是少年人,就是一个经历过各种事情的成年人,有了好东西也会想要显摆,有了成就就想要炫耀,有了能力就想要尝试……人之常情嘛。

本来过一阵子就好了,不承想小道士一个念头刚刚闪过,耳边就忽然听到奇特的响动,踮起脚循声望去,远远地看到一追一逃的两个人,齐齐闯入了视线。

叶萧眨了眨眼睛,喃喃自语:

"不会这么邪吧?"

第四六章　救美女

"哥，怎么了？"

迪迪看到前面叶萧的脚步忽然停了下来，哼着的歌也戛然而止，一边问着，一边抬头看。

叶萧要踮起脚才能看到的一追一逃的两个人，迪迪一打眼儿就看到了。

弄明白什么情况后，他问道："哥，咱们怎么办？"

叶萧还处在"不能不信邪"的状态下，摇了摇头道："先等等看。"

两个人就这么站着，没有闪开，也没有躲避，好像在等着对方过来一样。

一追一逃动作并不慢，本来距离也不远，很快就在他们两个人眼中清楚地看得到了。

逃的一方是一个女孩子，身材小巧玲珑，五官精致秀气，耳朵毛茸茸红色，就是在亡命奔逃，时不时扭头张望，还是给人一种精灵般的惊艳感觉；

追的一方膘肥体壮，皮肤黝黑粗糙，整体高度和宽度是一模一样的，肉山一样顶着个猪脑袋，嗷嗷叫地流着口水。

"灵狐族。"

叶萧脱口而出。

"鬼豚族。"

迪迪紧跟其后。

这一追一逃双方，赫然是分属两个不同种族。

叶萧的注意力全在前面的灵狐族少女身上，说起灵狐族这个种族来，跟迪迪还有一点儿关系。

迪迪是牛魔族，世居白日门城外海不远处的苍月岛，与苍月岛隔水相望还有一个岛屿，名为狐月岛。

在狐月岛上生活的就是灵狐族。

灵狐族女尊男卑，男性基本都在岛上抚养后代，女性则行走玛法大陆，以其灵巧、美丽，占有一席之地。

小道士还记得自家老爷子经常光顾的老车道上那家风月场所，老板就是灵狐族来着。

往更早前说，先是攻沙中叱咤风云，再来入魔横行天下无人能敌，最后自命山海主的"魔道"麾下海贼，除了牛魔族外，就是灵狐族人最多。

叶萧脑子里回想起老道士一次喝醉时说过的话："狄猫小脚灵狐尾，獬羊玩年的腿，什么？娃儿你听不懂？没关系，长大你就懂了。"

小道士很想懂来着，只是这么羞羞的事，估摸着短时间内他是懂不了的。

他偷瞄过来，只是就算是在逃命中，灵狐族少女的尾巴也藏得好好的，没有半点儿痕迹，他很是纳闷到底藏到哪里去了？

无论是迪迪所属的牛魔族，还是逃命少女所属的灵狐族，在小道士所在的白日门城都不算罕见，反倒是追击的鬼豚族——俗称猪头人的却是少见得多。

据说在神龙帝国远征军到达玛法大陆，并被困在这里回不了家，建立了比奇王国的两千年前，鬼豚族还是大陆上的强势种族。

他们后来战败，混得越来越惨。

现在这个追杀的猪头人就很凄凉狼狈，一身痴肥的肉基本露在外面，就下身缠绕着粗布条，让人怀疑他脚步再大上那么一点点儿，胯下那活儿会不会就给晃荡出来。

只要想一想，小道士就会觉得恶心得够呛。

他们两个打量对方的同时，灵狐族少女和猪头人也全都看到了他们。

灵狐族少女先是面露惊喜，继而拿小手捂在嘴巴上，似有犹疑；猪头人高举着粗大棒子，作出威吓状，猪头上獠牙外张涎水直流地吼叫着。

"哥……"

迪迪又问了一声。

双方距离已经有些近了，想要插手的话，这个时候再好不过。

叶萧摸着下巴，道："再等等。"

牛魔人"哦"了一声，有虎鲨刀在手，倒不怎么着急。

那个鬼豚族看打扮就知道混得不怎么好，肯定在猪头人当中也是下等货色，不被人太在意。

至于狐月岛上的灵狐族，这个远亲不如近邻纯属扯淡，地盘虽然临得那么近，但事实上苍月岛和狐月岛的关系一直相当紧张，迪迪更不会因老乡见老乡两眼泪汪汪地非要上杆子救人不可。

在他们俩说话的这点儿工夫，灵狐族少女似乎有了决断，她把捂在嘴巴上的手移开，开口大叫，声如黄莺出谷，好听得很。

声音入耳，不管是叶萧还是迪迪，全都露出惊愕之色。

依他们想法，这少女在城外被猪头人追着跑，好不容易看到人了还不喊救命？

她还真没有。

灵狐族少女喊出来的是："快跑！"

话音落下，她一咬牙一扭头，竟然没有冲着叶萧他们所在的方向奔过来，而是向着旁边一奔，直冲往斜方向的林子里去。

"这……"

叶萧放下摸着下巴的手，放到了神龙道书上。

迪迪握着虎鲨刀的手一紧，咂着嘴巴道："小狐狸人还不错嘛。"

他憨归憨，还不傻，不至于看不出来灵狐族少女这么做分明是不想连累他们，还很好心地提醒他们快跑。

"哥，怎么办？"

迪迪望向叶萧，等着他发话。

叶萧嘿嘿一笑，问道："哪个漂亮？"

这还用问？猪头人跟"漂亮"两个字扯得上吗？

"你男的女的？"

"男的！"

迪迪立马儿申明，这事不能含糊。

"那还问什么，我们当然帮'美''女'了。"

叶萧话音刚落，左右手就各夹一张符箓，闪射而出。

"生生不息。"

"腐骨噬魂。"

小道士用吟唱的语气念出声来，一道青光，一道红光，分别疾射而出，在半空中燃烧开来，一张化作青翠欲滴的光芒落在猪头人附近的灌木丛中，一张化作暗红色雾气扑在猪头人身上。

青的是青符，取的是化生之力，以草木之生机，催发同属的生生不息。

——符的力量，不仅仅是毁灭，属死，亦是催发，属生。

正是领悟出这一点儿，叶萧才顺利地学会了无名道书中的青符——生生不息。

暗红色雾气中带着腐臭味道，正是以食人花的叶子加上种子做出来的新毒符，这回不用见血，取的是腐蚀之毒。

叶萧两张符几乎没有先后之分地射出，同时身后迪迪高举起虎鲨刀，嗷嗷叫地冲了出去。

"哧哧哧……"

猪头人还来不及吼叫威吓，周遭灌木在青翠欲滴光芒融入后忽然疯长开来，带刺的荆棘捆绑住他的手脚，尖刺入体，一时间竟挣扎不开，只能瞪大了猪眼睛，骇然地看着暗红色雾气扑到了自己的身上……

第四七章　虹魔教

"嗷……"

猪头人吼叫着，浑身上下裸露在外的皮肤全部青筋毕露，好像一条条粗壮的小蚯蚓在他皮下蜿蜒。

暗红色雾气半点儿不剩地通过他的皮肤，尽数涌入其体内。

"呕。"

猪头人横竖等高的痴肥身躯弯了下来，大口地呕着血。

血里面混杂着不知名血块，散发着腐臭气息，仿佛他外在还是完好的，内里已经腐烂了一般。

伴随着他俯身呕吐的动作，"嘣嘣嘣"的一根根带刺荆条绷断，又有新的纠缠上来，将猪头人束缚得好像粽子一样。

"好！"

叶萧抚掌在笑，在为两种新符的威力喝彩。

其实，"生生不息"并不能困住猪头人太久，最多一两个呼吸时间，符箓里蕴含的生化之力就会消散，荆棘不用挣脱自然会散落下来；"食人花毒"或许足以毒死一个普通人，却不足以让痴肥到这种地步的猪头人直接毒死。

"或许，完整版本的毒符可以吧。"

叶萧略带几分遗憾地想着，"可惜完整的毒符需要食人花的叶子和果实、毒蜘蛛的牙齿、骷髅毒蝎的尾巴、洞蛆，这五种材料，但凡缺任何一种都不算完整，威力就会有限。

"其他还好说，骷髅毒蝎和洞蛆好像只有骷髅洞里才有……"

他一个念头还没有转完呢，两种符的威力也还没有消散尽，迪迪就高举着虎鲨刀合身扑了上去。

"哈！"

牛魔人吐气开声，趁着猪头人困于荆棘、中毒虚弱的时候，狠狠一刀，用虎鲨刀的虎鲨锯齿从猪头人右肩劈到左胯。

刀光一闪，二人交错而过，迪迪用力太猛，要不是临变用虎鲨刀支撑了一下身体，险些一头扎进荆棘堆里去。

在他身后，猪头人不动了。

生生不息符箓的力量耗尽，"嘣"的一声荆棘尽断，猪头人的身躯晃动了一下，仰天便倒，"嘭"的一声闷响，痴肥的身躯砸得大地都在颤动。

"……"

叶萧的目光压根就没有落在猪头人身上，二人联手雷霆一击，又不是什么强力对手，小道士压根没多看一眼，他在望向灵狐族少女奔向的林子。

"她跑得也忒快了。"

小道士有些郁闷，救了人了，倒不是想要人家多么感谢，问题是对方连看都没有看到，好像有些不对吧。

灵狐族少女动作灵巧得不行，在叶萧出手、迪迪前冲的瞬间，她就扎进了林子里，头都没有回一下，压根就没有看到刚才的一幕。

不知道是哪根筋出了问题，叶萧看到她入林的瞬间，脑子里总浮现出一只小狐狸尾巴一甩一甩钻进林子的样子。

叶萧摇了摇头，把乱七八糟的想法从脑子里摇晃出去，走向猪头人躺尸的地方。

"哥……"

迪迪爱不释手地抱着他的宝贝虎鲨刀，他是没尾巴，不然小道士深刻怀疑自己也能看到牛魔人摇尾巴的样子。

"那刀很帅！"

叶萧打断他，直接给了迪迪想听到的。

迪迪这就满足了，喜滋滋地跟小道士一起蹲在猪头人尸体边上察看起来。

"就是一个底层的鬼豚族。"

叶萧捏着鼻子翻了翻猪头人身上，毛都没有一根，只在其额头上看到两根斧钺交叉而过的血红色文身。

他指着文身说道："这好像是猪头人文部族标志的地方吧？"

迪迪茫然摇头。

"算了。"

叶萧知道自个儿问也是白问，翻看了半天也没有什么收获后，他站了起来，摸着下巴道："奇怪，这个顶多算是鬼豚族里的一个苦力猪头人，怎么敢这么肆无忌惮地在下关城附近捉人呢？

"他们捉人是为了什么？"

小道士一边想，一边带着迪迪往下关城方向走去。

至于给这头痴肥的猪头人来个入土为安，这一点连憨憨的迪迪都假装想不起来，又死又沉，谁爱干谁干，反正叶萧和迪迪不干。

他们所在的位置距离下关城本来就不远了，一路走过来，小道士顶着一脑袋的疑问，也很快就远远地看到城墙了。

这会儿，叶萧脑袋里疑问不见少，反而更多了。

下关城附近有不少简陋的木屋、窝棚一类的，想来是为了方便进出潦水沼泽的人，或是住不起城里面房子的人居住，这在任何一个城市都不少见。

奇怪的是，叶萧他们这么一路过来，发现那些屋子、窝棚什么的竟然全都空荡荡的，别说人，连鬼影子都没有一个，跟遭了灾一样。

"这是什么情况？"

带着问号，两个人走到下关城外。

城门前，排队如龙，人声鼎沸，看了一路空屋骤然看到这么多人，小道士表示很欣慰，只是奇怪人怎么这么多，不是封关了吗？

他凑过去，听了会儿就明白过来了：

"猪婆龙宰了不少，海贼销声匿迹，封谷的事情过去了。"

叶萧听着有些开心，总算能不耽搁行程了。

他刚这么想着，准备跟迪迪一起排队进城，"哗啦"一下，整条队伍的人忽然全散了。

"什么情况？"

叶萧踮起脚望去，只见得几个身穿厚厚皮甲、膘肥体壮的身影出现在城门口，其他也就罢了，关键是他们的脑袋……

——猪头！

那几个人一个个赫然都顶着猪头脑袋，獠牙外露，目现凶光。

往日里一般只会出现在屠夫卖肉案板上的东西，忽然顶在脑袋上，还这么多，乍一看颇有些惊悚。

叶萧仔细一看他们皮甲上的印记，再联想到刚宰掉的那头鬼豚族，脑子里嗡的一声，明白沈凡说的"好朋友"是谁了。

"鬼豚族！"

"虹魔教！"

迪迪从叶萧身后，越过他肩膀望过去，同样看到了几个鬼豚族人大摇大摆地从下关城中走出来。

行经处，众人退散，如避蛇蝎。

"这些猪头日子过得挺好嘛。"

小道士听出来了，牛魔人很是吃味嘛。

他仔细又看了一眼儿前后出来的几个鬼豚族人，旋即深表同情地拍了拍迪迪的胳膊，以示安慰。

这些隶属于虹魔教的猪头人，跟死在他们手上的那头完全不一样，这日子过得，嗯，的确是比迪迪要好上不少……

第四八章　人形蝗虫

鬼豚族在玛法大陆上破落户的身份不是一天两天了，绵延一两千年的落魄，时间久到都要让人联想不到他们曾经的辉煌。

落魄这么些年，当年的大族现在沦落到茹毛饮血的程度，大多数鬼豚族混得那叫一个凄惨，连衣服都没有得穿，只能在胯上围个布条遮掩下就算不错了。

偏偏，眼前这些猪头人例外。

从下关城中趾高气扬出来的这些货，一个个最差穿的都是老皮甲，一两个被簇拥的竟然身上还有青铜铠甲，甲胄齐全，且个个兵刃在手，全身上下都泛着清冷的寒光。

这能不把牛魔人馋得口水都要下来了，说话酸溜溜的吗？

天可怜见，迪迪混到现在还没能混到一身皮甲……

"咳咳……"

小道士轻咳了几声掩饰尴尬，一边在心里说回头要给牛魔人弄身好装备，怪可怜的；一边转移视线到鬼豚族人身上假作观察，避开迪迪可怜巴巴的样子不看。

从城中出来的鬼豚族人有十个，正好一队。他们一个个敦敦实实，膀大腰圆，肤色黑中泛红，给人一种总洗不干净的感觉。

尤其是肩膀上扛着的猪头，每一颗都是不相称的大，顶上的鬃毛剃得干干净净，两侧耳朵招风，挂满各种骨头或金属制成的环为饰品。

这些猪头人个头不高，傲气却不小，走在路上挺胸昂头的，更显得带着鼻环的朝天鼻孔分外肮脏，獠牙外露狰狞，好像嘴巴永远闭合不上，有涎水淋漓而下。

"鬼豚族中的战士全是虹魔教徒，这些也是，嗯，以痴肥矮壮为主。"

"还有，恶心……"

叶萧在心里品头论足，不自觉地认真了起来。

有了沈凡的提醒，再加上城外的"相遇"，小道士哪里会不明白这些不是偶然，"好朋友"怕是来者不善，搞不好是为了同一个目的出来的，早晚发生交集。

叶萧看得愈发仔细了起来。

他看到每个鬼豚族战士脸上都抹着不知名矿石研磨出来的白色粉末，将一张猪头脸抹成了鬼画符般的难看，在额头上用血色颜料，刺着两根斧钺交叉的文身。

"果然是同一个部族的。"

小道士着重地在猪头人的文身上多看了两眼。

他们甩着膀子，旁若无人地占去大半个街面走出来，清楚地露出两条胳膊上密密麻麻的刺青，近了一看竟然全是骷髅头形状。

"嘶……"

叶萧抽着凉气，觉得牙疼。

"老头子好像说过，鬼豚族战士每杀死一个敌人就会在胳膊上刺青，这些个猪脑袋每个都是花胳膊，看来都是鬼豚族中好手啊，可是他们来这里干吗？"

为谨慎起见，小道士带着牛魔人侧开避让一旁，若有所思地看着那一队鬼豚族战士耀武扬威地离开。

"迪迪你在这里等我。"

叶萧目送鬼豚族人离开，交代牛魔人一声，凑上前就去找行人搭讪。他对一群猪头人在人族城市里耀武扬威，有净街猪的威风很是好奇。

抓住这个问题，逮着那个说说，凑近人堆里竖起耳朵……溜达一圈儿回来，小道士的神情凝重得都要滴出水来。

"哥，怎么啦？"

"麻烦大了。"

叶萧将打听到的消息一说，连迪迪这憨货都把嘴巴张得大大的，跟那些猪头相比除了獠牙和流口水，没有什么区别。

原来，封魔谷有猪婆龙聚集和海贼横行后，紫烟城竟然没有派兵进入封魔谷，仅仅是在上关城那边驻兵以防万一。

在叶萧他们离开上关城前，虹魔教的使者就进了紫烟城，跟紫烟城的主事达成了协议，潦水沼泽和封魔谷中的问题，由鬼豚族人解决，不需要紫烟城插手。

他们的条件就是在一个月内，封魔谷和潦水沼泽中，鬼豚族战士可以自由来去，人族不得刁难。

"他们想干什么呢？"

叶萧和迪迪一起托着下巴，冥思苦想——一个是真在想，一个纯是有样学样。

"封魔谷和潦水沼泽原本就是鬼豚族的势力范围，只是城关中不让进，大家井水不犯河水。

"他们何必多此一举呢，到底是什么事情让他们这么不想人族力量进入，难道在筹划什么大事？"

这些问题明显不是空想就能有答案的，叶萧想了一会儿不得其解也就算了，于是带着迪迪就往城里面去。

入得城中，二人就发现传说中繁华得不得了，是潦水沼泽对外物产输出集散地的下关城，竟然一派萧条。

规整的青石板路上有落叶随风任由卷着来去，没有人打扫；路旁各式店铺幌子林立，招牌密集，却关门的关门，开门的也没人去，伙计别说招呼客人，一个个都在打着盹儿；进城的人一哄而散，撒入城中不见，偌大的城市竟然在白日里有空无一人的感觉……

捏下被风卷过来粘在脸上的落叶，小道士猛地想到一件事，脸色大变："不好！"

他一惊一乍的，唬得迪迪险些把刀拔出来，四顾没有威胁，迪迪不满地道："哥，这城里跟鬼城一样你还吓俺，万一吓出个好歹来怎么办？"

叶萧铁青着脸，看着迪迪道："你是吓不出个好歹来的，但弄顿大肉祭五脏庙的想法，也可以趁早打消了。"

"什么？"

迪迪这回是真的蹦起来，叫屈道："哥，你是俺亲哥，俺错了还不成吗？你尽管吓俺，俺禁得起吓，别不给吃肉啊……"

话到后面，近乎嚎。

他们的钱虽然让沈凡那个死奸商给搜刮得一干二净，但架不住还有回旋镖和猪婆龙皮可以换点儿钱，多了不敢说，吃顿好的还是不成问题的。

叶萧一拍脑门，叹气道："迪迪，你忘了那些猪头有个坏毛病，市井人送外号——人形蝗虫。"

迪迪眨了眨眼睛，旋即脸色大变，如丧考妣。

"想起来了吧？"

叶萧下意识地捂着肚子，破口叫骂："鬼豚猪头人，尤其是那些虹魔教徒，你大爷的走到哪里都带着他们的大蜥蜴，食量大的石头都能啃，散养开来附近几里地还能找到吃的吗？！"

第四九章　龅牙冲

叶萧一声叫嚷,原本街面上就没几个人,"呼啦"一下居然全跑光了,好像生怕在他身边待着,遭了池鱼之殃。

"……"

二人面面相觑,垂头丧气起来。

从这些人身上就知道下关城里,现在怕是一肉难求了。

往日里虹魔教的人不准进城还好些,现在他们名正言顺地驻扎,天杀的饲养大蜥蜴的习惯肯定也带进来了。

这下他们更肆无忌惮了,要不是大蜥蜴只吃肉不吃素,怕是全城连树皮都要被搜刮光了。

猪头人战士的坐骑就是大蜥蜴,这玩意儿最大的特点就是能吃,还只吃肉,别说城里,估摸着散养开来城外的三里地内,只要是荤腥就别想有剩下的。

"……他们在怕什么?"

迪迪一脸茫然,看着四散的人群表示不解。

叶萧叹口气,颇悲愤地道:"那些猪头人收集东西喂大蜥蜴,难不成是用来劝诫的?听说有鬼豚族大规模进驻的地方,就跟遭了蝗虫一样,半抢半买,一块肉都不会留下来。"

"禽兽!"

二人齐声讨伐。

郁闷了半晌,迪迪抱着侥幸心理又道:"哥,要不咱们再找找?"

"……找找。"

叶萧也是不死心,二人净往那偏僻巷子里找,哪里能看得上这鸟不拉屎的地方呢?要说有漏网之鱼,只能是在另外的地方了。

又是寻找又是问,皆是噤若寒蝉,要不就是白眼避之不及,叶萧和迪迪找遍了整个下关城,除了见过几处被砸烂的肉摊子外,毫无意外地一无所获。

"做得真绝。"

叶萧在那里咬牙,旁边的迪迪拳头握得紧紧的,发出"嘎嘣嘎嘣"的骨节脆响。

　　这当口要是出来一个落单的鬼豚族人在他们面前，肯定不是被小道士咬死就是被牛魔人捶成半身不遂。

　　就是这么遭人恨。

　　这么半天晃悠下来，叶萧和迪迪都被转昏头了，连自个儿在哪里都分不清楚。他们东张西望地想要寻个人问问，忽然看到有个人鬼鬼祟祟、藏头缩尾地拎着人头大小的包裹出现了。

　　别说现在街上没有多少人，就是人头攒动，想要找出这么个人来也是再简单不过的事情。

　　这种人走路溜墙根，低头看脚尖，脚步碎且慌，时而回头望……简而言之，就差在脑门上刻着"我是贼，很心虚"六个字了。

　　什么地方没个小偷小摸，正郁闷着的叶萧他们本不会注意，但擦身随风飘来一股怪异的味道被他们闻着了。

　　"哥，好像是……"

　　迪迪不自觉地挺直腰板，手摸向虎鲨刀。

　　"……血腥味。"叶萧接着下半句，他也闻到了。

　　二人这两天净跟海贼干架，死在他们手下的海贼都快上两位数了，进城前还宰了一个猪头人，血腥味道再熟悉不过，本能地就警惕了起来。

　　"哼，看着不像好人，算是撞我们手上了。"

　　叶萧摩拳擦掌，冲着跃跃欲试的迪迪一点头。

　　此人做贼心虚，还提着人头大小的包裹，浑身上下散发着血腥味，仔细一看包裹下面还渗着血，这能是什么好人？

　　迪迪一马当先，仗着身高腿长健步如飞，转眼走到做贼心虚人面前，"嘭"地一下，在对方惊愕抬头的瞬间，直接撞了他一个仰面朝天。

　　"咕噜噜"，那人手上提着的包裹滚到了叶萧脚下，被他一脚踩住，捏着鼻子嫌弃地拿脚尖拨开包裹。

　　"不要啊……"

　　那人惨叫一声，顾不得一身骨头快被撞散架了，爬起来就要往回抢。

　　这还了得？

　　迪迪一把拎着对方领子就提了起来，砂锅大拳头就要招呼下去。

　　这一拳头要是打结实了，以那人一提就两脚离地的身板，脸上开酱油铺都是轻的。

眼看惨剧就要发生，迪迪耳边传来叶萧一声"住手"，拳头停下来时候距离对方鼻子只有一根头发丝的距离，吓得他牙齿直打架，"咯咯"有声。

"哥？"

迪迪不甘不愿地停手回头，他刚想把不能吃肉的怨气发泄到这货身上呢，怎么就叫停了？

他回头看到叶萧无奈地一耸肩，被小道士示意去看脚下打开的包裹。

包裹里的东西跟他们想象的差不多，的确是头，不过不是人头，而是一颗——猪头！

猪头在地上滚一地灰，血腥味道更浓，看着……倒还新鲜。

"猪头人的头！"

叶萧和迪迪对视了一眼，第一时间就认出来这是什么东西的脑袋。剁下来的话看起来的确是跟普通猪头比较像，但额头上交叉的斧钺文身却不会出现在普通猪头上。

毫无疑问，这就是猪头人的脑袋。

"误会误会，打错人了打错人了。"

迪迪这老实孩子知错能改，讪讪然地将对方放下，还不忘伸手拍了拍对方皱巴巴的领子，吓得那人又是一阵哆嗦。

"就这胆量怎么敢杀猪头人？"

叶萧奇怪地看了这人一眼。

这是一个瘦巴巴跟猴子一样的年轻人，五官本来还称得上端正，偏偏龅牙难看得厉害，嘴巴都合不上了。每个人看到他第一眼都是龅牙，老有辨识度了，彻底地取代了五官的作用。

惊魂甫定，龅牙先是扑过去，也不嫌脏就抱起猪头用包裹重新包上，宝贝一样地抱到怀里，这模样让叶萧和迪迪愈发狐疑。

他们唯一明白的就是，敢情龅牙溜墙根走是怕鬼豚族的人发现，他怀里猪头明显就是刚杀的，天知道他在哪儿偷偷摸摸杀了一个猪头人，还把人脑袋抱了回来。

两个人刚一近前，龅牙算是定下神来了，看了二人一眼，瞬间脸色大变，"你……你们是……？"

"嗯？"

叶萧脚步顿止，神色一动。

"兄弟你不用怕，我们不是那些猪头的人，误会，一场误会。"迪迪大大咧咧地说着，上前就要套近乎，这龅牙跟他们算是同仇敌忾嘛。

"误会，误会。"

龅牙咧开嘴笑，直往后缩，贼眉鼠眼样子，总让人怀疑一不小心没抓牢就让他跑了。

迪迪什么手劲？拉住龅牙袖子就不放手，愣没让他跑成。

叶萧欺身上来，上下打量了一下龅牙，尤其是在他沾满了草屑泥土的膝盖处多看了几眼，这才问道："你叫什么名字？做什么的？"

龅牙看跑不掉了，尽管不情愿可又不敢不答，哆嗦道："林……林冲，城里帮闲的，报个龅牙冲的名号就能找到我。"

"……"

莫名地，叶萧就觉得龅牙配不上林冲这名字，直到后面听到"龅牙冲"三个字才点了点头，这不就配上了嘛。

"两位大哥，这要没事，小的就先回去了。"

龅牙冲拱手就要告别，挣扎了两下，没逃出牛魔人的魔爪，一张脸苦了下来，龅牙就更突出了。

他也算得上无耻了，二三十岁的人管两个稚气未脱的少年一口一个大哥叫得这个顺溜儿，一般脸皮是喊不出来的。

"别急着走。"

叶萧走过去，按着他的肩膀，道："先说说刚才你想说我们是什么，还有，怎么认出我们的？"

第五〇章　我们不是坏人……

"这个……那个……"

龅牙冲低头不敢看叶萧他们二人的脸,好像多看两眼眼珠子就会被挖出来当成泡踩一样,整个人蜷缩成鹌鹑模样,哆嗦成筛糠状。

这下就连牛魔人这么神经大条的人也看出不对来了。

"说!"

迪迪一声吼,龅牙冲立刻不抖了,裤裆里一片湿润,臊味扑鼻,这货竟然尿了……

牛魔人忙不迭地放手,真够恶心的。

叶萧不着痕迹地退开两步,捂住鼻子,粗着声重复道:"说!"

"我说我说,我说还不行嘛。"

龅牙冲哭丧着脸,支支吾吾地道:"小的不该认出二位海贼爷爷,求海贼爷爷饶命,小的贱命不值钱,上有八十老母,下有八个月的闺女,求放过。"

海贼?

我们是海贼?

这说的是什么鬼?

叶萧和迪迪两个人面面相觑,他们怎么就成海贼了?他们不是海贼的克星吗?

他们的反应明显让龅牙冲误会了,可怜他两条腿都快抖成麻花了,腿脚一软坐到了地上去,屁股下黄浊的不明液体摊成一片。

"对了对了,两位海贼爷爷的画影图形贴满了下关城,杀了小的也没用了,灭不了口的。"

龅牙冲不敢大叫,生怕惹了那位牛头海贼爷爷性起,一拳头捶死他,声音压得低低的,鸭子似的。

迪迪还一头雾水,弄不清楚情况,叶萧已经大致明白了。

"好啊,真好,谁干的?"

叶萧咬牙切齿地琢磨着,"能把我跟迪迪当成海贼挂起来,明显是有人污蔑我们，朝我们身上泼脏水呢。这是要借其他人的力量逼得我们无路可去，顺带借刀杀人。

"要么是海贼化装成我们的样子干坏事，要么就是有另外的势力跟官方勾结在一起诬陷我们，一半对一半。"

叶萧想到这里，最可能的嫌疑人就锁定了。

"不是海贼首领王倬，就是虹魔教那些猪头人。不是海贼头子没这么仇恨，不是虹魔教没这个能力。"

往深里的东西，叶萧一时懒得去想，想来用不了多久，自然会浮出水面了。

他低下头，接着捂鼻子，闷声问道："龅牙冲，在这个虹魔教耀武扬威的节骨眼儿，你竟然还敢杀猪头人，杀就杀了，还带着完整猪头回来，真是好大胆子，好本事啊。"

龅牙冲神色黯淡了一下，强打着精神道："两位爷爷有所不知，小的虽然长得瘦弱，祖上就是好猎手，在沼泽里来去自如，有好多个老陷阱、歇脚屋什么的，用来暗算个把猪头苦役，算不得什么本事。"

叶萧想到这货膝盖上的草屑和泥土痕迹，暗暗点头，心知他没有说谎。

旋即想起什么，小道士的眼睛一亮，给牛魔人使了个眼色，捞起龅牙冲的胳膊就道："走走走，路上说话不方便……"

他一边说着，一边拿目光点那个猪头，龅牙冲心中"咯噔"一下，叶萧接着道："……上你家说去吧。"

这能说不吗？

龅牙冲苦笑地看着叶萧和迪迪一左一右把他夹在中间，只得低头自认晦气，头前带路了。

他家离双方碰到的地方不远，一间歪歪斜斜破屋子，有年头了，总让人怀疑大点儿的风一刮就能倒喽。

一行三人入得屋里，把破门一掩，勉强走了一路的龅牙冲就支撑不住了，扑腾一下跪下就开始嚎："两位海贼爷爷，小的没什么本事，家里也没有什么家当，就靠着给人跑腿帮闲勉强混个肚圆。"

言下之意，抢个劫、拉个壮丁什么的，就别考虑他了。

叶萧"嘿嘿"一笑，半点儿不见外地拉过板凳坐下，迪迪则好奇地四下打量，没看到像藏着好吃东西的地方，一脸失望。

"兄弟，你为什么会去找猪头人的麻烦？"

小道士很好奇，跪在地上这货怎么看都不像是硬骨头，那种冲冠一怒的类型。

"我……我……"

龅牙冲神色黯然，将包裹着猪头人脑袋的包裹往桌上一放，取出猪头正正地摆着，又去里屋折腾了一圈儿，弄出个装着泥土的破碗，在上面插着三根香点燃。

小道士和迪迪一声不吭地看着，这架势像是在祭拜什么，而猪头就是祭品。

点完香拜了拜，龅牙冲苦笑着道："两位海贼爷爷有所不知，小的虽然不成器，三十好几也没讨上个媳妇暖被窝，不过爹娘去了留下一个妹子，小的可是好吃好喝养到大。

"妹子前几天去城外巡那些老陷阱，想着能不能提几只兔子什么的回来，不承想一去就再也没回来。"

龅牙冲一边说着，一边狠拍自己大腿，"啪啪"有声，满是懊悔地道："小的头天晚上就不该贪嘴多喝了两杯，就没能爬起来跟妹子一起出城。"

"你的意思是……"

叶萧神情肃然起来，沉声道："……你妹子是遭了猪头人毒手？"

龅牙冲狠狠点头，道："小的家里那些老陷阱，妹子从小跟着爹娘走得熟了，不可能出事。而那些猪头人一来，城里出去就再没有踪影，没有几十也有十几人，哪有那么巧？肯定是这些畜生干的。"

小道士暗暗点头，听着像是那么一回事，这事算到猪头人身上，真不算冤枉。

想到城外所见那一幕，再听龅牙冲说失踪的人连上他妹妹，有十余人之多，叶萧胸口就是一闷。

他还不知道虹魔教想做什么，但想来怎么都不会是什么好事！

龅牙冲一把鼻涕一把眼泪，还在继续说着："我妹子又笨，还不漂亮，但没她我活不了，大事小的做不了，只能偷偷摸摸靠陷阱暗算一个猪头人，割下脑袋回来拜我妹子。"

事情清楚了，迪迪摸着脑袋，觉得挺不好意思的，刚要开口说话，叶萧眼睛贼亮贼亮的，凑过去问道："你既然对潦水沼泽这么熟，那你知道有个叫作遗人村的村子吗？"

龅牙冲不明所以，随口应答："知道，不就在龙脊火山边上吗？小的当然知道。"

"火山边上？"

叶萧顾不上理会还有龅牙冲这个外人在旁边戳着呢，就摘下腰间神龙道书，取出山海秘就在那里翻看，半天嘴巴还嘀咕着："是有点儿像座火山，沈凡这个人烦是烦点，奸是很奸，要钱如抢，话还是靠谱的嘛。"

这话也就是迪迪和龅牙冲听着，要是沈凡听到肯定跳起脚来，有这么夸人的吗？这是夸人吗？

"龅牙冲是吧。"

叶萧心情大好地将山海秘收起来，蹲在龅牙冲旁边，道："来，给兄弟画个地图，就画出下城关怎么到那个遗人村的就成。"

"那个……"

龅牙冲从地上站起来，有心拒绝吧，又不太敢开口。

"你不用害怕。"

叶萧语气温和，态度和蔼，让人如沐春风地道："放心，你就是不给我们画，我们也不会去街面上对虹魔教的人嚷嚷，说有一个叫龅牙冲大名林冲的人抱着一个猪头脑袋回家了，肯定不会。"

这是不会吗？

这是一定会吧？

从外号到大名把龅牙冲卖个干净底掉，这是恨他不死啊。

"不怕不怕，我画我画。"龅牙冲很识时务，热泪盈眶地应承下来。

叶萧态度和蔼依旧，翻出纸笔交给龅牙冲，他真假也是一个道士，没事就画个符什么的，纸笔这玩意儿自然不缺。

等龅牙冲无奈接过了，瞅着桌上摆着猪头人的脑袋弄得脏兮兮的，小道士又示意迪迪转过身，让龅牙冲拿迪迪宽阔的后背当桌子用，马上画。

龅牙冲算是看出来了，不满足对方要求，两个海贼爷爷就送不走，还得招来虹魔教的人，不得不认命含泪画起来。

"龅牙冲，我们不是坏人，你帮我们这个忙，我们俩等下在城里最好的馆子请你吃一顿好的。"

叶萧一边看图，一边说着，典型的打一棒子给一个甜枣。

……你们坏起来不是人吧？龅牙冲一边腹诽着，一边老老实实地画着。他倒没有吹牛，的确对潦水沼泽的地形了如指掌，片刻工夫，连草稿都不用，一张路线图就出来了。

叶萧对照着山海秘，又随口盘问了几句，见龅牙冲对答如流，没有半点儿磕磕绊绊，顿时就放心了。

"谢了龅牙兄弟。"

小道士将龅牙冲扶了起来，见到他眼泪哗啦啦地就流了下来，连忙安慰道："你不用太感动，既然帮了我们的忙，那就不是外人，当得起'兄弟'，你也别一口一个爷爷的，怪不适应的。"

谁感动了？

你才感动，你全家都感动！

龅牙冲泪流满面，很想嚷嚷一声我这是跪太久腿麻得跟刀割一样，跟感动没有一毛钱关系，只是没敢，口中更是连称"不敢，不敢"。

"走吧兄弟。"

叶萧殷勤招呼，迪迪默契地与他分别站在龅牙冲左右，二人将他一夹，一起出门去。

……这是要去吃顿好的了？龅牙冲有种即将见到了曙光的感觉，随即听到叶萧轻飘飘地又说了一句话，曙光顿散，整个世界都黑了下来：

"兄弟这里还有点儿事，让你帮个忙……好啦好啦，我们不是坏人。"

第五一章　黎胖子

……说好的大餐呢？

龅牙冲泪水往肚子里咽，被叶萧和迪迪两个人一左一右夹着往前走。

"爷爷，两位爷爷，小的上有……"

他还想挣扎一下，叶萧轻描淡写地道："知道，都知道，八十老母八个月闰女嘛，你会看到她们的。"

两个人的对话听得迪迪直翻白眼，为两个人的无耻叹服。

刚刚在家里一个真情流露，一个听得仔细，龅牙冲父母双亡，只有一个妹子相依为命还刚失踪了，一人吃饱了全家不饿的真相，无论是小道士还是龅牙冲，全都当没发生过一样。

"就是请你帮点儿小忙，去衙门里把我们兄弟的悬赏给兑了，这样我们才有钱请你吃饭不是。

"我们的身份，你知道的，有些不太方便。"

"可是……"龅牙冲吓得脸都白了，跟海贼扯上关系，还相当于帮海贼销赃一样性质，这事能干吗？不能啊。

他还想再挣扎一下，叶萧回头瞄了一眼龅牙冲的家门，提醒道："那个猪头……"

"干了！"

龅牙冲不干也得干了，赴死一样跟叶萧和迪迪二人往下关城衙门里走去。

有这个地头蛇熟门熟路地一带，在巷子里拐了几下，叶萧他们就到了衙门的不远处。

"总算像点儿样子了。"

叶萧很是欣慰，进入下关城这么久，也就是在这衙门不远地方能看到人头攒动的景象，难不成人都到这里来了？他们在看什么呢？

他将龅牙冲往迪迪手里一塞，便去挤过去看热闹。

迪迪也是好热闹的性子，提着龅牙冲的后领子跟了上去。

小道士个头小点儿，轻易地挤进人群；迪迪个头太大还有龅牙冲这个"拖油瓶"，只得在人群外踮着脚往里头瞅。

人群聚集处，墙上有两张告示张贴。这东西他们熟悉，不就是画影图形嘛，悬赏海贼就用的这东西，迪迪就曾揭了一堆随身带着。

左边一幅：一个小道士十五六岁年纪，五官清秀，轮廓立体，刀削斧凿，手上夹着一张燃烧中的符箓就要射出的样子；

右边一幅：牛魔人身材魁梧，背着行李，一手持刀，一手挠头，面容带着稚嫩气。

等看清楚悬赏内容，叶萧和迪迪齐齐脸色一变，骂出声来。

小道士："太丑了。"

迪迪："太娘了。"

二人异口同声说出结论："一点儿都不像！"

龅牙冲震惊了，这关注点不对吧，不像还不好吗？像的话你们早就被逮起来了。

只是人在屋檐下，他没敢说实话，耷拉着脑袋叫苦，生怕让人给认出来，连累他一个沟通海贼的罪名，那就惨了。

低着脑袋用袖子遮脸，他们从人群里出来，夹着龅牙冲继续往衙门去，二人都有些沉默了。

之前知道被污蔑为海贼是一回事情，亲眼看到自家被画影图形悬赏挂在墙上，让人指指点点，这又是另外一回事情。

这样的阵仗，二人都没有经历过。

沉默中走到衙门口，看到有衙役或拿着铁尺如常，或挂着腰带拿着锁铐，龅牙冲胆气一壮，纠正道："其实，小的觉得画得还是挺像的。"

他很想再补充一句"要是真的半点儿不像的话，我也认不出你们不是"，只是没等他说出口，小道士一横眼过来，他立刻老实了。

叶萧承认，虽然气质完全不对，但形貌上大致是不差的，感觉就好像是有人曾远远地见过他们，再形容给画手听一般。

看到龅牙冲胆子肥了、胆气有壮的趋势，小道士轻笑出声，道："兄弟，我们一路走来这么低调，应该没有人看到我们是在一起的吧？"

"我们要是出事，你应该不会被连累的吧？"

话音落下，龅牙冲脸又白了，这回更惨，连牙齿都在打架。

一路走来那么多人看到他们，还有人冲着龅牙冲打招呼不是吗？真要是供出他们来还真说不清楚，以这个小道士表现出来的威逼利诱无耻程度，反咬他一口是同伙也是可能的。

龅牙冲这回是真老实了，苦笑道："两位爷爷放心，小的一定老老实实地做事，恭恭敬敬地送二位离开，绝对不乱来。"

……这就又是爷爷了。

叶萧一笑，停下了脚步。

前面，就是下关城的衙门。

下关城虽然不大，但人流量大，物资集散大，纠纷自然就多，衙门人手还真是不少，来来回回好几拨衙役都派过去了。

他刚让迪迪将回旋镖跟猪婆龙皮交给龅牙冲，有一个人忽然冲着他们走了过来。

"捕快……"

叶萧眼皮一跳，暗叫不好。

虽然不是贼，但告示悬赏都在墙上挂着呢，看到捕快心也虚哪。

来的就是一个捕快。

"不是找我们的，不是找我们的……"

屋漏偏逢连夜雨，对方还真是冲着他们，或者说是，冲着龅牙冲来的。

隔着三五步距离，捕快喊出声来："龅牙冲，站住，跟你说两句。"

龅牙冲能说什么？赶忙站住，赔着笑脸道："这不是黎哥吗，有事？"

这位叫黎哥的捕快一张面饼脸，眯眯眼，高倒不高但胖得可以，有着一股子痴肥劲儿，拎着铁尺打着哈欠走过来。

"没事就不能找你了？"

黎胖子拿铁尺敲敲龅牙冲的肩，叮嘱道："刘捕头说了，最近大家都安分点儿，别去招惹虹魔教那群疯子。

"你小子的妹子失踪的事大家都知道，我特意提点你一下，最好别犯傻，撞上虹魔教的人，我认识你，那些猪头人可不认识你龅牙冲。"

龅牙冲自然忙不迭地应是，点头哈腰，恨不得赶紧送走瘟神，没看黎胖子目光已经开始往他身边的叶萧瞟了吗？

要是换在片刻前，叶萧还没有威胁他同伙的事，龅牙冲说不定就拼一回躲到黎胖子身后去，可现在就不一样了，他是恨不得拿龅牙啃掉黎胖子的眼珠子。

真是怕什么来什么，黎胖子忽然目露狐疑之色，对着叶萧瞅了又瞅，一脸疑惑又一脸茫然，"你……你……你……你是……？"

这是要被认出来了？

叶萧脸上笑容灿烂，手已经摸到了神龙道书上，随时准备一张符飞出去；迪迪浑身肌肉都绷紧了，虎鲨刀就在趁手的地方。

"你"了半天，黎胖子冲龅牙冲问道："你朋友？"

"是是是，外地来的，刚到，刚到。"龅牙冲拽着黎胖子就往衙门里走，一只手在身后冲着叶萧他们挥着，"黎哥，小的正好帮人来衙门办点儿事，黎哥你知道的，小的就是给人帮个闲，黎哥你搭把手，少不得你那一份……"

声音渐远，二人踏入了衙门。

衙门外，叶萧和迪迪放松下来，对视一眼，长舒了一口气……

第五二章 "仙人居"外听仙人

"哥……"

迪迪跟叶萧挪着小碎步,从衙门口挪开,到旁边巷子口站定,问道:"……那个龅牙冲会卖了我们吗?"

叶萧沉吟了一下,摇头:"应该不会,他胆子小,怕我们举报虹魔教,怕被当同伙,怕被我们报复……虽然咱们一样都不会干。"

他颇有点苦中作乐地道:"有时候想想当个坏人还不错嘛,你看他怕得,一口一个爷爷叫着。"

小道士心里清楚着,要不是龅牙冲先入为主将他们当成杀人如同吃饭一样随便的海贼,哪里会这么容易屈服和被吓住?

"怪不得那么多人喜欢当坏人,果然是有福利的。"

想归想,无论是叶萧还是迪迪,全都没有当坏人的心思。

少年人闯荡天下,想做的是路见不平拔刀相助,要的是名扬四海世人景仰,不是人见人怕和活得像过街老鼠。

到了这会儿,叶萧和迪迪反而不紧张了。

背靠巷子口,风头不对掉头就跑,也不怕被追上喽,小道士百无聊赖之际,甚至拿起龅牙冲画的地形图开始研究起来。

一盏茶左右的时间过去,迪迪突然拿胳膊肘碰了一下叶萧,他抬起头来一看,正好看到龅牙冲手上提着一个袋子,点头哈腰地跟黎胖子告别。

黎胖子本就痴肥痴肥的,这会儿笑得脸上都成包子褶子,更没法看了,不过倒是能看出他心情着实不差。

他心情不差,叶萧心情就有点儿不那么好了,等龅牙冲左顾右盼一圈儿,然后冲着他们过来后,他一把拽住龅牙冲的袖子,急问道:"黎胖子要了多少?"

龅牙冲烫手山芋一样把钱袋子给了叶萧,低声道:"没多少,按规矩拿了……"

"天杀的黎胖子,吃公门饭的都不是好东西。"

叶萧算了一下,差不多一半没有了,这是雁过拔毛吗?这是四轮马车进去

独轮车出来，黎胖子进去小道士出来！

他这一怒，龅牙冲全身都在哆嗦，膝盖一软就要给跪下了。

没跪成，叶萧给搀住了。

他还是蛮讲道理的，叹口气安慰道："我不怪你大兄弟，走，咱去吃顿好的。"

到底不解恨，转身时候迪迪还听到小道士在骂："该死的黎胖子，别落到小爷手里，不然打得你妈妈都不认识你。"

龅牙冲算是通过考验了，这回不用他们哥儿俩夹着走，一行三人往下关城中最好的馆子走去，自然是龅牙冲带路，叶萧他们两个人尽量低头，像是在找地上有没有钱捡一样。

到了地方，一抬头，叶萧看到一个大大招牌，上面写着"仙人居"三个大字，进出的人不算多，却大多精神饱满，衣冠整齐，像龅牙冲这么寒碜的一个没有。

"像是一个好地方。"

叶萧满意地点头，在虹魔教出没的节骨眼儿，估计也只有这种城中最上等的好馆子背景殷实，还能有口荤腥吃吃。

经过被沈凡两次洗劫的经历，他对在身上存钱也没啥想法了，都吃了喝了好过便宜给奸商搜刮去。

"只是'仙人居'这个口气是不是太大了点儿？"

他刚发出这个疑问，来到这个地方兴奋得满脸通红的龅牙冲立刻解释道："两位爷爷有所不知，这是开了几十年的老馆子了，据说刚开业那会儿，还真有仙人来吃。"

"哦，说来听听。"

不仅仅是叶萧感兴趣，迪迪的耳朵也竖了起来。

数十年前，"仙人居"刚开业那会儿还不叫这个名字，有一个老道士和一个身穿黑袍气度雍容的中年人来吃饭，那天赶巧了是"仙人居"开业，也是下关城差点儿出事的日子。

在老道士和黑袍人刚坐下时，整个下关城的天忽然黑了下来，有风卷残云，飞沙走石，然后一个庞大的阴影笼罩下来。

龅牙冲说得绘声绘色，跟亲眼见过一样，完全沉浸在故事里，没有注意到"老道士"三个字出来时候，叶萧神情就有些不对了。

他接着说道：

听活到现在的老人说，那个阴影庞大无比，头都顶到了天上，身躯肥壮，比整个城都要宽，忒大，整个城就好像在阴影脚下一样……

下关城中的老人都说，搞不好是封魔谷中封的魔头要复活了，虽然封的是什么魔也没几个人能说出个所以然来。

阴影笼罩之后，就是"怦怦怦"的心跳声响彻天地，仿佛是一颗巨大的心脏在搏动，更可怕的是当时整个下关城里人的心脏竟然慢慢地跟上了那个心跳的节奏，剧烈地搏动了起来。

那一瞬间，所有人的心脏仿佛都要跳出来了，不知道有多少人捂着胸口倒在地上。

就在这个时候，"仙人居"中坐着的两个人说话了。

黑袍人说道："太吵！"

他从黑袍里伸出一只手来，对着桌面上虚抓了一下。

伴随着黑袍人动作，"吼"地有巨兽咆哮，另外一个庞然大物的阴影笼罩下关城，恍若一头山一样高的巨大猿猴，同样伸出遮天手掌向着大地抓去。

"轰"的一声巨响，下关城外，封魔谷方向数里地处，霍然一个大坑炸开，一颗跟人一样大的心脏状石头被抓了出来，落入巨猿手中不见了。

等到巨猿消散，黑袍人虚抓的手上，忽然多出了一样东西，赫然是一颗心脏般的石头，呈暗红色，如同活物般搏动，放出红光来。

黑袍人将心脏石头握在手里，一捏，随后嫌弃地丢在桌上，任凭它滴溜溜地转着，再不能搏动，响彻天地的心跳声也停了下来。

城里面的人心脏也不疼了，茫然地站起来，发现笼罩下关城的庞大阴影双臂张开，仰着头，似怒，似咆哮。

霎时间，有鬼哭狼嚎之声席卷而来，无数个破碎的阴影从封魔谷，从潦水沼泽飞起，不住地汇入庞大阴影体内，让其愈发庞大，几乎要压垮整个天地。

黑袍人对面的老道士皱了皱眉毛，说了声："还是吵。"

话音落下，他用手指蘸了蘸桌面上酒水，在空中随手书写了一道鬼画符般的符箓。

手指沾着酒水过处，每一笔画都凝在空中不散，皆放出金光来，最终形成一张完整的符箓模样。

"去！"

老道士伸手一指，虚空中符箓飞出，直落在庞大阴影的胸口。

下一刻，阴影惨叫，胸口一张巨大的金色符箓闪闪发光，一缕缕阴影被其从庞大身躯中逼出，仿佛是一头蚂蚁组成的大象被石头砸中，一下子溃散成无数小黑点一样。

"想复活？等着吧。"

"你太吵了。"

老道士如是说着。

"仙人吧？"

龅牙冲点了点头。

"非常仙。"

叶萧和迪迪一起点头，表示赞同。

同时，小道士也散去了"老道士"三个字带来的硌硬，心里想着："老不着调的哪里有那么威风，巧合，纯粹巧合。"

说话间，三个人进了"仙人居"，迎面便看到了一个万分不想见到的"熟人"……

第五三章　不妙啊

"该死，怎么又撞上了这个死胖子？"

叶萧肚子里开骂。

他们走进"仙人居"，迎面看到的不是别人，就是刚刚敲了他们一笔的黎胖子。

痴肥形貌眯眯眼，怎么看怎么猥琐，化成灰都能认出来。

黎胖子现在不是衙役捕快打扮，而是穿着常服，身边几个同伴跟他一样，但那端着的架势，一看就是吃公门饭的。

"真是倒霉。"

小道士迎面瞅了一眼就清楚了，这是黎胖子捞了一笔，与同为捕快的兄弟们出来消费一番，最无法忍受的是：

"花的还是我的钱。"

叶萧很想低头，绕路，有多远就离那黎胖子多远——生怕忍不住揍他。

可惜刚刚迎面一打眼，黎胖子也认出他们来了："这不是龅牙冲嘛，你竟然也有钱来这么好地方？"

黎胖子抽巴着脸，眯眯眼里目光闪烁，似乎有些后悔盘剥得少了。

"我哪里有钱啊。"龅牙冲叫屈，左右撇嘴，辩解道，"这不是我兄弟招待我嘛，混顿好吃的。"

"是吗？"

黎胖子表示怀疑，目光落到了叶萧脸上，下一刻，他神情就变了，一根手指指着小道士，满脸疑惑：

"你……你……你是……？"

……又来。

小道士无奈，这一刻他内心是崩溃的，是复杂的，颇有点儿分不清楚到底是希望黎胖子认出他呢，还是认不出他呢？

"你……你……你……"

黎胖子龇着嘴，来回磨牙抽气，痴肥的大脑袋左右摇摆，一副冥思苦想又不得要领的模样。

"真真急死个人了。"迪迪手按在虎鲨刀上三次，又挪开了三次，黎胖子还没有"你"出个所以然来，连牛魔人都在肚子里鄙视了他的智商一百遍啊一百遍。

龅牙冲原本心脏都要蹦跶出来了，看黎胖子这德行又落回了肚子里，忙拉着小道士和牛魔人向着角落处桌子走去，一边走一边说道："黎哥，吃饭吃饭，有什么咱回头聊啊。"

黎胖子指着叶萧的手指缩回来，使劲儿地挠头，头皮屑就挠出了不少，也没想出个啥来。

"怎么了黎胖子？"旁边另一捕快不高兴地问道。

"没，没什么。"

黎胖子摇着头，脸上还带着疑惑神情，跟着同伴上了二楼。

他们怎么说也是吃公门饭的，虽然在"仙人居"赖账不得，小小的特殊优待到二楼雅座什么的还是有的。

叶萧他们本来是想上去的，这会儿自然就只能在一楼将将就就了。

黎胖子等人消失在楼梯口，叶萧愤愤地收回目光，道："哥有那么难认吗？他这是第几回了？"

小道士的不满让迪迪和龅牙冲都一阵无语，压根没法接，这是不被认出来很丢脸的意思吗？认出来要丢命的！

他们很快寻了角落处一个清静的位置坐下，龅牙冲扯着嗓子就开始喊：

"好吃好喝的尽管上。"

这是没来过好地方吧……

叶萧臊得都要藏到桌子底下去了，只是他们两个不适合露头，只好任凭龅牙冲咋呼了。

"来嘞。"

一个清秀的小伙计胳膊上挂着白巾，先是给三人桌上一阵抹，光亮得都可以照出人形了，这才殷勤地介绍道："本店最有名的自然就是'仙人来'套餐了，那可是仙人点过的。"

"来！"

龅牙冲一挥手，豪气干云。

清秀伙计态度愈发热情了，腰杆都低了三分："咱们下关城毗邻潦水沼泽，各式特产都是有的，操刀的师傅也是老师傅，龙肉凤翅，炸蝉蛹而酥香，炖龙虎而乱斗，味道是再纯正不过了。"

"上！"

龅牙冲再一挥手，刚想接着充大豪，一扭头对上小道士杀人般的目光，缩了缩脖子，声音陡然低了三度："那……就这样。"

"得嘞。"

清秀伙计拉长着音调下去了，小道士将胳膊肘支在桌面上，手托下巴想了想，道："迪迪，咱不能多待了，半天工夫碰到那个死胖子两次，他长得是很蠢，可要说碰到第三次还认不出我们来，那他的蠢就超出天际了。

"吃完咱们就走。"

"好。"迪迪憨憨地应了一声，东张西望，目光全都落在别桌菜上，不住地吸溜嘴咽口水，看样子就知道叶萧刚才那番话算是白说了。

"……算了。"

叶萧准备索性等会儿直接离开了，看他这个样子也懒得多说什么，转而望向仙人居外。

说来也巧，街面上又是一阵喧嚣，有人都避进了"仙人居"来，繁华大街为之一空。

不管是躲进来的，还是原本就在"仙人居"里面吃饭的人，见状无不交头接耳抱怨："那些猪头当自己是狗，满城地巡视撒过尿的地方是不是？这还让不让人过日子了？"

"就是，满城都见不到荤腥了，可怜我家刚宰的老牛都被仨瓜俩枣地强买了去，日子没法过了。"

他们说的重点，无不在虹魔教徒鬼豚族人身上，从仙人居里面向外看，正好可以看到一队虹魔教徒向着城外方向而去。

这一队虹魔教徒装备更是精良，一个个盔甲齐整，武器锃亮，其中竟然还有一个穿着白袍子的虹魔祭司。

虹魔祭司身上没有铠甲，也不像其他虹魔教徒一样拿矿石粉末将脸抹白，乃是天生的白皮肤，看着阴森森的，让人从心里往外瘆得慌。

叶萧原本还担心龅牙冲忍不住，冲动出事，很是关注了他一番。

不承想龅牙冲全无反应，对外面猪头人权当看不见，小道士本来还诧异呢，后来一想明白了。

龅牙冲知道自个儿有几两重，拼了一回命，割了一个猪头人脑袋回来给妹子当祭品，那股子气就出了，心下或许还悲伤，却不至于到送死的地步。

放下心来的叶萧注意到隔壁桌有两个衣着体面的人在低声交谈,声音压得挺低,要不是邻桌还真听不真切。

"幸好他们快走了。"

其中一人明显是知道什么内幕,将声音压得更低了:"听说紫烟城里的大人们快要不能忍了,虹魔教徒才进来没几天,每天都有一箩筐的信写过来告状,光回信都能写断了胳膊。

"大人们勒令虹魔教徒离开,那些猪头人似乎也有要走的意思,这一两天估摸着就差不多了。"

这人后面这些话,只要间隔一两尺距离就可能听不到了,但架不住叶萧有心偷听,放出一个小人符爬到他们桌子下面,五根手指抓住裤腿,来了个近距离窃听。

小人符听到了,叶萧也就听到了。

在说话人对面那个喜笑颜开、举杯庆祝苦日子要过去的时候,小道士的眉头紧紧地皱起来,快要能夹死苍蝇了。

他摸着下巴沉吟着,本来就年纪还小没几根须,摩挲两下就秃噜喽,光溜溜地摸起来好不趁手。

"不妙啊……"

"不妙啊……"

叶萧一怔,他刚喃喃自语呢,就听到迪迪和龅牙冲异口同声说道。

迪迪就算了,愚者千虑必有一得,偶尔蒙中也不奇怪,龅牙冲是怎么回事?

龅牙冲现在上了贼船下不来,叶萧对他不算太顾忌,就直说了:"我是觉得猪头们这么好对付的吗?有事抢着上,让走立刻滚?那就不是猪头人了,那是家猪。

"他们走得这么干脆,一定是达成目的了。

"迪迪,如果他们的目的跟我们有关或者相同,咱们就有麻烦了,更得快点离开,而且路上还须小心,估计猪头们用猪脑子想,也不会让咱们顺顺当当的……

"呃……"

叶萧说得兴起,一股脑儿地把想法一吐露,抬头看到的是迪迪和龅牙冲瞠目结舌,一头雾水模样。

在白日门城有句土话专指他们这样的:鸭子听雷。

"你……在说什么?"

迪迪和龅牙冲又一次异口同声。

叶萧一拍脑门，知道刚刚妥妥的是抛媚眼给瞎子看了，可惜了口水，怎叫一个郁闷，说话都有气无力了起来："你们又在说什么？"

"喏。"

迪迪今天一定是让什么给附体了，又是齐刷刷地同龅牙冲做了同样的一个动作，向着旁边上菜的伙计一努嘴巴。

叶萧循着他们指的方向望去，看到一个陌生伙计上来了，他手上托着一个乌木托盘古色古香，上面有精致碗碟可赏可玩，问题是……

"……这是什么鬼？"

第五四章 抓海贼

"这就是'仙人来'。"

伙计将各式菜品往他们三个面前一放，笑容满面地介绍后，小道士差点儿跳脚，不敢置信地反问："你说这是什么？"

"仙人来。"

伙计很镇定，类似情况频繁着，一天没个十次也有八次。

叶萧胸都要炸开了，指着薄如纸白如雪的瓷碟里的东西，问道："这是什么？"

"茴香豆。"

"这又是什么？"这回小道士指的是碧如水形如盏、花器般盛器里的东西。

"盐煮笋。"

叶萧怒极攻心，连装菜的碗碟都懒得多看一眼，一个个指过去，得到上菜伙计干脆利落的回答："猫仔鱼""牡蛎干"。

更过分的是，就是这些连清粥小菜里的小菜都算不上的东西，竟然都只有四盘！

"这就是'仙人来'？"

叶萧觉得不是他不对就是这个世界不对了，仙人就吃这个？

"这就是'仙人来'。"伙计给出肯定回答。

"呼，吸……呼，吸……"

叶萧来回深呼吸了数次，想压下火没成功，抓起跟菜一起上来的白瓷瓶就往嘴里面咕噜噜地灌。

下一刻，"噗"的一声，小道士灌进嘴巴里的酒全喷了出来，喷了伙计一头一脸。

不得不说这个伙计好修养，愣是连笑容都没有收一下。

"这又是……什么？"

叶萧的声音几乎是从牙齿缝里面迸出来的，冷得要命。

伙计很老实，实话实说："酒糟兑水。"

"……"

叶萧震惊了，看着伙计，觉得怕是碰上了对手，没想到世上除了他之外还有人能如此理直气壮地说出这么无耻的话来。

迪迪想法却单纯得多，没见他的手已经摸上了虎鲨刀了吗？

小道士手上多出一张符纸，冷笑："你的意思是仙人就吃这个？"

伙计保持着笑容，歉然地道："不是，菜是老道仙人点的，但他们吃的是黑袍仙人自带的海中翅、鲲鱼肉、紫鲍汁泡饭等佳肴。

"三位客官有所不知了，当年服侍两位仙人的伙计是当时掌柜的儿子，现在'仙人居'掌柜的爷爷，这事绝对不会有错。"

"咳咳……咳咳……"

极其有默契地，小道士和牛魔人都咳嗽了起来，一个把符纸塞回了神龙道书，一个放开了虎鲨刀。

他们不是不讲道理的人，敢情仙人真点了这些破玩意儿？

虽然没吃，但人家真点了不是，那个点菜伙计虽然混账，但顶天就是个避重就轻，还真没一个字是假的。

讲道理归讲道理，但胸口的气堵到嗓子眼儿了，忍不下去。

叶萧拍案而起："把刚刚那个点菜的伙计叫上来，我要跟他交流交流道法。"

说话间，那叫一个咬牙切齿，虚假宣传什么的小道士最恨了。

伙计笑容不改，连嘴角弯起来的弧度都没有变，道："他回家去了，'仙人居'有个规矩，只要有人点了'仙人来'，当值的伙计当天就可以休息了。"

"……"

叶萧眨了眨眼睛，颓然坐下，一挥手，"把这些猪食撤下去，或许拿去喂鬼豚人，赶紧把其他的上了吧。"

人家都做出经验，形成模式，应对标准，愣是连发火的地方都找不到。

除非真想砸店闹大，不然还能怎样？

"好在还点了其他的东西……"

叶萧长舒了口气，给龅牙冲来了一个赞赏的目光。龅牙冲遇到他们到现在不是惊就是吓的，哪里享受过这般待遇，登时受宠若惊，手都不知道往哪儿放好了。

伙计也跟着放松下来，说不担心被人一拳头打到脸上是假的，笑容愈发热情有温度，道："贵客的龙肉凤翅等菜马上就上，道道都是招牌菜，定让贵客不虚此行，另外……"

他靠近过来，俯下身道："本店免费送上一个掌故，外面少有人知晓，据说当年那个仙人老道士选这几样菜是有原因的，他是这么说的：

"'老道士是个穷道士，贼骨头你要是吃得下这些猪食，老道士奉陪，就当请你了。咽不下？那还不速速端出你的美味珍馐来？'"

说完这些，伙计就赶紧下去催龙肉凤翅等菜，那些自然是好东西，不然的话"仙人居"早就被人趁着夜黑风高点着了。

"好熟悉的感觉……"叶萧摸着下巴，想着仙人老道士说的话，那无耻劲头像极了自家不着调的老道士。

想半天，越想越像，小道士不由得咬牙："老头子你别被我给逮着了，不然非把你绑在酒缸边上光闻着喝不到，一五一十给我交代出来不可。"

后面上的东西还真对得起"仙人居"的招牌，还有它昂贵的生人勿近的价格。不仅有荤腥，还是外面吃不到的好东西，龙肉是猪婆龙肉，选的是特殊部位，以独门手法烹饪，生生把没法入口的猪婆龙肉做得跟天上龙肉一般。

凤翅是潦水沼泽特有的一种名叫"飞龙"的禽类，与山鸡一类估摸着是近亲，味道上就天差地别了，一阵争抢，盘子瞬间光溜溜。

其余几味也是让人吃完舔手指的级别，叶萧他们一阵狼吞虎咽，最后拍着肚子表示满足了。

付过账，叶萧揣着剩下的仨瓜俩枣，长身而起，拍着龅牙冲的肩膀说道："我们要离开了，以后有没有机会再见也不知道。"

他话还没说完呢，龅牙冲先在肚子里面补充了一句："还是别见了，惊吓，折寿十年都有了。"

小道士还没有练成读心的神通，不然后面的那句忠告就可以省了，他说道："你如果能听进去劝，那么在我们离开后，最好马上回去收拾行李，有多远就跑多远，躲过了这阵风头再说。

"至于你妹子那事，回头若有机会，我们兄弟绝不会坐视不理。

"言尽于此，告辞。"

叶萧学着当初在市井里听来的江湖口吻，一抱拳，便算是告别了。

迪迪压根没听到小道士的忠告是什么意思，他的心思都还在刚才的菜上，不住地舔着嘴唇呵着气再捧着闻也不嫌恶心，回味得很。

龅牙冲听是听到了，但没太明白，想多问两句，小道士已然带着牛魔人扬长而去。

"终于……走了。"

龅牙冲浑身轻松，好像压在肩膀上的两块石头被挪走了一般。他呆呆地坐在板凳上，又凭空生出怅然若失的感觉，好像某种无比的精彩与他擦肩而过，也就是擦肩而过，转瞬间就离开了他的生活，而且一辈子也不会再有交集了。

发了会儿呆，他摇了摇头，摸着肚子，向着自家走去，心里想着："两个海贼爷爷还是好人的，请我吃了顿好的，还说有机会帮我救妹子。看在这个面子上，我就不主动出卖他们了。"

说了是"不主动"，要是严刑逼供什么的，必须出卖没商量。

这，已经是龅牙冲的最大善意了。

叶萧他们二人走出"仙人居"，径直往下关城外去。临近城门口的时候，一个说不上熟悉，但今天真心常见的身影，又一次进入了他们视野。

"我去，又是他！"

叶萧咽了口唾沫，呆呆地看着三步之外，一样呆呆地看着他的黎胖子。

黎胖子还是便装，没穿他那身皮，打扮跟在"仙人居"里一模一样，不知道怎么就一个人晃悠到城门这边，恰好跟叶萧他们碰上。

"这是命中该有此劫吗？"

叶萧算是认命了，这会儿这点儿距离，再想低头捂脸掉头就走也来不及了，索性坦荡荡地带着牛魔人迎了上去。

"你……你……你是……"

熟悉无比的对白又来了，小道士和迪迪一起翻白眼，看着黎胖子手指着叶萧，又是满脸疑惑又是摇晃脑袋的样子。

"你是……"

黎胖子忽然一拍脑门，疑惑转为骇然，跟大白天见了鬼一样。

总算是认出来了……叶萧没来由地竟然有些欣慰。

"我不是。"他一本正经地回着，"你才是。"

"是什么？"黎胖子蒙了。

"海贼啊。"

叶萧笑得阳光灿烂，跟花儿一样。

黎胖子整个人都在抽搐，脸上肌肉扭曲，喉咙眼儿张开就要大吼一声"抓海贼"。

可他还没来得及出声呢，就看到一个拳头在眼中飞快地放大……

"嘭！"

叶萧一拳头打在黎胖子的脸上，义正词严地大吼：

"抓海贼！"

第五五章　一点灵光即是符

"海贼?"

"哪里有海贼?"

城门口人多,人多就胆大,要不怎么说人是从众的动物呢,"呼啦"一下一群人围了上来。

他们一围拢过来,就看到一个小道士、一个牛魔人,轮番上阵一脚一脚地在踹地上一个双手抱头的痴肥汉子。

好家伙,抓海贼,还是打落水狗,还有这种好事儿,谁甘人后?

一个呼吸时间不到,叶萧和迪迪就顺水推舟地被挤了出来,使劲儿地伸脚都够不上惨叫声连连的黎胖子了。

"我……我不是海贼……"

黎胖子尖叫。

"没听说过有承认的,往死里打。"叶萧已经进入看热闹状态,自然不怕事大,大声地鼓噪着。

众人压根就没有停手的意思。

"我……我是捕快、捕快啊。"

可怜黎胖子声音里已经带出了哭腔。

"我还是城主呢。"

叶萧和迪迪退到了城门口,又补了一刀:"接着打!"

话音落下,两个人拿袖子遮挡着脸,趁着所有人都去"打海贼",麻溜儿地从城门口出去了。

一出下关城,二人立马放下掩脸的袖子,相视一笑,觉得空气也清新了,看什么都顺眼。

"哼,污蔑我们是海贼的事,没完!"

叶萧发了发狠,到底还是觉得此处乃是非之地,不可久留,于是带着迪迪又连赶了半天路,等天彻底地黑了,才寻了个可以宿营的地方,歇了下来。

搭帐篷的粗活自然是迪迪来干了,赶了半天路下来,叶萧直接爬上了一棵树，窝在树杈上装死。

迪迪把帐篷搭起来，把篝火生起来，抬头看到小道士翻看神龙道书津津有味，还摇头晃脑的样子，那叫一个心理不平衡。

"哥，听说道士有一种符可厉害了。"

迪迪走到树下，"嘭"地坐下靠在树身上。他什么吨位，好好的一棵树一阵乱晃，好悬没把叶萧给弄下来。

"这货妥妥是在报复。"

叶萧郁闷，琢磨着到哪里抓一个由头扣他早饭，这憨货的把柄越来越不好抓了，随口应付道："什么符？"

迪迪先拿手比画了一个大大的圈子，满脸憧憬眼中放光地道："俺在馆子里刷盘子时候听一个说书人说过，说道士有一种叫作'道士的桃花源'的符，出门在外，道士把这符一放，就有一座'桃花源'凭空出现，豪宅、风景，还有热乎的东西吃……"

说到后面，他都开始咻溜了，不然涎水都流出来了。

什么豪宅，什么田园风光，什么曲径通幽……全都赶不上热乎吃的对他有吸引力，就是这么一个吃货。

"啪"，叶萧从树上跳下来，一巴掌拍在沉浸在美梦里的迪迪头上，把他打醒过来，怒问："你是不是又饿了？"

"哥，你是俺亲哥，你是怎么知道俺饿了？"

迪迪一脸震惊，被打了连抱头都给忘了。

叶萧一撇嘴，冷笑："我还不知道你？先把口水擦了再说话。还有，迪迪你是故意寒碜我吧？"

迪迪老老实实地擦涎水："才没有……"

"还不承认。"叶萧想再拍一下，可惜这回不是从天而降，颇有些不顺手，只好放过这憨货了，解释道，"'道士的桃花源'这符有，哥还知道怎么画，问题是你知道那是什么？那是先天符箓，是里面最难的几种之一。

"满天下的道士有一个算一个，尽管去数，能有一个人会就不错了。"

叶萧开始数着指头跟迪迪说难点所在，什么要先用符纸搭建出想要变化出来的幻境来，注入先天灵光了，等等。别说迪迪听了头晕，他这个说的人都快要晕菜了。

小道士住口，一屁股坐到迪迪旁边，叹气道："先天符箓中最简单、最容易入门的隐身符我都还没有摸到门道呢，桃花源什么的，想想就好，迪迪你还是老实搭帐篷吧。"

"哦……"迪迪看叶萧心情不太好，老老实实地应着，乖巧着呢。

叶萧觉得坐着不太舒服，身子便慢慢地往下滑，双手垫在脑后呈仰躺状，仰望着皓月当空，满天星辰光辉尽被遮掩，恍若万古长夜，只有明月永恒。

"一点灵光即是符……一点灵光即是符……

"老头子说这是先天符箓的入门歌诀，每一个字我都认识，怎么组合在一起我就不知道是什么意思了呢？"

叶萧在嘟囔着，慢慢地迷糊起来，眼皮就要打起架来。

突然——

"哥。"

迪迪猛地一声，在寂静的夜里，惊起了远方宿鸟，更惊得叶萧险些蹦起来。

"好好说话，别一惊一乍的。"小道士摸着胸口，睡意全让吓跑了。

"没……没啥。"迪迪知道做错事了，挠着头，红着脸道，"俺就是想起来，哥你让龅牙冲赶紧跑是为什么啊？他一跑，万一他妹子回来不就找不到人了？"

"你这反应……够……够可以的。"

叶萧想了半天没想到好的形容词来表达他的震惊，那是什么时候的事，这会儿才反应过来，黄花菜都凉了。

闲着也是闲着，"一点灵光即是符"摸不到头绪，他索性就跟迪迪闲聊了起来：

"龅牙冲跟我们在一起其实很多人看到了，对吧？

"就是没有城门那一出，即便黎胖子真是一头蠢猪，早晚也会想起来，认出咱们来，对吧？

"我们在下关城里晃悠那么久，总不可能真没一个人看到过咱们，对吧？

"海贼们可能那么快就被搞定吗？想想飘飘多逆天，何况还有更狠的王倬，他们跟咱们没完，一定会找咱们的，对吧？"

小道士一连串"对吧"，迪迪点头点到脖子酸，脑子里一团糨糊，直接绕晕了。

叶萧找了个舒服的姿势继续仰躺，悠悠地道："第一个找上门去的应该是地头蛇，咱能威胁龅牙冲，他们更是轻而易举，吓唬吓唬龅牙冲就跪了，肯定会把咱们的消息供出来。"

迪迪这回听懂了，继续点头表示赞叹。

下关城中，一个很有意思的一幕，也正在发生着……

第五六章　三拨人

"龅牙冲，刘华捕头在此，你还不快说。"

"那两个海贼去哪里了？"

一个相貌堂堂、正气凛然的中年人身着捕头服饰，站立如松。

中年捕头面前跪着龅牙冲，旁边很是狗腿地大声喝问的是叶萧他们的熟人——黎胖子。

要不是痴肥样子，黎胖子他妈都认不出来他了，暴露在外面的皮肤就没有一块好肉，更有硕大狗皮膏药贴在额头上，怎么看怎么面目可憎。

龅牙冲扭捏了一下，不敢看刘华捕头，觍着笑脸对黎胖子道："黎哥，你是知道我龅牙冲的，借我几个胆子也不敢勾结海贼啊，他们的去向我怎么会知道？他们也不可能告诉我不是？"

"好像是哎。"

黎胖子立刻被说服了，扭头询问般地看向刘华捕头。

他的反应顿时给了龅牙冲莫大勇气，他望向刘华，谄媚地道："捕头，小的有错，但小的也是被蒙蔽的，实不知他们是海贼啊。"

"呵呵。"

刘华轻笑一声，拨拉开彻底被说服、要不是腮帮子疼就要开口帮腔的黎胖子，走到跪在地上的龅牙冲面前蹲下，淡淡地道："龅牙冲是吧，刘某是本城人，又在捕头位置，下关城大大小小多少事，能瞒过我眼睛的还真不多，你说是吧？"

这能说不吗？龅牙冲心里想着"老子去杀猪头人抱个脑袋回来拜妹子的事情你个孙子就不知道"，到了嘴边则是点头哈腰地道："捕头爷爷说得是。"

一会儿爷爷，一会儿孙子，这辈分乱的，亏得这货还能分得清楚没有说漏了嘴。

刘华又是一笑，淡淡地道："听说今天有人看到某人抱着个滴血的包裹进了城，包裹形状极似猪头，是你吗？"

"吓……"

龅牙冲那个震惊，先是摇摇头，又是点点头，慌得以为刘华是能听到他心声还是怎么回事，这么邪？

"刘某人又听说，城里面卖香烛的老陈给你弄了一套灵位还有香烛，是用来拜你妹子的吧？"

刘华说完，一只手掌伸出来向前一推，示意龅牙冲别急着否认，他继续道："不过龅牙冲你放心，刘某人向来秉公办事，而且最是照顾乡亲，肯定不会去跟虹魔教的人说龅牙冲杀了一个猪头人，还把人脑袋抱回来拜祭。

"肯定不会！"

龅牙冲反而不抖了，满脸狐疑之色地在刘华捕头脸上打量，嘀咕着："不像啊。"

他越听越觉得刘华捕头的话耳熟，仔细一琢磨，跟叶萧拿住他的话有一铜板区别。要不是两个人实在长得没有半点儿相似之处，龅牙冲几乎就要以为海贼爷爷跟刘华捕头有亲戚关系。

"捕头爷爷你别说了，我招了，全招。

"他们是去⋯⋯"

龅牙冲一边将叶萧他们的行踪全部如实招了，一边在心里默念对不住一百遍，表示他真心不想出卖两个海贼爷爷。

"第二拨找上的又会是谁？"

迪迪坐起来，像听故事问下回分解般兴奋地问道。

"这是恨人不倒霉啊。"叶萧古怪地看了他一眼，沉吟一番，道，"估摸着是海贼，十之八九还是王倬带队。

"飘飘那样的怪物，王倬手下一定不会太多，可能只有这么一个宝贝疙瘩。飘飘都拿不下我们，再出手肯定不会是送菜的，九成九是王倬亲自出马了。"

迪迪一脸同情："龅牙冲惨了。"

叶萧赞同地点头："吃点儿苦头免不了，除非他见面就是抱大腿，海贼爷爷我招了。可惜，他是贱骨头，又以为我们是海贼，说不准还要展现一下气节，表示一下不出卖同伙什么的，那就真是惨了。"

"会死不？"迪迪忽然有些担心，怎么说龅牙冲为妹报仇杀猪头的事，他还是挺欣赏的。

叶萧摇头，判断道："挨个教训罢了，王倬什么人物，杀他这样的小人物不够丢人现眼。

"当然，如果点儿背又傻还不听话的话，有可能会在第三拨里死得挺挺的……"

下关城，龅牙冲宅。

龅牙冲跪得膝盖都疼了，来来回回被刘华捕头这样的老公门翻来覆去地盘问了半天，确认有的没的重要的不重要的全给招了才放过他，膝盖骨快碎了，好悬站不起来。

"哎，总算过去了。"

他挨着凳子坐下，从怀里摸出"仙人居"里打包回来的吃食往嘴里塞，凉归凉味道还不错。

"能安安心心吃口好肉，夫复何求？可惜妹子你吃不到了，呜呜。"

龅牙冲张开嘴巴，把飞龙屁股往嘴巴里一放，刚要咬下去，"轰轰"，烟尘四起，门塌了。

"哪个王八蛋……"

龅牙冲粗口爆出去一半，看清楚了烟尘后面的人影，吓得猪耳朵都掉了，临时改口，"……修的门，好不知死，竟然敢挡海贼爷爷的路。"

他看得真真的，门外人一头小辫子，面目啥样没看清楚，右手空荡荡的没手只有铁钩看着吓人，这天底下除了海贼就没有人喜欢往手上装钩子了。

"你叫龅牙冲？"

满头小辫子不是王倬又是何人？他施施然地走到龅牙冲面前，搬个凳子坐下来，跷着二郎腿问道。

王倬身后的海贼们是一个跟一个进来的，影影绰绰分散开来，似是守住所有出口，他们死绝之前外面休想进来，里面也甭想出去。

龅牙冲面对这样气派的大海贼还有什么说的？立马就矮了三分，扑腾一下跪下了。

"刘华捕头找过你，他问你什么，你又说了什么？"

王倬手上多出了一块小木头，有一下没一下地用铁钩子削着，木屑飞扬中淡淡地问话。

龅牙冲脑袋都磕到地上了，木屑飞扬一头都不敢甩，尖声叫道："自己人，自己人，两位海贼爷爷跟小的关系可好了，小的不敢出卖他们。"

他浑身寒毛都奓起来了，像被踩了尾巴的猫差不多，先表明立场是自己人，再强调绝对没有出卖小道士他们，还算有几分机智。

若是王倬跟叶萧他们真是一伙的，说不准就让龅牙冲蒙混过去了，可惜根子上错了，再怎么抖机灵都是白费。

"嘭！"

王倬手一扬，旁边整张桌子飞了起来，当头砸在龅牙冲脑袋上，顿时一个引人发噱的情景出现了。

龅牙冲的脑袋从桌面上洞穿出来，像极了砧板上的猪头，整张桌子就挂在他脖子上，压得这货连腰都挺不起来。

"说人话。"

王倬语气淡淡的，甚至还有几分温和，只是铁钩已经从木头上离开，就在龅牙冲脸上比画来，比画去。

"呜呜呜……"

龅牙冲哭了，一把鼻涕一把眼泪，内心是崩溃的，捕头威胁海贼揍，敢情没一方是自己人。

"我说……我说……"

他哪里敢撒谎，有一说一，事无巨细，就连小时候偷看隔壁寡妇洗澡都给招供出来了。

龅牙冲招供完，五体投地地趴在地上，浑身抖若筛糠，好半天了还感觉锋利的铁钩在脑袋上面比画着，随时可能被切下来。

足足有小半个时辰过去，他才鼓足勇气抬头，发现房中空荡荡的，屋外除了野猫连鬼影子都没有一个，这才长出了一口气，艰难地把破桌子从肩膀上弄了下来。

"不能待了，这鬼地方是不能待了。"

龅牙冲呆呆地看着脏得不成样子、在王倬进来时候被吓掉的飞龙屁股，一把抓起来囫囵塞进嘴巴里大嚼，脑子里浮现出叶萧临走前的警告。

"走，惹不起，我还躲不起吗？"

"马上走！"

龅牙冲痛定思痛，反正破屋子没什么好留恋的，万一进个小偷什么的就当有人免费看家了，就是万一妹子回来，她也知道去祖上留下的歇脚屋里找他，于是一溜烟儿地窜出去直奔城外。

此后很长一段时间，下关城中再没有人见过这位帮闲龅牙冲，传说他为妹子报仇被虹魔教的人逮住，脑袋被剁下来摆成猪头模样，没有人知道他失踪那天究竟经历了怎样的煎熬。

更没有人知道，龅牙冲刚刚离开家，他原本趴的地面上都还留着余温呢，家里四面墙全倒了，一整队甲胄齐全的鬼豚族人拥入。

当头的一个白袍祭司阴恻恻地道："来迟一步，追，进沼泽，那两个人，走不远。"

白袍祭司声音浑浊、低沉，仿佛是一头猪在猪圈里吃食发出的响动，唯有最后几声骤然拔高，竟有几分尖厉与刺耳……

"……龅牙冲会死？"

迪迪翻过身来，有点儿担心地问道。他还想着有机会回转过来，去找龅牙冲一起吃顿好肉呢。

叶萧继续双手枕在脑后，不紧不慢地说道："看他听不听劝了，如果龅牙冲还留着不走，第三拨人来，他一定死。

"公门人做事有底线，王倬一个海贼头子懒得杀市井腌臜货，第三拨如果有人找上门来就是虹魔教那群猪头，你说龅牙冲死不死？"

迪迪想到龅牙冲抱着猪头进城时的猥琐模样，点了点头："死定了。"

"不管龅牙冲死不死，我们都有麻烦了。"叶萧坐起来，道，"我们的行踪肯定已经被人知道了，不管是冲着海贼悬赏还是山海秘宝藏的人，都会追上来，怕是离我们不远了。"

迪迪被他说得周身一寒，四下瞅瞅，觉得风吹草动都像是有人张牙舞爪地扑上来。

"啪"，他脑袋上挨一巴掌，一头雾水地扭过头去，正好看到叶萧收回手，道："别看了，睡觉，天亮了我们就出发。"

"哦，睡觉睡觉，哈欠。"

迪迪的心脏估摸着比他的胃还大，转眼间鼾声如雷，睡得死死的。

小道士反而被他吵得睡不着了，一脸无语地摇摇头，索性不睡了，翻开神龙道书，找到其中的一页，上面一张鬼画符纹路扭扭曲曲如天书一般，当头用古篆写着三个字：

"隐身符！"

第五七章　隐身符

"一点灵光即是符。"

"说人话会死吗？"

叶萧一边在肚子里吐槽，一边翻看着神龙道书当中有关于"隐身符"的内容。

隐身符是先天符箓中最简单的一个，也是最实用的一个。

但凡道士修炼到了能画出先天符箓的境界，第一个画的就是隐身符，堪称逃命、阴人第一符箓。

从这一点就能看出道士比起真刀真枪正面对抗的战士，着实是少了一点节操……

隐身符在叶萧的神龙道书里面，有老道士留下的样板和注解，有从小九胸膛里取出来的无名道书中的解析，小道士对比着、揣摩着，渐渐地忘掉了追兵将至，忽略了外界的所有变化。

这段时间里，他养成了一个习惯，不管在做什么，总会拿一张符纸在手上玩着，以指肚感受着符箓表面肉眼不可见的纹路，旋转着、翻滚着，不停地变着花样。

"乾坤一掷"的基本功，便是如此。

兴许是叶萧这样随意的把玩正好应了这门手法的精髓，不知不觉中，手上的符箓幻化出大片的残影，仿佛有无数张的符箓以各种不同的姿态，在他的指尖游走，宛如舞蹈。

"我好像懂了点什么……"

叶萧眼睛里没有焦距，喃喃自语着，神龙道书从膝盖上滑落下来，摊开到地上。

风乍起，吹不动不知何时席卷而来笼罩天地的乌云，却能吹动道书翻过的一页页，翻到了"小人符"所在处。

小道士陷入了某种不可名状的境界里，这种境界：

战士们叫入境，通过挑战极限来碰到；

法师们叫破障，在无尽的阅读里寻找；

道士们叫悟道，基本通过发呆完成。

小道士发呆恰是时候，脑子里蓦然浮现出他跟沈凡大奸商两个人抖机灵飙耻度时沈凡说过的一句话："对哦，我怎么知道的？"

奸商只是在展现他的无耻，叶萧却触动了什么，他不知道自己懂了什么，但不懂就是不懂，懂了就是懂了。

小道士处在不可名状的境界当中，脑海中大放光明，冥冥之中把握住了一点儿灵光，眼中依然没有焦距，望向身前。

那里，打开着的神龙道书中，以"拇指"为首的一众小人符呼朋引伴地钻了出来，它们与叶萧心血相连，似乎知道他现在处在一种特殊状态下，管不了它们一般。

一个个撒欢儿地从神龙道书中爬了出来，翻天一样地玩耍着，有的跑到牛魔人迪迪脑袋上，从一个牛角，荡到另外一个牛角上。

有的以五根手指做脚，在迪迪的脸上爬来爬去，时而堵住他的嘴巴，时而捏住他的鼻子。

有的钻入草丛中，再抱着跟它们身子一样长的纤长叶片出来，满地打滚。

有的以掌根处两条小短腿交叉来交叉去地跳舞，五根手指疯魔乱舞，状如醉酒。

忽然，"拇指"五根手指朝天张开，再一根一根地弯曲下来。

五、四、三、二、一！

当它最后一根手指曲下来，所有的小人符便忙活开来。

有的捡着薄石片，一下一下地敲击在迪迪的牛角上，发出有节奏有韵律的响动。

有的把迪迪的鼻孔和嘴巴，以及他的鼾声当作乐器，时而按住鼻子，时而拿身子堵住嘴巴，生生将乱耳鼾声变成了音律。

有的拿手指摩擦着叶片发声，有的打着响指脆响。

寂静的夜里安宁的林间，忽有奇特的旋律在流转，似清泉流淌在山涧，又如雨水打在芭蕉，连天上浓密乌云都在凑着热闹，隆隆雷声加入了旋律。

小人符们愈发玩得开心，在调和音律的同时扭动着两根小短腿，疯舞着手指，恍若沉浸在旋律当中起舞，像极了那些祈求上天的祭祀师环绕着篝火跳出的舞蹈。

渐渐地，有萤火虫四面飞来，环绕在叶萧他们宿营的地方飞舞，点点光芒如星屑，如梦幻光影。

有蟋蟀探头，发出声声鸣叫；有翠鸟苏醒，应和空灵呼唤；有蝴蝶翩翩，绚烂如彩云天；有蛤蟆出水，鼓动雷鸣烘托……

时而，一道闪电划破，一声惊雷炸响，仿佛万众在瞩目，在欢呼。

牛魔人实在是睡得太死了，任凭小人符们将他当成乐器来玩都醒不过来，不然他一定能看到这所有一切变化，全是围绕着叶萧而存在，更是因为小道士某一时刻，脑后放出的一点儿灵光而开始。

在这所有一切的中心处，叶萧呆呆地坐着，脑后大放光明，有海市蜃楼般的光影在浮动，一点点灵光飞散开来，充盈在附近所有空间。

他的眼中，慢慢地有了焦距。

先落在小人符上，叶萧嘴角绽放出笑容来，自语出声："灵光在通，在变，如小人符之心血画成，先天带着我的灵性，犹如活物。

"一点灵光即是符，最基本的就在变。

"符成之后，不再是死物，而是随时在变化。

"我懂了。"

叶萧长身而起，放声大笑，开心得一塌糊涂，骄傲得不得了，恨不得现在就把不着调的老道士抓回来，让他好好夸夸自己。

他很想大声歌唱来着，"有一个小道士"好久没唱了，刚酝酿好情绪，还没来得及张口，"呼啦"一下，萤火虫与蝴蝶飞散，蟋蟀和蛤蟆奔走，连小人符都钻进了神龙道书里不敢冒头，就好像是在家里打仗的孩子们，听到父母开门声音一般的反应。

一下子安静了下来。

"没劲儿。"

叶萧扫兴地捡起神龙道书，取出一张符纸，执符笔在手，凝灵光于胸中，蘸朱砂笔墨，一笔连贯到底，一气呵成。

转眼间，一张隐身符画成。

"呼。"

叶萧托隐身符在手，呵出一口气。

隐身符飘飞起来，上上下下，左左右右，他那一口气的力量似无穷尽，隐身符如活物般飞起，再缓缓地飘落下来，直落到小道士的头上。

无声无息间，隐身符上朱笔符文一寸寸亮起，整张符箓崩碎，化作星尘般的光辉笼罩在叶萧的身上。

小道士的身影，悄然地隐没下来……

第五八章　隐身记之潜形追踪

"这就是隐身？"

叶萧好奇地上上下下地看着自个儿。

以他自身的视角只能看到一层淡淡光膜笼罩着，手指触碰上去，激起涟漪阵阵，仿佛像是一层水光笼罩在身上一样。

"这样别人就看不到了吗？"

小道士第一次施展隐身符，心痒难耐地向着不远处的水边走去。

他们宿营地一般都选在水边，方便弄东西吃时清洗嘛，所以说吃货也是有好处的，不然叶萧想要看看隐身符效果不知道要走到多远去。

他一边向着水边走去，一边回忆着当初老道士提起"隐身符"时的场景。

老道士是这么说的……

"可惜了娃儿，你还画不出隐身符来。"

老道士扼腕叹息，面前是小道士扑闪扑闪的大眼睛，"不然爷爷就能带你去见世面了。"

"见世面？世面是谁？为什么要去见他？能吃吗？"

叶萧嗤之以鼻，一连串问号险些没有把老道士砸晕菜了。

老道士跳脚道："娃儿你不是老问女人跟男人有什么不一样吗？只要你学会了隐身符，爷爷就带你去老车道那边的女浴池里见识见识。"

"……"

小道士那时候才七八岁，好奇又羞怯，脸红成了猴子屁股，扭扭捏捏地道："那……不好吧？爷爷你不能给我用隐身符吗？"

"……不能。"

老道士双手一摊，遗憾地说道："隐身符只能对自己使用，别人画的隐身符你领悟不到那点儿灵光，不明白那种变化，是没有效果的。"

小道士听完，板起脸一本正经："爷爷，那种事情我是不会跟你去的，你不要想带坏我。"

义正词严地说完,他掉头就走,背影处飘来三个字:"真没用。"

站在溪水边上,借着宿营处篝火照来的光,叶萧往水中探头望去,心里面在纠结:"我已经会隐身符了,等把老头子抓回来,他要带我去见世面,我是去呢,还是不去呢?"

小道士脸红扑扑的,好像还没去就已经被浴池里面的温度给蒸熟了,可惜水面上空荡荡的,任凭他怎么探头探脑都没有能照出身影来。

"成了。"

叶萧蹦起来,一蹦三尺高,水面上忽然映照出一阵朦朦胧胧景象,好像高温下的白天,光线在炽热中扭曲的样子。

"呃……"

小道士停下来,站立一会儿不动,水面上映照出来的影像又稳定住了,继续空无一物。

"不能太激烈运动,不然隐身就可能被识破。"

他默默地记在心里,对照着水面,做着各种实验。

片刻后,叶萧踱步回来,看到这憨货还是睡得跟死猪一样,鼾声更响了。

"在隐身状态下,不能施展符箓,不能有剧烈动作,还得避开一些对比太过鲜明的地方,得时刻调整以融入环境当中,限制还是有的,好可惜。"

叶萧心里想着可惜,大体上还是雀跃的。

恰如无名道书扉页上写的"只有死人,没有死符"。符在活用,不存在无敌的符箓,却有无敌的人。

不知道是不是人生第一张隐身符,还是在激发灵光,顿悟过后所画,这张隐身符持续的时间分外长,他能感觉到还有很久很久。

"反正也睡不着,不如……"

叶萧看了一眼迪迪,在亢奋的神经下做出了一个决定,准备出去走上一圈儿,探查一下敌情,看看到底有谁追上来了。

他抖手放出"小人符",对它们交代道:"看好憨货,不要让他被什么东西叼走了。"

"拇指"带头用两根手指比了一个"V"出来,表示听到啦,然后用剩下几根手指呼啦啦地摇,就差没长嘴巴说:"你可以走了。"

叶萧一阵无语,摇头控制着脚步,保持在隐身状态下,向着漆黑的远方走去。

那个方向的尽头，就是他们白日里离开的下关城。

一开始，他还得蹑着步子走，小心地不敢被剐到蹭到，不然分分钟地从隐身状态下退出来。越到后来，叶萧就越是熟练，可以正常地行走，只要到一个环境中不是飞奔而过，而是慢慢地过去，就会完美地融合在环境里，不会被人看破隐身。

即便是行走得快一点儿，以叶萧此刻对隐身符的理解，也不过是带出一阵水波般的涟漪，不是有意寻找，看到的人恐怕只会当作眼花。

就好像眼前这一位……

"好险。"

叶萧侧着身子，让出一条道来，身边有一个壮汉喘着粗气，肩膀上扛着一头活猪，几乎是擦着小道士的胸膛过去了。

那人看上去三十岁左右，满脸横肉，瞎的一只眼睛用黑眼罩罩住，单手扛着浑身鬃毛的野猪，任凭它四条腿乱蹬，用沉重的脚步一步一步地向前走着。

这个独眼龙身材高大，比起迪迪也差不了太多，身高腿长之下，他走一步等于叶萧走一步半，刚刚大踏步走来的时候，叶萧险些没能刹住车迎头撞上。

他们脚下是一条坑坑洼洼的兽道，明显是野兽来去得多了，生生踩出来的。

叶萧凭着吃货本能寻着这条路走，心想：就是找不到追兵，逮一头猎物回来打打牙祭也是好的嘛，不承想迎面遇到了出来打猎的海贼。

独眼龙，就是海贼！

这一点，从双方几乎零距离地擦身而过，叶萧从他身上闻到了一股海腥味道时候，便知道找到正主儿了。

"就是你了。"

屏着呼吸，等独眼龙扛着野猪从他身边过去，叶萧快步跟了上来。

前行一刻钟左右，前方有篝火的红光映照过来，独眼龙舒了口气，脚步愈发地快了，叶萧反而更谨慎，将脚步放慢了下来。

反正找到地方了，他半点儿都不着急。

两个人拉开距离，小道士远远地跟着独眼龙，很快就看到了海贼营地。

海贼们宿营明显比叶萧他们讲究，有伐来的木桩子四面围拢，只有一处口子可以进出，门口还有两个海贼站没站相地放哨。

"哟，好大一头猪，独眼龙有你的，够我们吃一顿的了。"

"首领在等你，赶紧过去吧。"

两个哨兵话刚一说完，特别是点出"首领在等"，独眼龙慌得野猪都没有放下，就这么扛着"嗷嗷"叫的活猪就往营地里去了。

"首领，王倬吗？"

叶萧稳着脚步，从两个哨兵中间穿过，心中不无期待："总算要看到他了。"

第五九章　隐身计之海贼营地

"倬者，大也。"

"这个王倬，不知道是个什么人物？"

海贼首领王倬，铁钩为手，满头辫发，叶萧从来只在画影图形和钱袋剪影上见过，耳中却如雷贯耳般地灌满了其名号，时间久了，他不由得对这个人好奇了起来。

叶萧压抑住心中的期待，让呼吸平稳，脚步更平稳，稳稳地穿过了两个哨兵。

他明明距离这两个海贼哨兵只有一条胳膊的距离，用力点儿呼吸都能扑到脸上，海贼却浑然无觉。

其中一个人还在叶萧从身边经过的时候，拿身子挡一下另外一个人的视线，伸进裤裆里一阵掏，脸上浮现出享受无比的神情来，惹得小道士差点儿没从隐身状态里退出来。

"太恶心了……"

叶萧强忍着没有冲那个海贼的裤裆里面来一脚，以现在的隐身状态，一脚过去蛋碎之前，对方注定反应过来。

"怪不得听人说，在海上久了，或者是沼泽地里待久了，那个啥地方最容易出问题，这个要好好保养。"

小道士在心里给自己提了个醒，跟着独眼龙向着营地深处走去，一边走一边在心里默默地数着：

"一个，两个，三个……"

"十三，十四个！"

独眼龙扛着活着的野猪回来，这明显是给大家加餐的，除了门口两个哨兵海贼，其余的海贼"呼啦"一下全聚了过来，正好给叶萧按着人头点数。

要是换成在认识神神秘秘的沈凡之前，叶萧这会儿定然是流着口水点数，这么多海贼都是钱哪。

现在被沈凡养刁了胃口，这种没有名头的海贼他已经有点儿看不上了。

"王倬呢？"

他脑子里刚浮现出一个疑问，便看到独眼龙"嘭"地一下将野猪砸在地上，一只大脚就踩上去，任凭野猪"哼哼哼"叫唤，愣是翻不过身来。

独眼龙周围，海贼们嘻嘻哈哈，指指点点，野猪明明还活着，身上各个部位都要被他们瓜分干净了。

"嘶。"

叶萧倒抽了一口凉气，没有人能看的脸上尽是郑重之色。

管中窥豹，这些跟在王倬身边的海贼，明显比海狗飘飘手下的要强，并且强出很多来。

一头野猪拼死挣扎的力气有多大？

叶萧不知道，但他知道要是自己上，就是拼了命也不可能压得住，可落在独眼龙脚下，却跟一只鸡没太大差别。

"厉害，要小心。"

叶萧在心里警惕着，同时好奇地望向独眼龙的前方。

那里，有一顶朴素的帐篷支着，帐篷口一帘火浣布垂下来，遮掩住里面的情景。

"里面，一定是王倬。"叶萧左顾右盼了一番，寻了一个帐篷边上的位置猫了下来，虽然在隐身当中，他还是下意识地寻了一个海贼们不容易发现的位置。

现在要是被发现，他觉得自己的下场肯定不会比那头野猪好上多少。

营地中有篝火三处，火光交叉唯一阴影点就是叶萧现在所在的地方，旁边就是王倬的帐篷。

除了这顶帐篷居中外，营地里就剩下一些零零散散的简易窝棚，一看就是粗制滥造临时搭建，再没有其他类似的东西，这样的特殊待遇不是王倬自己，还能有谁？

更何况帐篷看起来朴素，其实连门帘用的都是水火不侵、专门用在船帆上的材料火浣布，可想而知帐篷主人的身份了。

果不其然，独眼龙站在火浣布前，恭敬地喊了一声："首领，独眼回来了。"

"哗啦"一声响，一根寒光闪烁漆黑如墨的铁钩将火浣布钩起，从中走出一个人来。

"王倬！"

叶萧瞳孔骤缩，从侧面将王倬的样子看得清清楚楚。

此人头上无数小辫子编着，右手空空处铁钩锋利得惊心动魄，身材颀长，衣着贴身，唇上有两撇小胡子优雅地翘着，有一种带着邪气的魅力。

"这样的人当什么海贼首领啊，屈才，也忒屈才，去老车道唱戏多好，肯定有一群女人尖叫着求包养或被求包养。"

叶萧在心里吐着槽宣泄压力，仔细地从上到下打量着这个海贼首领。

有一个奇怪的地方，顿时引起了他的注意。

王倬左手上捏着一截木头，痕迹新鲜，依稀有人的模样。

"木雕，人像？"

叶萧好奇，这像是一个海贼首领会干的事情吗？拿个人头做成的酒碗什么的不是更符合他身份吗？

小道士往王倬右手铁钩上仔细看了看，发现上面尚且沾着木屑，看来雕刻的家伙就是它了。

很快，他的注意力就从上面移开了，因为王倬说话了。

"独眼，找到他们了吗？"

王倬淡淡地问着，走到篝火旁一截树桩前坐了下来。

他旁边的独眼龙身子躬着，恭敬无比，甚至从叶萧的角度看上去还有点儿瑟缩，道："没，没有。"

独眼龙不自觉地移开脚步，野猪尖叫着翻过身来要跑。

他完全顾不得野猪了，在王倬横过来一眼时，连忙补充道："不过我发现了虹魔教的人。"

"嗯？"

王倬应了一声，瞄了尖叫的野猪一眼，似乎嫌吵。

诡异的一幕出现了，野猪浑身鬃毛都立了起来，仿佛被天敌给盯上了一样，动弹不得，跪伏到了地上。

王倬将木雕放在膝盖上，空出的手抚摸着野猪的脖子后面，摸得野猪浑身颤抖，屎尿齐流，偏偏不敢动上一下，叫上一声。

"这就是传说中的杀气吗？"

叶萧自问，然后看到独眼龙后背都湿了，有心想笑他的反应跟野猪一模一样，吓得跟鹌鹑一样，偏偏笑不出来。

"怪不得他是海狗的首领，这人，比飘飘还要可怕十倍。"

小道士在心里做着判断，那边独眼龙似乎生怕说慢了就会引起王倬不快一样，急忙忙地道："我去探查的时候，在西南边上三里地左右，看到了虹魔教的人马。"

"属下不敢靠得太近，远远地看约有三队人手，两个白袍祭司，其余……其余的就不知道了。"

"刀疤还在那里看着，属下先回来复命。"

他话说完，低下头，任凭汗如雨下不敢擦。

四周一直松松垮垮、言笑无忌的海贼们在王倬出来后就跟隐形了似的，全都像生怕引起了某种远古巨兽的注意一样。

"行了。"

王倬淡淡一声，独眼龙紧绷着的肩膀垮了下来，连忙退下。

随后，一声尖声鸣叫，铁钩骤然划过带出一道森寒轨迹，有血腥味冲天而起弥漫四周，掩盖不住王倬轻描淡写的三个字：

"我饿了。"

第六○章　隐身记之无面木雕

"可怕！"

叶萧脑子里来来回回都是铁钩划破长空的一道寒光，深刻地认识到了王倬的可怕程度。

此去那一瞬间发生的点滴，在小道士心中一遍遍地回放。

他看到王倬在说"行了"之后，摸着野猪后颈的左手忽然一用力，好像抠出了什么东西，紧接着王倬的小指头一勾，比人还重的膘肥体壮的野猪竟然翻飞了起来。

野猪飞到高处，胸腹处正对着王倬，他铁钩一挥，不仅是叶萧，其余的海贼也看不清楚，脑海中尽是铁钩划破的森寒轨迹，犹如流星在冬夜划过了长空。

下一刻，野猪的尖叫声戛然而止，一道裂口从它的喉咙处一直划破到下身，五脏六腑从中倾泻而出，倒了个干干净净。

野猪腹中空荡荡的，四周血腥气味充盈。

这个时候，王倬的"我饿了"传了出来，紧接着血雾当中野猪重重地砸落在地上，犹自张大着嘴巴一开一合的，仿佛在努力呼吸。

"恶心。"

叶萧有干呕的冲动，第一次觉得"我饿了"三个字是这么不中听，尤其是在看到地上花花绿绿一片后。

他怎么看都不觉得这一钩子是用来杀猪的，王倬铁钩划过，不管人也好，猪也好，站在他面前都不会有第二个结果。

"要是有机会面对面地开干，我要是让这货靠近一丈，我就是猪——地上那头！"

叶萧在心里警告了自己一百遍又一百遍，同时目不转睛地看向王倬那边。

海贼们明显习惯了王倬做派，原本的凝重一扫而空，全都欢呼了起来，让这个去分猪肉，那个负责烧烤，整个海贼营地仿佛一下子活了起来。

王倬手里捏着一块半透明的生肉，扔进嘴巴里大嚼，脸上露出满足之色道："你们这些人啊，就是不懂得吃，那些死肉有什么好吃的？

"但凡猪之后颈的地方，都有一块肉，可名之为后颈肉，可以生吃，嚼之脆而有嚼头，味道远在其他部位之上。

"这肉，平日里都是屠夫杀猪时候，自己挖出来生吃，那些锦衣玉食的大人物都吃不到。"

海贼们嘻嘻笑笑地拍着马屁，半点儿不耽搁烤肉，以及闻着肉香四溢在流着口水。

王倬摇摇头，似乎不屑跟这些不懂得吃的蠢货交流，刚刚生剖了野猪的铁钩一下一下地在木雕上划动着，洋洋洒洒的木屑飘落，他神情专注，仿佛周遭的嘈杂海贼们都不存在，整个世界都消失了。

天上地下，唯有手上木雕。

"他雕的是什么？"

叶萧很想凑过去看个仔细，想了想，没动。

"海狗飘飘弱点在她无法接受歪鼻子，兴许除了女人天生的爱美之心外，还有不想回忆起整个渔村遭到血洗的那一天。

"那么，王倬的弱点又是什么呢？会是他手上的木雕吗？"

叶萧很好奇，但他还算是清醒，王倬能与门口那两个只知道掏裤裆的小海贼相比吗？

小道士敢打赌，他敢靠近王倬，王倬就敢将他当成那头野猪对付！

毕竟隔着距离呢，任凭他怎么远眺，脖子伸得老长，也勉强只能看到王倬手中雕刻的木雕应该是一个仕女像，其他的就不清楚了。

"还是先闪吧。"

叶萧在海贼营地里始终有一种如芒在背的感觉，要是隐身符出个什么问题，那真是上天无门下地无路。

他刚要挪动脚步，"轰隆隆"一声炸响，有闷雷滚滚长空而过，闪电照亮了铅云，大雨滂沱而下。

"我去，老天你属狗脸的啊，说翻就翻？"

叶萧在肚子里破口大骂，感受到雨滴跟冰雹一样砸在脸上生疼且冰凉，他心里更凉了。

"暴雨下，我的隐身符好像……不太靠得住啊。"

狂风在呼啸，暴雨肆虐着天地，斜斜的雨幕好像大巴掌"呼"地一下打过整个海贼营地。

"哧哧哧"的声响中，篝火一处处次第被熄灭，海贼们大呼小叫着抢救烤得半熟的猪肉，一瞬间就变成了一只只落汤鸡。

"躲雨去。"

叶萧仗着自己靠近帐篷，所有人的注意力又都在抢猪肉和骤降的暴雨上，一猫腰钻进帐篷里去了。

在雨里再待一会儿，怕是雨水就会把他的轮廓勾勒出来，除了已经变成烤肉的猪，谁都会一眼将他认出来。

刚进来帐篷，叶萧四下一扫，就"咦"出声来。

帐篷里简单得很，有一处搭建出来的床榻，上面铺着银灰色的不知名的皮毛，流转着亮光，像极了顶级貂皮的光泽。

皮毛极大，摊开铺满了床榻垂落下来，一直盖满了地上方圆丈许。

床榻边缘的皮毛上，有一个雕刻好了的木雕摆放着，一下子吸引了小道士的目光。

"这个估计不是现雕的，应该有年头了。"

叶萧走过去，从银灰色皮毛上将木雕拿起来，外面除了噼里啪啦的雨落声外，还有零乱的脚步声，整个海贼营地好像炸开锅了一般。

他拿在手上的木雕表面包浆，明显是长年累月被人把玩后才有的沉淀色泽。

小道士之前就好奇来着，这下有了机会自然拿在手中摩挲着，细细观察了起来。

"的确是仕女样子，啧啧啧，衣服的褶皱，身段姿态，全都细微得很，好手法，跟活了一样。"

就算是面对着一个没有生机的木雕，叶萧依然能清晰地感受到宫装侍女那种极致的婉约和优雅，深入骨髓，熏人欲醉。

"王倬这货就是不当海贼，去摆摊卖木雕也饿不死他。

"只是……"

叶萧在肚子里寒碜着王倬，目光落到木雕的头部。

本来应当是五官，展现与木雕优美身段相匹配容貌的地方，竟然是一片空白，同时也是被把玩摩擦得最是光滑的地方。

"无面木雕……"

叶萧脑补了一下王倬把玩无面木雕，再露出惆怅神情的样子，不由得一身恶寒。

"雕都雕了，还时不时地雕刻新的，怎么就不知道补上脸呢？"

小道士使劲儿地想了想，似乎在王倬手上正雕刻的那个木雕脸上，一样是一片空白什么都没有。

"这里面一定有鬼。"

叶萧牢牢记住木雕的样子，隐隐地，有一种奇怪的感觉涌上心头……

第六一章　隐身记之进退维谷

"好像……"

"……有些熟悉。"

叶萧摇晃着脑袋，将奇怪的感觉从脑袋里摇了出去，拿手在银灰色的毛皮上捋过来，又捋过去。

时而，皮毛顺滑如水，比女儿家最好年岁的皮肤还要滑溜；时而，粗糙如沙，好像有一根根针要扎入掌心。

"这是鲨鱼皮啊。"

"不知道是什么异种鲨鱼，这么特殊、漂亮。"

他好歹是在海边长大，老道士每天都要下水摸鱼翅漱口的货，一上手就知道银灰色皮毛是鲨鱼皮，顺摸就顺，逆摸就逆。

因为这特性，白日门城里用来抛光东西全用的鲨鱼皮，只是面前这块光泽特殊，手感亦特殊，估摸着是难得一见的异种罢了。

"这么大的鲨鱼皮，它活着时候该有多吓人，翻个身就能掀翻一艘船，一张嘴几十个人塞牙缝的节奏。"

"至于无面仕女木雕……"

叶萧纠结了一会儿就不纠结了，重新把木雕放回皮毛上。王倬在手上把玩了不知道多少年的木雕，他要是见过就奇了怪了，再说这不是连脸都没有吗？

"难不成这货真在街上摆过摊？"

叶萧胡思乱想着，听到外面脚步似乎没那么嘈杂了，反而是雨水愈大，怕是整个天地迷蒙一片，什么都看不到了吧？

"等等。"

"好像有什么不对……"

小道士猛地反应过来，脸色唰地煞白。

"我去，我一定是脑袋进水了，没事跑帐篷里干吗？"

"这不是瓮中捉鳖吗？"

他猛地一个激灵，转身就往挂着火浣布为帘的帐篷口扑了过去。

叶萧在心里埋怨了自己一百遍都不止，心知自己是担心隐身符在雨水下掩藏不住，却犯了个错误，反倒钻进了王倬的帐篷里。

大雨天的，王倬傻吗？在外面淋着雨不回帐篷来？

除非王倬跟他一样——脑袋进水了。

叶萧刚扑到火浣布门帘前，"啪"，脚踩水洼的响动隔着帘传来。

"王倬！"

"他要进来了。"

叶萧本来伸手抓向火浣布门帘，身子一猫腰就要往外钻，在这一刻声音入耳的瞬间，凝固定格住了，脑海中瞬间脑补出王倬站在帐篷外的朦胧身影。

他这个时候出去，正好撞入王倬怀里，那头野猪就是下场。

叶萧想到刚刚花花绿绿洒了一地的一幕，就觉得从喉咙一路疼到了肚子，在千钧一发之际，脑子在飞快地转动着。

"我只有一个机会，他进来瞬间，我出去！

"不能堵在这么一个小小的帐篷里，王倬这样的海贼首领怎会感觉不到我的存在。

"一个瞬间，一次机会，把握住。

"只是……左边，还是右边？"

叶萧脑子里犹如一道闪电划破，闪过他刚跟着独眼龙进入海贼营地时候看到的一幕……一根漆黑如墨的铁钩从火浣布后面伸出来，钩起了门帘……

"他是右手铁钩，要钩起门帘就会是从他的右边钩起。

"那么……"

叶萧身子一沉，向着自家的右手边——王倬的左手边一闪。

同一时间，他原本所在位置处，一根铁钩钩起的门帘，火浣布翻卷，如帷幕般将从另外一头钻出去的叶萧遮掩得严严实实的。

一右，一左；一进，一出。

叶萧和王倬，中间隔着翻滚如浪的火浣布门帘，擦肩而过。

"隆隆隆……"

一出帐篷，叶萧快步一闪，同时任凭暴雨扑在身上，呼吸着雨中带着清新和湿润的空气，有一种豁然开朗、劫后余生般的感觉。

"好险！"

他长出一口气，向着海贼营地的门口望去。

这个时候暴雨倾盆，所有人的视线都被雨幕遮掩，他就是暴露出点儿痕迹来也没有关系，想来不会有人看到，正是离开的好时候。

不承想，一眼望过去，叶萧立刻失望了。

营地门口，两尊门神戳着，跟鹰隼一样，东张西望。

再是瓢泼大雨，想从两个人中间穿过去，在隐身符十之八九发挥不了太大作用的情况下，跟送死有什么区别？

叶萧终于明白王倬刚刚为什么耽搁了一下才进入帐篷，没有趁着他犯傻第一时间回去，正好将他给堵在里面。

"他一定是去敲打两个看门的了。"

"我去，曲力和飘飘的谨慎不会是跟这货学的吧？这么大的雨，鬼才会摸上来找麻烦，要哨兵干吗？"

再怎么抱怨也没用，小道士灰溜溜地向着旁边窝棚走去。

距离他不远处的窝棚搭得不错，至少里面是干燥的，关键是里面没有人！

这个是关键，不知道是多出来的呢，还是里面的人有事外出，总之这是海贼营地里唯一空置，又可以避雨的地方了。

窝棚虽然不能遮得严严实实的，好歹能遮挡一下目光，海贼们也看不到他。

进入窝棚里，暴雨被遮挡大半，叶萧长长地出了一口气，觉得内外俱凉，半是雨水，半是冷汗。

到了这会儿，他才开始后怕，刚刚跟王倬那一下擦肩而过简直惊悚有没有？

"逃过一劫，以后这么冒险的事情不能再干了。"

"现在，等雨停吧。"

叶萧抬头望天，仿佛有人端着一湖泊水往下倾倒的暴雨渐渐地有收住的趋势。

时间，一点儿一点儿地在雨线的缝隙中穿过，流逝得无影无踪。

暴风雨总是来得急，去得也快，狂风收敛了暴虐，雨水也不再断线，夜晚的海贼营地总算不用继续雨打风吹去了。

雨后清新的空气充满营地里的每一个角落。

海贼们三三两两地从窝棚里走出来，抱怨着雨来得太不是时候，肉都没有烤熟。

叶萧藏身在窝棚里，听海贼们的议论声嘴巴都快要撇到耳朵后面去了，心想："肉没熟你们都吃得干干净净，也没见有剩，茹毛饮血，野人。"

他忍着腹中饥饿吐槽，甚至还能看到旁边不远处一个窝棚里出来的海贼拿着半生不熟的猪肉在撕扯着，白生生的牙齿缝儿塞着红丝丝的肉。

"趁现在，赶紧走吧，等王倬出来怕是又会生出什么变故来。"

"等到天亮就更走不了了。"

叶萧深吸一口气，感受到隐身符化作的笼罩全身光膜慢慢有不稳的迹象，怕是坚持不了多久了，要赶快从海贼营地里离开。

他才踏出一步，"啪"，一声轻响，水花溅开，本来小小的水洼被踩得愈发地深了，一个清晰的脚印浮现出来，旋即被积水灌满。

"不好……"

叶萧连忙收回脚，缩进窝棚，脸上苦得都要滴出黄连来，死死地盯着地上的脚印，好像要从里面看出一朵花儿来。

"这烂泥地，我怎么走？"

第六二章　隐身记之巧计脱身

暴雨侵袭过后的海贼营地，俨然成了烂泥菜地，一个大脚下去就是一个坑，烂泥直没过脚踝去。

"这么走过去，隐身不隐身，简直就是聋子的耳朵——摆设。"

叶萧苦着一张脸，觉得他今天就不该到这海贼营地来，怎一个诸事不顺了得。

这么想归想，真要让他顺利地离开，小道士绝对不会为海贼营地一探而后悔的，不亲眼见识一下王倬风采，他怎么能清楚地知道面对的是怎样的敌人？

"我要如何出去呢？"

叶萧不由得将目光投向海贼营地正中间的帐篷，火浣布门帘在风中微微地晃动，隐约能看到王倬的脚踩在鲨鱼皮上蹑动，似乎随时可能站起，走出来。

"我得快点儿想出办法来，不然等王倬出来就麻烦了。"

小道士的目光在海贼营地里来回地扫，这会儿从窝棚里面出来的海贼还不到一半，偶尔还有鼾声如雷从附近窝棚中传出来。

没有在外面寻到机会想到办法，他重新将目光落到自身所处的窝棚。

突然——

"咦？"

"我是不是可以……"

叶萧眼中发亮，心跳加快，隐约能感觉到血液在血管中加快冲刺，有一种热血沸腾的冒险感觉。

"……或许真的可以。"

他一步步地走过去，在窝棚角落处简易的床上，看到了几件衣服。

那些衣服都是短打，看款式也不是白日门城附近流行样式，叶萧越看越熟悉，不正是跟外面晃悠着的那些海贼身上是一个风格吗？

海贼们的着装并不统一，然而风格上还是能看出一些来的。

"拼了。"

叶萧飞快地将身上道袍一脱，随便拿起旁边的一个包裹装起来，然后捏着鼻子将自己套进海贼衣服里，顺手将身上的零碎神龙道书、钱袋子之类的，有一样算一样都塞到了怀里。

"我去，这味儿够可以的。"

小道士恨不得多出一只手来可以一直捏着鼻子，敢情胡乱扔床上这些衣服是换洗的，味道那叫一个酸爽。

他顺手在剩下的衣服里、在简易床上都摸索了一遍，抱着贼不走空的心思想着弄点儿额外收获，结果毛都没找到一根。

"当什么海贼，一个个穷成这个德行，啊呸！"

叶萧借着这个缓解着紧张，深呼吸了数次，一咬牙双手掐诀，主动解开了隐身符。

下一刻，外人看过去空无一人的窝棚当中忽有水波纹隐现，随即叶萧一身海贼打扮的身影出现。

"搏一搏，两腿变骆驼。"

小道士用盟重土话给自己鼓着气。

盟重那地方多沙漠，行商最好的交通工具和最值钱家当就是骆驼了。

当地商人要冒险拼搏时就会这么说，"搏一搏，两腿变骆驼"，谁叫他们每一个人都是通过徒步穿越沙漠积累原始资本，再购置骆驼扩大规模的呢。

最后深吸了一口气，叶萧抱着包裹，大踏步地踏出窝棚，以不紧不慢的速度，晃晃悠悠地向着营地大门处走去。

迎面，刚拿白牙撕扯着生猪肉的海贼看过来。

"看我干吗，剔你的牙去。"叶萧在肚子里咒骂，那海贼看过来时正拿着明晃晃的尖刀剔着牙，鲜肉丝从牙缝里转移到了刀尖上。

小道士看剔牙海贼脸上似乎有狐疑之色，毕竟只有他是直冲冲地往营地门口处去，明显是要出去。

该死，不专心剔牙狗拿耗子啊，你以为你是王倬吗？

叶萧看到剔牙海贼握尖刀在手，嘴巴开合，似乎想问什么，脑子立刻飞速地转动起来，一个个念头在转动，心脏跳得更快，大量的鲜血被挤入血管，飞速奔涌着，他几乎能听到大河激流之声。

"呼。"

长出了一口气，小道士避开正脸，保持恰好能让对方听到的音量嘟囔出声："贼老天作死，害老子吃生猪肉，这就开始拉肚子了。"

擦肩而过时候，叶萧嘴巴里咒骂着，假装捂着肚子避免让对方看到脸，越走越快。

剔牙海贼本来也没起什么疑心，不过是本能反应罢了，听到叶萧的抱怨哈哈大笑，似乎是在嘲笑他也忒娇气了，吃一点儿生肉就拉肚子。

营地里晃悠的海贼本来就不多，顿时全听到了，嘲笑声四起，每个人都知道那个捂着肚子越走越快的是赶着去拉肚子，指指点点什么的自不用说，却没有人去阻拦一下。

连营地门口的两个海贼哨兵，也不例外。

在叶萧低着头捂着肚子从他们中间穿过时，其中一个还开玩笑地叮嘱道："兄弟，走远点儿，要敢在附近拉让哥哥闻着味儿，回头捶不死你。"

"得嘞得嘞，屁话多。"叶萧含糊着回应，错身而过，向着身后挥手表示听到了。

他走没两步，还能听到身后另外一个海贼哨兵在打趣，"你太坏了，这不是让他拉裤裆里吗"，以及几声闲谈，什么"独眼龙回来半天了，刀疤脸怎么还不见人影"。

叶萧走得太快，声音飘入耳中时已经含糊了，他也没有在意，一路向前特意选择跟来时候不同的方向，等绕开海贼哨兵视线，他两腿一软，靠了一株大树的树身上，缓缓地坐了下来。

"呼呼呼。"

"太刺激了。"

叶萧大口喘着气，脸通红通红的，心脏都要跳出来了的感觉。

"还好机智，不然就被包了饺子了，好悬，好悬。"

他抚着胸口，心脏的搏动在变缓，有从嗓子眼里落回胸膛归位的感觉，随即有无法形容的无力感涌上来，好像刚刚从海贼营地里面走出来的短短几步路，就透支了全部气力一般。

休息了十几个呼吸的时间，叶萧拍拍屁股，站了起来。

"还是先离开这鸟地方再说。

"我得把那个憨货弄起来给我打猎去，我在这儿出生入死，他却在睡大觉，不让他弄些好吃的回来心理平衡不了。"

叶萧在心里抱怨着，也顾不上换回原来的衣服，辨认了一下方向就朝着自家宿营地方而去。

他身上这套海贼衣服味道太重，小道士是准备回去后直接在溪水里洗个澡再换回道袍，不然现在换上，回头道袍也可以扔了。

叶萧不曾想到的是，身上这套海贼衣服，在几步路后，又一次派上了用场。
"兄弟，你来得正好。"
小道士前面不远处，一个刀疤脸海贼拖着什么重物走过来，看到他立刻扬着刀招呼着：
"过来搭把手。"

第六三章　遇上正主儿

"呃……"

叶萧抬头看天，见云气遮掩，月亮羞涩地躲在后面没敢跟他照面，明显是刚刚的雨没有下够，在酝酿着更大的风暴。

更明显的是，小道士漫长的一夜，也还没有到够的时候。

"老天没长眼啊，我今天出门一定是没好好看下皇历。"

小道士嘟囔着，含糊地应了一声，短暂地纠结了一下是掉头就跑还是走过去后，他选择了后者。

"我一跑，刀疤脸就是一头猪，他也知道有问题了。

"这里距离海贼营地不远，他只要扯着嗓子招呼一声，我就是被追杀成狗的节奏，这个险不能冒。

"好在我身上还穿着海贼衣服，外加天色晦暗，还有机会，说不准能阴他一下。"

叶萧脑子里无数念头转过去，其实就是一瞬间工夫，他应了一声，随后不紧不慢地靠近过去，至于在海贼衣服掩盖下，他手已经伸向神龙道书准备掏符箓的动作，就没有人能看到了。

十丈、九丈、八丈……

越来越近，在只剩下一丈地的地方，叶萧停下了脚步，双方距离已经到能清楚看到对方脸和表情的地步了。

"刀疤脸……

"刚刚好像才听到……"

叶萧在苦笑，想到他刚离开海贼营地时候，听到两个哨兵的闲谈，对面这个刀疤脸海贼，应该就是他们口中跟独眼龙一同出去还没有回来的货。

"你回来得还真是时候。"

小道士郁闷极了，上下打量起对方来。

只见这个刀疤脸海贼人如其名，一条巨大的蜈蚣状血红色刀疤从额头一直延伸到下巴，几乎把他的脸分成了两半，丑陋得不像人样。

整个人跟野猪一样膘肥体壮，正把刀放在地上，双手拖着一头猪。

不过不是独眼龙扛回来的那种真正野猪，而是——鬼豚族人，猪头人。

"兄弟，你出来得正是时候，这头猪死沉死沉的，妈的，老子胳膊都要脱臼了。

"对了，独眼回去了吧？他倒好，好吃好喝地歇着，老子累得要死。"

刀疤脸全无防备之心，不仅刀放到了地上，还拿后脑勺对着叶萧，心思全在抱怨地上的猪头人身上了。

"回来了，刀疤你不是看着虹魔教的人吗？"

叶萧含糊地说着，靠近过去，顺便打量着那个猪头人。

这个虹魔教徒打扮跟他在下关城中所见相差不多，只是明显地位不是很高，一身老皮甲吸够了雨水显得沉甸甸，像泡烂了一般。

它脸上抹着不知名的白色矿石粉末，一对獠牙外张，显得狰狞而丑陋，脑袋上一个大包，依稀还能看出刀柄痕迹，显然是让刀疤脸一刀柄敲在脑袋上给敲晕过去的。

"嗯，蹲了半天，可算让老子找到机会了。"

刀疤脸拖了猪头人走了一路，没劲儿了，一屁股坐在地上开始抱怨，"他们的营地就在西南边上三里地左右，老子在外头被淋成狗才守到这头猪落单出来。

"他竟然在老子藏的草丛里撒尿，呕。"

一边说着，刀疤脸一边作呕，好像想起猪头人在他脑袋上撒尿的恶心情景。

"他们什么情况？"叶萧目光闪烁，一只手依然按在神龙道书上，凑过来含糊着声音打听情况。

有人送上门来讲虹魔教的情报，不听白不听，这会儿他倒是不急着走和下手了。

刀疤脸坐在地上大口喘着气，随口说道："他们差不多有三队人，两个白袍祭司，兵强马壮不好对付。

"我拷问了一下，他们跟咱们的目的一样，都是冲着山海秘来的，还有一样在找那两个小王八蛋。"

"你才是王八蛋。"叶萧在肚子里回骂，同时准备措辞接着套话呢，刀疤脸忽然抬头看了他一眼。

话都说了半天了，这还是两个人近距离第一次真正的照面。

"咦？"

刀疤脸皱着眉头，脸上刀疤都扭曲了，迟疑地问道："兄弟好面生啊。"

"不好，被怀疑了。"

叶萧的心"咯噔"一下，尽量平静地道："兄弟以前是跟着海狗头领的，咱们见得少。"

海贼内部什么情况他知道就有鬼了，满口应付着，时刻准备动手了。

"是吗？不应该啊。"

刀疤脸表示怀疑，一边紧盯着叶萧，一边伸手抓向搁在旁边的刀。

打一架叶萧倒不怕，动静闹大了引来海贼营地里的人那才是麻烦。

小道士急中生智，伸手入怀里掏出一样东西，在刀疤脸面前摇着："你看看这是什么？"

一边摇着，他一边在心里庆幸，好在换衣服时把东西都塞怀里了，不然一时间还真不好拿东西忽悠这货。

"嘶，兄弟你胆子太大了。"

刀疤脸原本伸向刀的手一顿，脸上露出淫邪的光来，啧啧赞叹："哥几个也早就想弄几条这玩意儿，一直没敢下手，没想到兄弟你胆子这么大。"

叶萧拿出来的不是别的东西，就是从飘飘钱袋子里弄出来的那些面纱。

一条，两条，三条。

他抽出了三条在刀疤脸面前晃悠着，属于海狗飘飘的幽香引得刀疤脸鼻子一抽一抽的，尽是色眯眯的神情。

天地良心，叶萧拿出这东西本来是想分散注意力，让刀疤脸没那么确定他是假货，好抢先下手，现在看来好像有什么地方不对……

小道士还在疑惑，刀疤脸一把抢过所有面纱，先在脸上深深一嗅，接着就往怀里揣，淫笑着道："首领管得严实，不管是在海上漂还是在陆上跑，咱都没啥机会偷个腥儿，有了这玩意儿又可以玩儿好久了。"

"玩？"

叶萧一头雾水，不知道面纱要怎么玩儿，百思不得其解，只能赖到海贼们"贵圈真乱"上。

"咦？"

刀疤脸两只手抓着面纱揣到一半呢，忽然惊疑出声，鼻子继续抽动，喃喃自语："这味儿好熟。"

味道，能是什么味道？衣服上的味道！

叶萧心中一紧，感觉自己好像忽略了什么，连忙飞快地转动脑筋，之前在海贼营地里的一幕幕飞闪而过。

"这衣服看着也眼熟……"

刀疤脸还在疑惑，狐疑之色愈浓。

"不好！"

叶萧灵光一闪，脑子里好像有惊雷炸响，所有东西都贯串起来了。

"刀疤脸是唯一外出未归的海贼。

"海贼营地里只有一座窝棚是空的，其主人外出，并且地位不低才没跟人合住。

"换句话说，窝棚是刀疤脸的，衣服也是刀疤脸的，不眼熟就有鬼了。

"我去，老天你玩儿我呢，遇上正主儿了。"

叶萧反应过来，心知玩脱了，一张火符在手，当头就拍了过去。

刀疤脸反应过来，惊怒满脸，张嘴欲叫……

第六四章　屋漏偏逢连夜雨

"你……"

刀疤脸嘴巴大张，就想吼叫出声。

他倒未必有惊动海贼营地里那些人的心思，纯粹是一种震惊。

一个以为是自己人的家伙，跟他搭话半天，不仅是将虹魔教的情况摸得干干净净，连自家那点儿龌龊想法都当故事听了，结果竟然发现对方身上穿的是自己衣服，这叫什么事儿？

叶萧心中也是有一万头野猪在狂奔而过，崩溃到极致，隐身进海贼营地，再大摇大摆地走出来，一百完成了九十九，就差最后一哆嗦了，遇到了所冒充的正主儿……

再是震惊，再是崩溃，再是郁闷……对刀疤脸和叶萧来说，全都是箭在弦上，不得不发！

刀疤脸一个"你"字刚刚出口，叶萧提前一步想明白关节自然是提前了一息动手，一个"落"字诀将火符直接"落"进了刀疤脸的嘴巴里。

符在半空冒起火苗，落入刀疤脸嘴里的时候火势正浓，"哧"的一声响起，焦臭味传来，可怜刀疤脸嘴唇瞬间焦黑发红肿大如两根肉肠。

这该有多疼……

叶萧这一手最毒的地方在于火符在入口瞬间爆发，让刀疤脸嘴巴里起泡、焦熟、粘连，一时竟然张不开口。

刀疤脸眼珠子都要凸出来了，顾不得抓刀，也顾不得对叶萧出手，竭力地张大嘴巴要吐出火符来，两只手胡乱抓向嘴巴，好像要将嘴巴掰开。

"还是合上吧。"

叶萧的手适时地伸了过来，自下而上托住刀疤脸的下巴向上一合。

"呜呜……"

刀疤脸这回不仅是眼睛要吐出来了，鼻孔里、耳朵眼里全在冒烟，直翻白眼，一只手抓向嘴巴，一只手抓向托在他下巴上的手。

叶萧"呵呵"一笑，闪电般缩手，现在也不需要托下巴了。

他一手缩回，一手另外一张符在手，向着刀疤脸身后一掷——护法符。

"嘭"地一下，小九登场，叶萧压低了声音道："小九，往死里打。"

必须速战速决了。

叶萧担心地望了眼海贼营地方向，发现没有宿鸟惊飞一类的情况出现，应当还没有发现这里异常。他再回头望向刀疤脸，看到他一只手牢牢地捂住喉咙，叫都叫不出声来，顿时就放心了。

"很好，这是咽下去，火烧喉咙，别说是这会儿，这辈子他怕是都别想叫出声来了。"

叶萧是放心了，刀疤脸疯魔了，他强忍着剧痛，眼睛血红，半跪在地上连站起来的工夫都没有，俯身就抓向长刀。

真被他抓住长刀一抡，叶萧闪避只要慢上一点儿，那就是一刀两截的下场。

不过小道士半点儿不紧张，这不是有小九在嘛。

小九一出场，叶萧发现这才多长时间，它又有了变化。

这回的小九骨头架子又白了一些，纤细依旧纤细，看上去却更致密了一些，想来结实程度上升不少，远不是最开始时那狗啃剩下模样能比的。

它的双手间各握有一柄骨刀，狭长如长匕首模样，逆握在手。

小九听到叶萧的话，连犹豫都没有，落地时候两腿一弯曲直接反弹起来，咔嚓一声，两条腿从身后锁住了刀疤脸的脖子。

"嘶。"

看到这个动作，叶萧倒抽一口凉气，几乎能想象到后面小九浑身发力，一甩之下拗断刀疤脸颈骨的样子。

当初老车道那场追逐战里的魏家打手们如果看到这一幕，想必一个个都会泪流满面浑身抽搐，那次至少有一半人是被小九用这一招放倒的。

刀疤脸抓向长刀的手来不及缩回，另外一只手却本能地扣住锁在他脖子上的小九腿骨，不让它完全合拢。

"呼！"

一阵风响，尤其是风过小九骨头架子罅隙，发出呜咽声音，像极了刀疤脸的呻吟。

叶萧面前，刀疤脸在挣扎，小九两条腿从身后夹住他的脖子发力，骨头身体与地面平行，划过大半个圆圈。

在这整个过程中，刀疤脸固然脸色涨得通红，扳住小九腿骨的手也青筋毕露，但到底没有被直接拗断脖子。

他不仅是在僵持，更是将手竭力地伸向地上的长刀，只要一刀在手，身为王倬手下大将，刀疤脸有把握一刀将身后不知道什么东西加上面前小道士一起斩成两段。

近了，又近了。

眼看他的手就要摸到刀柄了，一只脚忽然伸过来，踩住刀疤脸的手指，用力一蹍。

"呜呜……"

喉咙被烧毁，脖子被锁住，刀疤脸只能发出这种呜呜的声音，却不代表他不疼。要是有得选择，他想惨叫一声，最好整个潦水沼泽都能听到，太他妈的疼了。

十指连心，手指都要蹍断了能不疼吗？

叶萧还在说着风凉话："想要刀，想要你就说，你不说我怎么知道你想要，你是不是真的想要……"

嘴巴里吐着垃圾话激怒本来就疯魔的刀疤脸，小道士终究没有掉以轻心，在刀疤脸疼得用力抽回手的同时，他用力一踢，把长刀远远地踢了出去。

叶萧退后一步，又掏出两张火符在手，准备助小九一臂之力。

刀疤脸面上血红，眼中冒火，两只手一起扳在小九的腿骨上，准备发力将小九甩出去。

小九原本与地面平行的身躯忽然倒了下去，脑袋朝下跟刀疤脸来了个后背贴后背，两只手上长匕首扬起。

突然——

一声闷响传出来，听着像极了刀剁猪头肉的声音。

紧接着，一声闷哼响了起来。

"我去，不是吧？"

叶萧猛地扭头望过去，然后脸就绿了。

他看到被他踢飞出去的刀落下来，刀柄朝下正正好好地砸在始终在昏迷中的猪头人脑袋上。

猪头人脑袋上原本那个大包旁边，又有一个包肉眼可见地肿了起来，他揉着脑袋，竟然醒了……

"小九，你对付那个，这个我来。"

叶萧有种"日了狗了"的感觉，这叫屋漏偏逢连夜雨，全家都在风声里的节奏。

话音落下，小道士合身一扑，猪头人一脸迷糊地睁开了眼睛……

第六五章　双符境界

"你……"

猪头人睁开眼睛就看到叶萧扑过来，迷糊都还没散掉呢，张大嘴巴就嚷。

"我去，怎么都这样。"

小道士整个人都不好了。

刀疤脸是这样，猪头人也是这样，一个个不管回没回过味来就开始嚷，第一个字永远是"你"。

"你妈啊。"

叶萧眼瞅着来不及故技重施，火符"落"进猪头人嘴里的事怕是做不到了，急中生智做出了一个反应。

他杂技般扭了一下身子，改"扑"为"滑"，上半身在后，下半身在前，一只脚伸到极限，趁着猪头人嘴巴大张下一个字吼出来前，狠狠地塞了进去。

"呜呜……"

猪头人嘴里塞进了叶萧的脚，顿时没法说话了，只能呜呜，他脸上抹着的白色颜料被雨水一冲刷，一沟一壑的难看得很，扮鬼都不带化妆的。

这么一惊吓，他倒是清醒了过来，知道不管是那边跟小骷髅纠缠的刀疤脸还是敢拿脚塞他嘴巴里的，全是坏人。

猪头人脸上发狠，腮帮子肌肉痕迹分明，狠狠一咬。

"嘎嘣"一声脆响，上下牙齿深仇大恨地碰在一起，发出的响动听在耳中让人牙床都酸了。

"你狠！"

"不过我也不笨。"叶萧有抹冷汗的冲动，要不是他脚缩得快就留一只鞋子在猪头人嘴里，现在就不是光一只脚站地上，而是捧着脚开始哭爹喊娘了。

"呜呜，呜呜……"

猪头人翻着白眼，想他能将鞋子咬穿发出那样的声响，用的力气该有多大啊，现在上下牙齿都别想要了吧？

他连站起来都想不到了，手忙脚乱地就要把塞进嘴巴里面的鞋子掏出来。

不管怎样，至少这货不能一声嚷嚷直接将海贼营地里的人引出来，小道士就觉得刚刚的险没有白冒。

叶萧稳住身形，百忙中回头看了一眼，看到小九脑袋朝下背靠着刀疤脸，两条腿夹着对方脖子，倒挂着将手上长匕首高高举起，狠狠地扎了下去。

"嘶……"

小道士咽了一口唾沫，刀疤脸"唰"地一下脸色涨红，旋即煞白，跟变脸一样。

"看着就好疼的样子，这是扎到什么地方了？"

叶萧看小九下刀那个部位，不由得两腿一紧，联想到迪迪对野猪王下的那个狠手，深深地觉得有些东西果然是会传染的。

"还不够。"

小道士"唰唰"两下，两手上各夹着一张火符，穿着鞋子那只脚足尖一点，向着猪头人扑过去，右手并成剑指点向猪头人的脖子，左手一甩，火符飞出燃烧出一条火线直奔刀疤脸而去。

有些东西，果然是会传染的……

火线如蛇蜿蜒而前，"哧"的一声落在刀疤脸两腿之间，"哧哧"有声的同时，有白烟冒起，刀疤脸脸上血色褪尽，原本反弓的身子弯了下来，虾米一般。

同一时间，小九跟叶萧配合无间，趁着刀疤脸要害遭到重创一下子泄了力气的空当，身子反弹而起，纤细的骨头几乎扭到一起，骤然发力。

刀疤脸的脖子发出一声"咔嚓"脆响，脑袋歪到了一旁。

叶萧听到脆响声时，人已经扑到了猪头人面前，并成剑指的手上火符燃烧起来，连手指带火符，狠狠地戳在猪头人的脖子上。

"哧哧……"

焦臭四起，小道士猛地拔出手来狠甩，将手指上沾着的火星儿甩去，剩余的火符潜入猪头人脖子里继续蹿出火苗燃烧着。

"呜呜呜……"

猪头人嘴巴里的鞋子是挖出来了，两只手捂在脖子上只能发出呜呜声，扯破的风箱一般。

"果然只有死人，没有死符，符要活用。"

叶萧缩回手，眼中一道白影闪过，那是小九从刀疤脸身上下来，扑向了刚刚遭到重创的猪头人身上。

小道士忽然间有一种剥离的感觉，明明看到小九合身扑入猪头人怀中，长匕首刁钻如灵蛇，他却不能产生任何反应，全部心神都被他自身刚刚那一瞬间的动作吸住了。

"为了防止猪头人叫出声来，我唯一的解决办法就是人符合一，直接让火符刺入对方体内，在内部燃烧，直接毁去发声能力。

"这是符的活用，不然落于外面，不过隔靴搔痒。

"还有……"

叶萧看到血光一闪，长匕首直没至柄，全部刀刃都在猪头人胸膛里；他看到小九将长匕首狠狠一搅，猪头人捂着脖子的双手无力地垂落下来；他看到刀疤脸长长地吐出一口气，闭上了眼睛，脸上痛苦退去，似有解脱的轻松感……

小道士明明看到了所有，却仿佛古井无波一样，不能在心中激起半点儿涟漪，反而缓缓地闭上了眼睛。

他的脑子里，一个人，一个动作，千百遍地回放着……

那是叶萧自己，一手并成剑指点向猪头人喉结处，一手甩出符箓，火蛇直奔刀疤脸要害处。

两个动作，似有先后，又像同时，明分左右，暗无彼此。

"我好像……"

叶萧把双手摊开，睁开眼睛看着自家手掌，喃喃自语："……又有点儿懂了。

"这就是——双符境界吗？"

小道士不太确定刚刚灵光一闪施展出来的是不是传说中的双符境界。

道士一次一符，跟双手发符，其区别就好像弓箭手的一弓一箭和一弓双箭一样明显。

同时激发两张符箓，倒不是两次伤害，而是额外就有了搭配，有了变化，如果是三符……四符呢？

搭配越多，变化越多，万花筒般绚烂，甚至能手出符阵，提升更加迅速。

"记住这种感觉。"

叶萧在心里对自己说道："用不了多久，我一定能彻底地掌握双符！"

他昂起头来，雨后天空蔚蓝蔚蓝，阳光温暖和煦，似在为他高兴一般，扑在脸上，又如流水般地流淌下了，仿佛给他镀上了一层金边。

"一定。"

叶萧给自己鼓着气，终究是非之地不可久留，他迎着垂下长匕首静静地站在那里的小九走了过去。

小九歪着脑袋看向他,似乎在问他怎么呆呆地站着还不过来?

小道士过去一看地上猪头人,"咕噜"咽了口唾沫,喉结上下,咂舌不已,冲着小九比了一个大拇指,问道:

"你是怎么做到的?"

第六六章　敌所不欲，予之

小九歪着脑袋，疑惑不解地看看猪头人，再看看叶萧，不知道他在惊叹什么。

"呃……"

叶萧看着小九啧啧有声，觉得自家小骷髅变化是越来越大了，不仅仅是骨头结实了，每次出场武器都不一样，现在竟然还懂得卖萌。

换在最开始的时候，小九疑惑不解定然是嘴巴上下发出"咔嚓咔嚓"的声音，现在它似乎深以为耻，总是萌萌的一声不吭。

小道士一边想着，一边指着插在猪头人胸口的长匕首道："一匕首下去，避开所有肋骨，一刀洞穿心脏，再一搅心脏就碎了，不然也不会死得那么痛快。

"我以前在茶馆里听书，他们都说有这种手段的人都是武技高超的杀手，都有一击毙命的本事，小九你很厉害嘛。

"上次还会施展回旋镖，这次就会杀手本事，你是个会武技的骷髅没跑了。"

小九的脑袋唰地就从歪歪状态昂了起来，很骄傲的样子，然而它浑身上下正在渐渐变成的粉红颜色却将它深深地出卖了，它在害羞呢。

"害羞什么？"

叶萧乐了，道："你更强了是好事呀。"

他不敢在这里多待，左顾右盼了一下，又竖起耳朵听了听，隐隐听到西南方向有"咚咚"水声，忙道："小九，来搭把手，赶紧把这俩货处理了，不然咱就得跑路让人追了。"

小道士和小骷髅二人一起拽起刀疤脸，拖着就走。

"早先来的时候我好像看到那边有个池子，咱给这个死沉死沉的家伙沉池子里，来个死无对证，等王倬他们发现不对劲儿时黄花菜都凉了。

"小九你说我聪明不？"

小九连连点头，可惜不会说话，不然定然是绝好捧哏，"你好聪明哦"之类的肯定不离口。比较奇怪的是，任凭它点头，竟然都不再发出"咔嚓咔嚓"声音了，引得叶萧好奇地打量好几次，暗暗不解。

一人一骷髅不愧是道士加护法关系，心有灵犀得很，不约而同地避开了更加死沉死沉的猪头人，先拣轻的拖走。虽然早晚都要轮到重的，能晚一点儿是一点儿嘛。

拖着走没三两步，叶萧就受不了了，抬起脚来看赤着的那只，血红血红的，都磨破皮了。

"这样不行。"

他龇着牙忍着疼，眼珠子一转，俯身就扒拉下来刀疤脸的鞋子，也不嫌弃就给自己套上了。

刀疤脸什么身材，叶萧还没有展开的少年身型肯定比不上，鞋子大出一号还有剩，只能将就将就跩拉着走，总比光着强吧。

他们所在的地方距离池子并不远，小道士吭哧吭哧地使着劲儿就来到池子边，他还蔫坏蔫坏地支使着小九去弄了一块石头绑在刀疤脸身上，然后"扑通"一声给沉了下去。

连泡儿都没有冒起来，刀疤脸就一沉到底，短时间内不可能被发现了。

"累死我了。"

叶萧一屁股坐到地上，旁边是同样坐下来的小九。

比起小道士要死过去的样子，小九明显吃苦耐劳得多，双手抱膝，静静地等他起来。

叶萧气都没喘匀呢，死活不肯起身，一双眼睛闲不住地张望着。

"刚刚刀疤脸也是从这儿过的。"

他顺着自己坐的地方看过去，清晰地看到刀疤脸拖着猪头人来的时候，在地上留下的痕迹。

有沉重脚步留下的清晰脚印，有猪头人重重身躯留下的拖痕，一头延伸到激战处，一头向着刀疤脸口述的虹魔教徒营地方向。

"咦？"

叶萧突然惊疑出声，"噌噌噌"地爬起来，顺着痕迹就过去了。

他隐约发现了什么，只是天色太暗，隔着一段距离就看不真切了，只得亲身过去确认。

小九丈二和尚摸不着头脑，慢了半拍，等它爬起来跟过去时候，已经看到叶萧摸着下巴，眼睛里精光一闪一闪的，似乎在酝酿着什么。

在叶萧脚下，刀疤脸留下的痕迹戛然而止，再往虹魔营地方向清洁溜溜的，不仔细看压根什么痕迹都没有。

"刀疤脸死得真冤枉。"

叶萧摸着下巴沉吟半天，就得出这么一个结论来。

……这哪儿跟哪儿？

小九是脑袋上头骨太光滑，苍蝇都立不住，不然的话定然是站满了一脑袋的问号。

小道士扭过头来，看看小九，心中有些遗憾："可惜迪迪那个憨货还睡着呢，没有他在身边还真有点儿不习惯。"

小九是听不到他的心声，不然肯定要开骂："你是嫌弃我不会说话，不能很好地捧哏吧？一定是的吧？"

"有总比没有好，将就用了。"

叶萧不把自己发现说出来心痒难耐，要不怎么说少年心性呢。他拉着小九走到地上痕迹消失处，指着道："小九你看，痕迹到这里就没有了是吧？"

小九点头。

"别说刚刚下过大雨，就是没有下雨两个货那么大坨过来，能不留下痕迹吗？"

叶萧双手环抱，啧啧赞叹："要不怎么说刀疤脸死得冤枉呢，他多厉害，拖着那么沉的猪头人，从虹魔教营地一路回来，竟然还有余力擦去痕迹，让王倬他们进可攻退可守，有的是应变余地，厉害吧？

"这样的厉害人物，怪不得能在海贼营地里有一个单独窝棚，可惜就这么让咱俩联手给做了。"

他嘴巴里说着"冤枉""可惜"，可看小道士神情，怎么看怎么像是在洋洋得意……

小九又开始卖萌了，歪着脑袋，两眼放着光，好像在疑惑地问："然后呢？"

叶萧不无遗憾，觉得这个动作要是让小结巴学会了，这么做出来该有多可爱，即便是对着自家护法，这样的话也太伤人了，小道士在心里转了一圈儿，没敢说出口。

他轻咳了两声，清了清嗓子，道："小九，你说敌人不想要的，我们是不是要给？"

小九再点头。

"那么敌人抹去的，我们是不是要给他再弄出来？"

小九接着点头。

"那还等什么？敌所不欲，予之！"

叶萧一拍手，蹲下去开始脱鞋。
"……"
小九这回脑袋歪得都要搁到肩膀上了，疑惑得不行。
他这是在干什么？

第六七章　我想你了

"不懂什么意思?"

叶萧两只鞋子都脱了下来,然后提起来,鞋尖向着自个儿倒着摆放好,再穿了进去,小心翼翼地向前走了两步,看了看身后,满意地点了点头。

他回头看身后倒穿鞋子走路留下的脚印,也看到小九在那儿疑惑地点头,心情大好的小道士随口解释道:"这是我家老爷子说的,我觉得可有道理了。"

"他是这么说的……

"娃儿,别往爷爷的酒壶里面撒尿了,过来,爷爷给你讲道理。"

老道士蹲在地上不断地漱口,看着自个儿大半缸子存货还没有喝呢就成了小叶萧的尿壶,肝儿都在颤。

小叶萧乖巧地过来蹲他对面,笑呵呵地看着自家爷爷漱了一遍又一遍。

不漱口能行吗?老道士没留神儿一大口咕噜下去,才发现味道不对,想吐出来没来得及。

"神龙帝国有一些老话说得好:'己所不欲,勿施于人。'又说:'君子报仇,十年不晚。'听得懂吗?"

老道士一本正经地问,小叶萧一板一眼地摇头。

"己所不欲勿施于人,说的是自己不喜欢的,就不要对别人做,将心比心,别人也不会喜欢。

"君子报仇十年不晚就不用解释了吧?"

小叶萧点头如啄米,清秀的脸上全是"又学到了"的神情,乖巧极了。

"啊呸,全是狗屁。"

老道士蹦起来,一把脱下鞋子拎在手上,先是声如洪钟:"什么己所不欲勿施于人,说这话的老好人肯定活得没我长,应该是'敌所不欲,予之,全部给你'。

"什么君子报仇十年不晚?"

老道士说话时候已经扑了出去,拿着鞋子往小叶萧屁股上招呼,"明明是'小人报仇,从早到晚',兔崽子你别跑。"

叶萧一边跟小九说着，一边回想起往事，脸上不自觉地露出温暖的笑容来。

至于小九听懂了没有，他不知道，也不怎么关心。

现在距离叶萧他爷爷翘家，也就是一段时间罢了，短短时间里经历了以前在白日门城加起来都要多的事情，回头再看，他莫名地生出了恍如隔世一般的感觉。

小道士一步步地向着西南方向走着，不快，也不慢，晃悠悠地似乎沉浸在了往事里，心中有个声音在不住地回荡着："爷爷，我想你了。"

他有些恍惚，就没有太注意到细节，比如刀疤脸最后留下没来得及清理的痕迹，全都是脚印外加拖拽的痕迹，现在叶萧倒穿着鞋子走出脚印问题不大，拖拽痕迹呢？

小九似乎能察觉到叶萧此刻的状态，默默地帮他补上了这一环。

它寻了一些枝叶裹在身上，将身形弄得稍微臃肿，然后拽着叶萧的衣角，往地上一躺被小道士拖着走。

一人一护法，一走一被拖着，在身后留下清晰的痕迹，渐渐远去……

"啧，猪就是猪，整个营地也弄得跟猪圈一样。"

叶萧脱掉鞋子，赤着脚，猫着腰寻了处好位置，向着虹魔教营地望去。

"你说是吧？"

他扭头一看，小九正小心翼翼地从身上往下摘各种烂叶枯枝，谁叫小骷髅全身都是骨头架子，什么东西都往里面卡呢。

听到叶萧的问话，它停下手上动作，朝着虹魔教营地瞅了瞅，重重地点头。

"嘿。"小道士一笑，此前有点伤春悲秋的情绪顿时消失得无影无踪，灿烂得像向日葵一样，"小九你先回去，晚点儿还有得忙呢。"

小九再点头，身形渐渐淡去，又回到了它来的地方。

"说起来，当初'洗衣服的小女孩'让我联系上的，到底是一个什么地方呢？"

有些东西真的是会传染的，叶萧不自觉地侧了侧脑袋，他自己都没有发现，这个动作做出来跟小九有七分像。

"以后不知道能不能去玩儿？"

叶萧脑子里转着各种杂七杂八念头，同时将目光投向虹魔教营地。

不得不说，小九之前的点头附和完全是违心，叶萧"猪圈"的评价更是昧了良心。

虹魔教徒们的营地可是下了大功夫，花费的精力远不是海贼们能比得上的，只是因为另有用途，看上去怪异了一些罢了。

在距离叶萧百丈开外的地方，有大片的树木被砍伐，木头远远地扔出去，地面也被铲去厚厚的一层黑土，在地面上形成一圈圈纹路空地。

空地方圆百丈，地上再无一草一木，没有帐篷没有窝棚，只在最中间处有大型的篝火在熊熊地燃烧，火焰不住地舔出，热浪滚滚。

此时已是后半夜，又值铅云密布遮蔽了星月的光辉，叶萧在夜里走了大半天适应了，这会儿望向篝火竟然有光亮刺眼的感觉。

火焰中不知道被撒了什么东西，散发出一股即便是隔着百丈距离，依然清晰闻到的浓郁香气。

"这味道要是下到汤里面，想必是极好的。"

叶萧鼻子一抽一抽的，做出吃货的专业判断："应该是菌菇一类，就是不知道什么菌菇香得这么没有天理。"

他很不想承认，要不是看到庞大篝火外，两个白袍祭司坐在地上，数十个虹魔教徒肃穆地站着，一手贴在肥壮肚子上，一手握成拳头高高地举起，似乎在举行什么仪式，他都忍耐不住想靠近过去弄些菌菇回来了。

"他们在做什么仪式？祭祀虹魔教主？"

叶萧不得不想些什么东西来分散注意力，免得就跟那些猪头人一样被人在鼻子上安了鼻环，牵了就能走。

到了这个时候，小道士隐隐地觉得不对劲了。

平日里他吃货归吃货，底线还是有的嘛，比如刚要离开白日门城那会儿，至少就知道将小结巴给的私房钱拿去买所需品，而不是进入"沙漠土城"里面吃烤肉。

现在的反应，很不对头。

叶萧强行集中注意力时，篝火旁的虹魔教徒中有人动了。

两个身着白袍的猪头人祭司缓缓站了起来，隔着百丈距离，小道士只能依稀判断二人是一老一少。

老的那个起身后，先从怀中掏出了个什么东西，旋即开始绕着篝火而行，脚步蹒跚，手臂舞动，不像在走路，倒更像是在舞蹈，充满宗教意味的祭祀之舞。

一边舞着，老祭司一边往篝火中投东西，每一下都激得篝火"噼里啪啦"地响，更有浓郁的香味飘散出来。

叶萧死死地盯着，好不容易看清楚了老祭司扔进篝火里的东西，脸色瞬间大变……

第六八章 梦幻，血祭

"梦幻之心！"

叶萧险些脱口而出，好在及时捂住了嘴巴，顺带连鼻子一起捂住了。

他一阵手忙脚乱，跑到有水源之处，拿衣袖沾湿了捂在鼻子上，又迟疑了好一会儿，才鼓起勇气，重新回到了原本位置，继续望向虹魔营地。

小道士刚落好位呢，就又看到老祭司从怀中掏出东西，在祭舞中一扔，带出一个弧线落入篝火高处。

整个过程在叶萧眼中好像放慢了无数倍，他清清楚楚地看见了那样东西。

老祭司扔出去的赫然是一个斑斓蘑菇，只是这蘑菇的形状和颜色实在是太特殊了一点儿。

它通体斑斓绚丽，好像不将天下色彩一网打尽就不甘心，那些斑斓色彩不仅仅遍布在蘑菇的伞面上，连蘑菇柄上也都是一样，整只拳头大小的蘑菇上，就找不到一处不花花绿绿的。

它的形状则像是一颗心脏，在各种色彩掺杂下，心脏好像时刻处在一种扭曲的状态，看在眼里叶萧觉得自个儿的心脏都在一抽一抽地疼。

"梦幻之心，真的是梦幻之心，我去，这些猪头人怎么把这东西也带出来了？"

小道士想到刚刚吸进去那么多香气，整个人就都不好了，捂住口鼻还觉得不保险，开始拿着手狠狠地掐自己的大腿。

"鬼豚族男的都是战士、祭司，女的全在种植，种的蘑菇那么多种，非得把这么妖的拿出来吗？"

叶萧第一次看到梦幻之心，但它的大名就如雷贯耳了。

鬼豚族传承多年，比起现在比奇王国的人来到玛法大陆的时间要早得多，猪头人什么的，是小道士的蔑称，是他们落魄后的现状，却并不代表他们就没有传承。

梦幻之心，玛法大陆上最强的致幻之物，只有鬼豚族能种植出来，被他们广泛地用在各种祭祀活动当中。

叶萧能听说过这东西的存在，是因为它的价格在比奇王国奇高无比，据说有不少比奇城里的大人物喜欢少量服食梦幻之心研磨出来的粉末，体会那种飘飘欲仙的幻觉。

"我刚刚吸的那点儿，没事儿吧？"

叶萧很想安慰自己说隔着这么远距离呢，不过等他将目光投向虹魔营地后，这点儿侥幸心理就消失得一干二净了。

老祭司停下了脚步，束手站在一旁，微微躬身，显示出了一种恭敬。

这份恭敬的对象不是对在场任何一个人，而是对着一个虚幻的，并在渐渐凝实的虚影。

白袍祭司当中年轻的那个一直静静地站在那里，在叶萧离开找水擦洗的那点儿时间，他忽然开始浑身颤抖，口吐白沫，仿佛病入膏肓随时都可能昏厥过去。

小道士重新望过来，老祭司束手表示恭敬的同时，年轻祭司真的昏了过去，只见他脑袋重重地垂落，似乎要从脖子上滚下来一样，无力地耷拉在胸前。

年轻祭司的身后，一个庞大的虚影在若隐若现，恍若正在竭力挣脱什么束缚，重新显现在人间一般。

老祭司看到这一幕，甩了甩衣袖，郑重地跪下，对着虚影行了一个五体投地的大礼，随后站起来，面向所有虹魔教徒，大喊出声：

"谁曾带给我们辉煌？"

一条条手臂高举，一个个拳头紧握，一声声呐喊回应：

"阿金纳！"

"谁曾在荒芜中起祭坛，封正为神？"

"阿金纳！"

"我们的神，我们永恒的主啊。"

"阿金纳！"

老祭司含糊而沉闷的声音忽然拔高，转成厉声，犹如一支响箭直插云霄：

"你们忘了他吗？"

"不敢！不能！不会！"

一个个虹魔教徒声嘶力竭，高举手臂如林，一个个紧握着的拳头如要捣破天际，浑身滚烫的气血好像要随着一声声的吼叫冲出体外。

"该死，该死，那蘑菇香是香，竟然这么妖，连味道都闻不得。"

叶萧暴跳如雷，那个年轻祭司身后虚影出现时候，他就知道麻烦了，到底还是受了影响。

如果没有梦幻之心蘑菇产生的致幻作用,他压根看不到那个虚影,更感受不到此刻逐渐笼罩下来,覆盖在虹魔营地的磅礴力量。

梦幻之心就好像是一个媒介,让小道士和那些虹魔教徒能感受到虚影的存在,看到它了,相信它的存在,便跟它建立了联系,它对所有人而言,就不是虚无。

小道士死死地盯着虹魔营地中发生的一幕幕,压低了身子,曾经有过的那么一点儿用隐身符潜进去虹魔营地的想法,直接抛到白日门城里道渊的最深处了。

找死也不是那个找法。

"起祀!"

老祭司又是一声吼,猪头人当中忽然有一个肥壮的大汉排众而出。

与四周振臂高呼的虹魔教徒不同,猪头壮汉全身上下洋溢着沉静、肃穆的味道,一步步地走到年轻祭司面前,重重地跪了下来。

他褪去铠甲,扔下大刀,揭开衣服袒露胸乳,双手过顶从老祭司手中接过了一柄牛角尖刀搁在双腿上。

看到这个猪头壮汉的举动,叶萧心里"咯噔"一下,大致猜到他要做什么了。

"血祭啊……"

小道士摇头叹息,眼前情况让他很想掉头就走,偏偏笼罩整个虹魔营地的庞大意识存在,感觉就像是暴风雨来临前那种压抑,压得他轻易不敢有什么举动,只能眼睁睁地往下看。

"阿金纳!"

猪头壮汉狂热地大喊一声,两只手猛地挖入眼眶,再抠出来的时候手指血红,眼珠子滚落在地沾满尘土。

"阿金纳……阿金纳……阿金纳……"

见了血,天上虚影开始凝实,地上虹魔教徒愈发狂热,狂呼不止。

叶萧将视线从沾满尘土的眼珠子上拔了出来,撇了撇嘴,心想:"这么狂热你们上啊!"

念头转一遍,小道士心里又有点儿不托底,看这些人的劲头,还有猪头壮汉的表现,他们还真会上。

在他百无聊赖的当口,老祭司的声音再次响起,带着猪头人特有的含糊,用吟咏一般的腔调说出阿金纳的生平来。

叶萧稍稍提起了点儿兴致,侧耳听着这位至少两千年前的人物如何翻云覆雨,又是如何封魔谷底……

第六九章　虹魔教主：阿金纳

"……"

"老祭司，你好歹是猪头人中的上层人，能不能学学比奇语，先去去口音？"

叶萧一开始还挺感兴趣的，听得认认真真，结果越到后面，老祭司声音越是含糊，口音越重，听在小道士耳中简直就是天书了。

白日门城中各族杂居，本来就没有比奇王国的比奇城那边那么纯粹，各族语言，什么灵狐语、狄猫语、獬羊语叶萧多少都能听得懂。

可听懂也仅限于能听懂，是在说人话的时候，一到了这种宗教场合，叶萧就觉得老祭司那不是在念，是在唱吧。

"好吧，阿金纳的传说对鬼豚族人来说，本来就是史诗，用唱的方式也没什么不对。"

叶萧自我安慰着，本打算听不懂就不听了呗，不承想一抬头，却看到了让他震惊无比的一幕。

在虹魔营地上方，空气隐隐现出各种波纹，仿佛有一条长河在那儿流淌而过，从中又跳跃出一条条色彩斑斓的大鲤鱼。

每条鲤鱼跃到最高处时，都会吐出一个泡泡来，不知道多少个气泡汇聚在一起，形成了一个纤薄无比，好像一阵大点儿的风就能吹破的大泡泡。

大泡泡上浮光掠影，缓缓旋转，有一幅幅景象水落石出一般地浮现在上面……

"嘶……"

叶萧倒抽一口气，牙疼一般。

"这手段，我去，真是……没法形容了。"

小道士实在不想对一群猪头人起什么敬佩心思来，但眼前一幕，又让他压都要压不住了。

大泡泡中浮现出来的光影，赫然就是阿金纳的生平，什么叫历历在目，什么叫娓娓道来，什么史诗能比画面更加形象？

梦幻之心，血祭之力，封魔谷这个特殊地方的力量……

各种原因汇在一起，生生弄出这般让叶萧张大了嘴巴、一时都合不上的令人震惊的景象。

小道士凝神望去，在大泡泡上的浮动光影中，他看到——

长虹破空而来，七彩虹光当中，清者上升，浊者下降，天地划分出来，昼夜区分开来，神魔诞生肆虐。

"这是鬼豚族人的虹魔创世传说，啧啧啧，真无聊，听说虹魔神还创造了一只猪鼻鬼母，长成骷髅脸猪鼻子，然后与她交配生出了现在的鬼豚族。这口味，忒重。"

叶萧专注吐槽，浮光掠影当中时间不知过去了几千几万年，有鬼豚族人崛起于赤月半岛，与獬羊人、蛮牛人等种族一场场大战，辉煌时期兵锋遍及玛法大陆，直达盟重省。

——盟重的落日沙漠中，金色的沙砾被席卷上天，一队队鬼豚族人踏着黄沙而来，一座宏伟祭坛被修建，有鬼豚族祭司引领着无数族人，朝拜祭坛。

——虹魔祭坛之下，有一个巨大的洞仿佛洞穿了大地，直达最深的地方，终年有虹魔教徒献上祭品，祭祀不绝；一日，从中探出一头硕大无朋、浑身长满了触须的蜈蚣，一口将祭坛前的大祭司吃下。

"蜈蚣触龙神，这就是鬼豚族传说中一口吃下虹魔教第一代先知教主庇拉王的神兽？果然恐怖，真龙也干不过它吧？"

叶萧为巨型蜈蚣震惊的时候，大泡泡上的场景再变。

——新的大祭司站在了主祭位置上，引领着虹魔教徒跪拜，祭祀。

——一块块城砖被垒砌，长得无边的恢宏城墙渐渐成型，在虹魔祭坛的位置上，一座城池拔地而起。

"沙巴克城……"

叶萧震惊了。

沙巴克城的传说，一场场攻沙之战的荡气回肠，比奇王国少年哪一个没有在心里幻想过？沙巴克城的形象，更是出现在一张张画卷上，一件件给儿童玩耍的玩具上。

小道士一眼就认了出来。

"沙巴克城竟然是鬼豚族人建的……"

他来不及继续震惊，大泡泡上新的浮光掠影在不住地闪现，极速飞快。

——虹魔教第一场内战耗尽了鬼豚一族力量，史上第一场攻沙开战，獬羊人和蛮牛人攻陷沙巴克城。

——虹魔教主阿金纳带领着忠诚于他的虹魔教徒一路逃回赤月半岛，在封魔谷处被打碎了肉身，封印了灵魂。他血染过的大地两千年依然是焦土模样，最深的夜里封魔谷上空还能听到阿金纳灵魂的凄厉吼叫……

"呼……"

叶萧瘫坐在地上，不自觉地汗如雨下，天空上大泡泡崩溃，地面上猪头壮汉十字刀口横切腹部血溅五步，在狂热的吼叫声中消散了最后的生命力。

"还好，这些最短都是发生在两千年前的事。

"不然……"

小道士咽了口唾沫，有点儿庆幸当年神龙帝国远征军来到玛法大陆，被困不得离去，最终建立比奇王国的历史，并不久远。

"……还真有点儿麻烦。

"那个虹魔教主阿金纳是人吗？"

叶萧脑海里依然回荡着虹魔教主阿金纳几乎顶天立地的庞大身躯，明明是猪头模样，放大到极致竟给人一种神明一般的压迫力，仿佛伸手一抓，就能摧城灭国。

"就是这样的存在，还是逃不过身死族灭，连灵魂都被封印在了封魔谷。

"原来封魔谷封的魔就是他啊——虹魔教主：阿金纳！"

小道士收拾着情绪，悄悄起身，准备退去了。

虹魔营地的情况远远超出了他意料，他已经没有再待下去的兴致，不承想，叶萧刚刚起身，还处在猫着腰的状态呢，营地中异变突生。

"啊！"

年轻的白袍祭司一声惨叫，浑身抖如筛糠，明明还低垂着头，却有含糊、浑厚，犹如从天上传来的声音，自他的身上传出来：

"祭品，我要祭品。"

在年轻祭司身后，庞大的身影渐渐凝实，可以看出他在仰天咆哮，怒吼着什么。

……鬼上身吗？叶萧起到一半的身子僵住，想走来着，但旺盛的好奇心却将他牢牢地钉在原地。

请神上身、扶乩什么的就见多了，虹魔教主阿金纳这样近乎神明的存在来个鬼上身，这就少见了。

叶萧重新俯下身，准备看个热闹，突然有一道光，一个声音，分别入耳。

光，是金光，源自虹魔教主阿金纳虚影的胸口处。

声，是人声，老祭司厉声大喝："祭两脚羊。"

叶萧的脸色，瞬间就变了……

第七〇章 "两脚羊"

"两脚羊……"

"难道是……"

叶萧心中跟长草了一样，乱糟糟的心思不住地冒出来，又有些不敢确定。

他眯了眯眼睛，刺入眼中的金光收敛，天上阿金纳的虚影无声地咆哮着，无数烟气在金光中不住地升腾而起，好像庞大的虚影随时可能烟消云散。

无论是金光的源头，还是导致阿金纳没有祭品就要消散的惨状，全在阿金纳庞大虚影的胸口处。

那里，有一道符。

"嘶……"

叶萧觉得牙疼，又想起在"仙人居"里面看到那一沓沓茴香豆级别的东西。

"阿金纳虚影应该就是他被封印在封魔谷中的灵魂，胸口处那道金符，怎么看怎么像是仙人居传说中那个老道士拿酒水随手画成的。

"也就是说，其实阿金纳在几十年前险些就复活了，只是他也忒倒霉，遇到那个随手镇压他心脏的黑袍人，拿酒画符打散他灵魂的老道士。"

前面偶然听到的传说故事，通过一张金符，在小道士脑海中迅速联系了起来，顿时让他咋舌不已。

无论是阿金纳被杀死，被封印两千多年，还在妄想复活的恐怖，还是老道士黑袍人神仙一般的手段，给叶萧带来的震撼都是空前的。

他想起很小的时候，老道士还没有那么不着调，祖孙之间曾有过很认真的一次谈话……

"爷爷，谁是天下第一？"

"天下第一？"老道士笑得前俯后仰，点着小叶萧的鼻子道，"娃儿，你觉得呢？"

"传说中的龙卫？沙巴克的城主？"

小叶萧一本正经地冥思苦想，说出了各种故事里出场最多的大人物。

"哈哈哈哈……"

老道士放声大笑，信手一指东边太阳升起的地方，"在那边有一个地方叫作神龙帝国，那里有一个故事。

"五个年轻人跪倒在地上，看着帝王的车辇过去，沿路有骑兵前驱，彩绸悬树，有百官叩拜，万民俯首，威风一时无两。

"其中一个年轻人说：王侯将相，宁有种乎？

"另外一个年轻人说：吾辈当如是！

"第三个年轻人说：大丈夫生不能五鼎食，死亦当五鼎烹！

"第四个年轻人说：彼可取而代之！"

小叶萧听得热血沸腾，拽着老道士的胡子荡秋千："然后呢？然后呢？"

老道士手忙脚乱地抢救胡子，道："别急别急，还有最后一个年轻人没说话。"

"他说什么了？"

"他说……"老道士意味深长，"……那是我爹！"

"呃……"小叶萧还不像后来那么久经考验，顿时风中凌乱了，好半晌才问道，"他们成功了吗？"

"没有，他们全死光了。"

老道士心疼自家胡子，好不容易捋顺了，站起来道，"但是，只要有人继续这么想着，这世上就没有天下第一，后浪推前浪，前浪死在沙滩上，不外如是。"

"嘿，以前不觉得，现在想想，那句'那是我爹'最威风。

"前面几句，也很提气呢。"

叶萧胡思乱想着，阿金纳恐怖的身影带来的压力不自觉间消散得无影无踪。

如果没有那声"两脚羊"给了他很不好的预感，怕是小道士这会儿都开始幻想用手指头蘸口水，画一道紫金符直接碾死阿金纳，攻占沙巴克了。

虹魔营地里，随着老祭司一声厉喝，有一个虹魔教徒当即就站了起来，向着营地外走去。

"不行，我要跟过去看看。"

叶萧猫着腰向着虹魔教徒前去的方向，潜伏了过去。

在距离虹魔营地并不远的地方，也就一百多丈距离，有一片地方始终笼罩在浓郁的黑暗当中，即便是篝火熊熊燃烧火光迫出数百丈外，依然没能将此处的黑暗驱散。

叶萧的注意力被祭司、被血祭的猪头人、虹魔教主阿金纳的灵魂所吸引，一直没有注意到那块浓郁的黑暗所在。

远处虹魔营地里，数十个虹魔教徒振臂高呼的声音远远传来，黑暗如有生命般地蠕动着，仿佛有着自己生命一般。

"拼了。"

叶萧脑子里一直回荡着"两脚羊"的说法不能释怀，看到那个虹魔教徒毫不犹豫地走向黑暗，他从另外一个方向一冲而入。

刚刚进入黑暗笼罩，小道士就觉得浑身上下黏糊糊的，仿佛那些黑暗不是吞噬光线，而是实质的存在。

整片区域被包裹着，甚至连虹魔教徒们的高呼声都被隔绝，整个世界在黑暗中沉寂了下来。

"这估计就是虹魔祭司的手段了。

"这些虹魔祭司不是战士不是道士也不是法师，却传承千年一直统治着鬼豚族，果然神秘诡异。"

小道士一边想着，一边摸黑前进，十余步后，眼前豁然开朗。

"竟然……"

只是看了一眼，叶萧脸色骤然铁青，死死地盯着黑暗掩盖下的东西。

那是几根破木桩子围成的一个圈儿，圈里的地面上挖着一个个坑，每个都是一人大小，加起来数量足足有数十个那么多。

这些坑中，差不多有一半里面都有一个人蹲着，他们嘴巴被堵上，呜呜呜呜地叫唤不出声来。

"两脚羊……两脚羊……他们怎么敢？"

叶萧第一次如此暴怒，甚至超过了刚刚进入封魔谷，看到紧握着银簪子倒毙的深闺梦里人。

真是，不把人当人！

他扫过一眼，脑子一过，顿时所有情况都清楚了。

猪头人是打算拿这些人当作祭品，血祭给阿金纳，帮助他稳固灵魂，发下神谕。

同时，无论是"两脚羊"的称呼，还是他们对待那些人的方式，都能看出这些鬼豚族人不将人当人的恶劣。

"原来，我在下关城外遇到的，还有像龅牙冲妹子那样的事情，都是这个目的！"

叶萧不自觉地握紧拳头，指甲陷入掌心肉而不自知。

"人圈"当中那些坑并不深，只比一个人蹲下来略高，亦不宽大，一个人蹲坐下来正好一点儿转动余地都没有。

在这种没有足够空间的情况下，那些人虽然没有被绳子绑住，却绝对不可能站得起来，跳得动，连变换个姿势都做不到。

这简直就是一种酷刑。

在这种坑里蹲坐久了，完全可以将人生生"蹲死"，气血不通的情况下，用不了几天，那些人最轻都是残废。

"怎么办……怎么办……怎么办……"

叶萧不停地在问着自己，对面黑暗翻滚，一个虹魔教徒大踏步地走了过来……

图书在版编目（CIP）数据

传奇编年史·攻沙.壹/泛东流著.-上海：上海文艺出版社.2017
ISBN 978-7-5321-6470-7
Ⅰ.①传… Ⅱ.①泛… Ⅲ.①长篇小说－中国－当代
Ⅳ.①I247.5
中国版本图书馆CIP数据核字(2017)第225621号

发 行 人：陈 征
出版统筹：陈 明 徐 鹏
特约编辑：龚 琛 沈亦杨 史文君
策划编辑：肖 博 王 波
责任编辑：望 越
责任校对：何行亮
特约校对：高玉君
营销编辑：姚 瑶
封面设计：TITI设计

书 名：传奇编年史·攻沙.壹
作 者：泛东流
出 版：上海世纪出版集团 上海文艺出版社
地 址：上海绍兴路7号 200020
发 行：上海文艺出版社发行中心发行
　　　　上海市绍兴路50号 200020 www.ewen.co
印 刷：崇明裕安印刷厂
开 本：700×1000 1/16
印 张：18.75
插 页：4
字 数：313,000
印 次：2018年1月第1版 2018年1月第1次印刷
ＩＳＢＮ：978-7-5321-6470-7/I·5166
定 价：39.80元
告 读 者：如发现本书有质量问题请与印刷厂质量科联系 T：021-59404766